魅丽文化　花火工作室

思君令人恼

然澈 —— 著

陕西新华出版传媒集团

三秦出版社

图书在版编目（CIP）数据

思君令人恼 / 然澈 著. -- 西安：三秦出版社，
2020.1
ISBN 978-7-5518-2118-6

Ⅰ．①思… Ⅱ．①然… Ⅲ．①长篇小说－中国－当代
Ⅳ．① I247.5

中国版本图书馆 CIP 数据核字（2019）第 283433 号

思君令人恼

然澈 著

出版统筹 邹立勋
出　品 湖南魅丽文化传媒股份有限公司
总 监 制 龚　亮
责任编辑 韩　星
特约编辑 丐小亥
责任校对 赵　炜
封面设计 @ 殷舍 InChia
版式设计 李　娟
封面绘制 卜若梨

出版发行 陕西新华出版传媒集团　三秦出版社
社　址 西安市雁塔区曲江新区登高路 1388 号
电　话 （029）81205236
邮政编码 710061
印　刷 湖南新华精品印务有限公司
开　本 880mm×1230mm　1/32
印　张 9.5
字　数 235 千字
版　次 2020 年 1 月第 1 版
　　　　2020 年 1 月第 1 次印刷
标准书号 ISBN 978-7-5518-2118-6
定　价 38.00 元

网　址 http://www.sqcbs.cn

目录

目录

楔 子

每个人都有一颗守护星

每个人都有一颗守护星。

它属于你。

心无旁骛，为你而生。

夜幕，繁星。

在距离地球亿万光年之远的广袤苍穹，有无数颗细小似钻的星辰密集如粒，争相闪耀，环绕绘就了一道澄澈如练般的光带。那弧光带极其夺目，光芒却并不刺眼，反而凭空散发出一股令人不由自主想要亲近的柔和之感。

光带的一隅，有两颗星凑得极近，在小声交谈。

确切地说，是其中一颗星在喋喋不休。

"哎，你是不知道啊，地球可太好玩啦！那里有山有水有美人，还有特别特别多好吃的，简直是物华天宝人杰地灵！"

另一颗星安安静静地听着，没有应声，周身温润如玉的光芒却闪了一闪，像是雀跃新奇地忽闪了一下亮晶晶的眼睛。

第一颗星对这唯一的忠实听众的反应十分受用，便不待催促，主动和盘托出，神神秘秘地道："你猜……我去地球变成了啥？"

另一颗星一怔。

"哈哈哈——你看！"那声音倏然一停，只见那颗星光芒一敛，摇身一变，顿时成了一支通体墨黑的笔，高傲孤绝地悬在了半空。

另一颗星的光芒又闪了闪，这一次却是一脸懵懂。

第一颗星和它相邻而生，自然对它的心思了如指掌，说："好奇我怎么变成了这样？哎，你以为咱们去了地球会是什么模样？还会是星星？开玩笑！守护星，守护星，自然是为了守护的那个人而生，当然是他希望咱们是什么，咱们就是什么啊！"

懵懂的另一颗星静了静，似乎是懂了，又似乎仍然有几分疑窦，便愣怔地盯着那支笔又看了看。

"笔"却瞬间洞悉了它的想法："想什么呢你！你去的话可不一定也变成笔哦。拜托，我家那位可是大书法家，他心心念念着想要一支神笔，我这才成了笔呢！"

那泓光带里孤清冷寂，犹如一片与世隔绝的虚空，又像是一汪浩渺无尽的孤海，另一颗星沉默地盯着那支笔，不由自主地开始遐想："地球，真的有那么好吗？若是……我也去了那里，会变成什么？我守护的那个人，也一定……会有心心念念想要得到的东西吧？"

只是，它突然间想到一件事，又疑惑地看了眼那支笔，询问的意思很明显：大书法家想要笔，你便成了笔，这不是得偿所愿吗，怎、怎么又回到这隔孤寂里来了？

"这个……""笔"突然变得颓丧无力了，怏怏道，"就……他……他不需要我了嘛。"

提问的星星再次愣住了。

"笔"也瞬间丧失了炫耀见闻的心思，摇身一变又成了一颗星，只是光芒明显较先前暗淡了许多。

"我陪了他一生。"它低声道，"老来多愁苦，他又染上了赌，为偿还高额赌债，便把我抵给他人了。"

不是每个人都心心念念想要得到一支笔，至少，那位债主就纯粹是为了让书法家倾家荡产，恶趣味得到满足的债主肆意大笑着当场提剑把笔砍成两截。书法家跌跪在地，却弃如敝屣地连看都未再看它一眼，一心只惦记着如何重回赌坊。被砍成了两截的断笔在泥泞冷僻的角落孤零零地躺了三天，茫茫人世间竟无处可去，便只得回来了。

两颗星都沉默了。

良久后，死一样的孤寂里，第一颗星按捺不住地问另一颗星："呃，你有没有想过，你守护的那位，是个什么样的人啊？"

　　相识这么久，它从来没听过另一颗星开口说话，一度怀疑过它会不会是个哑巴，问这句也更多是为了转移自己那满腔难过，根本没抱什么希望会听到它的回答。

　　谁料，它竟破天荒地，第一次开口了。

　　"女孩儿。"

　　"嗯？"第一颗星愣了愣，显然是出乎意料，万万没想到它竟会出声，那位生平第一次开口的却又如数家珍般说了下去："她今年八岁，是一位威名赫赫的大将军的掌上明珠，粉雕玉琢，烂漫无邪，可爱极了。"

　　第一颗星霎时一愣，讶道："你见过她？？"

　　"嗯。"

　　"在、在哪儿？"第一颗星明明清楚地记得对方从来不曾离开过这里。

　　"梦境。"

　　"你、你会入梦？！"

　　虽说都是守护星，却与凡间人一样，各有其所专长，第一颗星还真不知道自己的好友本领如何。

　　会入梦的那一颗星沉默下来，是默认了。

　　两颗星又相对无言了片刻，第一颗星忍不住又问："呃，你就从来没想过去地球吗？唉，虽然我这一遭是有一点伤心吧，但公允地说……那里还真的不错。"

　　另一颗星先前确实从来没想过——它可以入梦，只要它想，每一天都能够见到她，又何必跨越万里大费周折？

　　但今天，莫名其妙地，它第一次生出了一种从未有过的想法——也许，我也可以……去陪在她的身边？

第一颗星又开始唉声叹气："不陪也好，也好……像你这么远远地看着，守着，既保护了她，也不用担心自己会伤心，多好啊。"

另一颗星静默片刻，却摇了头："不。"

不好。

人间光阴瞬息而过，眨眼沧海就成桑田，它是可以这样一世又一世地远远守护着她，但每一世，生生世世，她都不会记得它。

"想看一看书法家的梦吗？"毫无预兆地，它突然发问。

第一颗星猝不及防，愣住了。

"可、可以吗？！"也不知是害怕，还是欣喜，一向话痨的第一颗星居然结巴了。

另一颗星莞尔道："我帮你。"

但他的梦，它没兴趣，还是让守护星自己看吧。

漫天光辉一闪，第一颗星入了梦境，不多时，带着哭音儿回来了："他还记得我！"

另一颗星似乎早料到会是如此，没作声，心下却依稀有些羡慕。

第一星颗简直是瞬间就满血复活了："哎呀，怎么办！我就回来这一会儿，他就病死又转世了，我刚看到这一世是个皇帝？他那么笨，又顽固得要命，做皇帝可多危险啊！不行不行，我觉得我还是得去一趟——"

第一颗星兀自在那边叨叨，另一颗星心下一动，光芒一闪，入了梦。好巧不巧就看到——它守护了那么久的小女孩儿，在它们两个谈话的须臾间已然十六岁了，她出落得亭亭玉立，明眸皓齿，清丽娇艳，却满眼是泪，正坐在一座奢华贵气的宫殿里哭。

它一瞬间就急了："怎么去？"

第一颗星刚好说到"还是得去一趟"，两句话分明是无缝衔接，它诧异地看了好友一眼，意外极了："你也想去？哎，那我可得提醒你，天上地下，除了你的那个小女孩儿，再没有人知道她期盼什么，自然也就没有人知道你到时候会变成什么，前途如此未卜，你确定自己还要去吗？"

　　"嗯。"

　　"那我再提醒你一句，我这一遭之所以会记得清清楚楚，是因为自己完成这一世守护任务后便回来了，答应我，你届时无论如何也要回来，不可留恋盘桓，否则我可不敢保证会不会发生什么记忆错乱的事啊……"

　　"好。"

　　"哎哎，你别急啊——我还没说完呢！去到人世间，我可能还会是支笔，那个人就喜欢这个！倒是你，不管是变成了人，还是猫啊狗的，都一定要保护好自己！人心叵测、善恶难辨知道吗？哎，你怎么就不担心那丫头会不会伤害你呢？"

　　穿梭星际间，有光芒温柔一闪，然后传来笃定和雅的二字——

　　"不怕。"

第一章

令飚见过许多人，
然而他们都没有君致好看

令飐被逐出家门了。

拖着行李箱往外走的那一刻，她回头朝屋里望了一眼。老爸令修木背对着半开的房门站着，老妈孙怡蹙着眉，神情有一些纠结，两个人正在劝盛怒之中的爷爷。

爷爷令延年今年八十一高龄，年纪不小，脾气特大，精神矍铄的老爷子正拄着拐杖中气十足地骂："小兔崽子，反了她了？！让她走，走得越远越好！我看她能跟我老头子犟多久！"

令飐嘴角一抽，想说冤枉啊！这可真不怪我跟您犟！

老爷子一抬头，恰恰瞅见她还愣在原地没走。他眼睛一瞪，拐杖一抬指过来，分明是指点江山、挥斥方遒的架势，她哪里还敢在原地多逗留？忙不迭地落荒而逃。

令晖的电话就是这个时候打过来的。令飐刚接通，他就迫不及待地问："飐小姐，听说你把火药桶点燃了？"

令飐无语、无奈且无话可说，便幽幽地叹了口气。

"可以啊你！"令晖不失时机地"称赞"她，"是谁天天戳着我的脑袋瓜儿耳提面命不许惹老爷子生气的？您这可真是宽于律己，严于待人啊。"

令飐语塞。

天地良心，被撵出家门又不是什么值得敲锣打鼓广而告之的光彩事，所以她本来是不准备跟这个大自己两岁的堂哥多说的，但听他这么非议自己，她不得不为自己辩解一句："爷爷让我嫁人。"

令晖登时一顿。

令飐淡定地说："这个人我没见过，他老人家也没见过。"

令晖："这……"

令飐继续补充道："他要求我下个月底就结婚。"

"什么？！"令晖被噎得险些呛住了。听动静令晖在那边似乎是打翻了水杯，并且不止一个，令飏光听这声响都能想象他手忙脚乱的样子。

半晌，他才出声："下个月底？今天已经二十一号了好吗？！"

令飏一脸无奈的模样。

"不是……"令晖百思不得其解，"老爷子受什么刺激了啊？他突然让你嫁给一个素昧平生的人，你心高气傲，自然抵死不从。然后他勃然变色、怒不可遏，于是你们一言不合、针锋相对，以下犯上的后果不可估量，果不其然，你被他逐出家门……这……这动静看起来像是六亲不认啊！"

令飏面无表情地拖着行李箱往前走，轮子碾过人行道，发出辘辘的响声。她站住，闭了闭眼，忍无可忍地说道："哥，您高抬贵手放过成语行不行？"

令晖无视了她的抗议，道："废话少说，你现在准备何去何从？"

令飏终于看到了一辆空着的出租车，她抬手拦下，随口答："能去哪儿？当然是我自己的家。"

"凤凰路那套两居室？你不是连家具都还没买吗？"

没买家具又能怎样？老爷子那架势怕是短期内不会消气，她可没钱住一两个月的酒店——万幸的是，两年前她咬牙贷款买下的那套两居室，送了基础的简装。

有水有电有地板，她准备再网购一张床，阿弥陀佛，万事俱备。

对于接下来几个月的独居生活，令飏的设想是美好的，心情是紧张中又暗暗夹杂着几分期待的——人对未知的生活总是充满好奇，她也不能免俗。这一刻，跟爷爷发生的争吵暂时被抛在脑后，她迈着轻快的步伐一路顺风顺水地到了小区。刷门禁卡，进单元楼，按电梯直达九层，直到走到门口，她的嘴角都是微微上翘的。

然后，令飓掏出钥匙，打开房门。她一只手拎箱子，一只脚往里迈，做这个动作的同时，她再自然不过地朝房间里瞥了一眼，这一眼，她整个人都愣住了。

两年没来，扪心自问，她对这房子的印象的确不太深，于是，对自身记忆力不太自信的她怔忡地凝视屋内。她傻傻地站了一会儿，五秒之后，脚后跟猛然往后一退，抬头，看门框——902，没错啊？！

可视线缓缓回转，再度看向屋内，古色古香、书韵盎然、贵气天成，一看就是很有格调的人才会住的地儿，这……难道她走错了单元楼？！

一时间心情复杂又尴尬，令飓忍不住又往屋里看了一眼，暗叹自己怕是这辈子也搞不起这么低调奢华有内涵的装修。她窘迫地吐了吐舌，闷头刚准备往回走，想到什么，身子一僵，整个人都不好了。

为什么？

为什么她走错单元楼却能打开这扇门？！

令飓低头看了看自己手里的钥匙，又抬头看了看房门半开的那套两居室，她真的是一脑袋问号，彻底蒙了。

回过神的时候她已经开口喊道："嘿！你好！有人吗？"

房门开着，她声音不小，却没人应。

令飓愣了愣，没人在家？平心而论，虽然这套房子是她买的，但既然有人入住，她不经允许擅自开门，住户又不在家，毕竟有瓜田李下之嫌。她想了想，索性把房门彻底打开，然后站在门口给物业打电话。

物业给出的说法却是彻彻底底让她惊呆了。

"令小姐啊？哦，您反映的问题是这样的，就在几天前，有位先生来物业办公室说要领取您家的备用钥匙，目的是进去察看一下户型，以便后期装修设计之用。鉴于他提供了您的购房合同、身份证复印件等一整套证明材料，所以我们并没有过多询问他的身份。加上最近小区保安日常巡逻，每次途经您家，都没有发现任何异常，所以这件事我们并没有特意再向您报备。"

令飖安静地听完了这一长段话，不由得愣怔——她的整套合同？它们都在家啊！这个人手里怎么会有？

物业没说话。

令飖想了想，也对，这个问题可能一会儿要问替她保管合同的母亲，于是她暂且按捺住了疑问，换了个问题："听这意思，那个拿钥匙的人只是过来看了看，然后就走了？"

"这个……"物业踟蹰了一下，然后才说，"我们每次巡逻，的的确确什么动静都没有听到，然而您家的水表还有电表……那个……确确实实走了。"

令飖无语，这是什么情况？闹鬼吗？没有人乐意碰上这种事，她有点儿烦躁，问道："既然是这样，你们为什么不敲门核实一下？"

"敲了，没人开。物业只留着您一把备用钥匙，那位先生可能是忘记还了，所以……"

不是"可能"，就是"也许"，物业的态度分明是敷衍塞责，存心耍滑偷懒，令飖一下子绷起了清丽漂亮的脸孔，语气斩钉截铁，道："我现在就在门口，麻烦您来一趟吧。"

物业小张赶到七号楼902房，走出电梯，迎面看到一个挺漂亮的双腿修长的年轻女孩，双手环胸，没什么表情地坐在一个超大尺寸的行李箱上。

来之前小张匆忙补习了一遍业主档案：令飖，二十七岁，新闻从业者。看到这几个关键词，浮现在他脑海里的第一印象是个戴黑框眼镜的职业高冷型御姐。却不想，姑娘实际年龄二十七岁，看起来也就二十二岁上下，可能也托了一点儿那张显嫩的娃娃脸的福，整体形象年轻靓丽又甜美，让他那句"姐"都有点儿难以启齿了。

"你好。"令飑长腿一伸，站直了，明明心情不太好，倒是挺有礼貌的。

"你好，你好！"小张当然知道自己来是干什么的，他也顾不上寒暄了，忙不迭直奔主题，"我陪您一起进去看看？"

令飑一点头，两个人一前一后往屋里走。

进了门，令飑才发现——你还别说，这个不经允许擅自装修她房子的人……倒真的挺有品位的。

这不，打眼一看，墙上挂着一幅淡雅韵致的水墨画，案上摆着一个青花瓷，不远处有一架屏风，看不出是什么木，式样简约却好看，次卧似乎被打造成了一间书房。暂且不提那张看起来雍容华贵的书柜，单书桌上那些个笔墨纸砚，隔老远就传递出了"老子是个风雅人"的信号与信息……

扪心自问，令飑以前最不喜欢附庸风雅的伪文青，对张口闭口就要畅谈一下诗词歌赋的男青年更是避之唯恐不及。然而，看遍了这间房的陈设，虽然是被人鸠占鹊巢，她却没有太多反感排斥的心理。

甚至，有很多个瞬间，她的脑子里都在想——嗯……原来房子装成这个样，还蛮好看的哦。

"那个……"小张巡视完毕，看令飑似乎有一些走神，出声提醒她一下然后才说，"我仔细看了看，没发现有人长期居住的痕迹。"

令飑也发现了。

次卧是书房，主卧没有床，人睡哪儿？还有，转遍全屋一丁点儿生活垃圾都没有发现，这怎么可能是有人类居住的样子？

然而……

令飒和小张对视一眼，不约而同地开口道："水表和电表是怎么回事？"

小张沉吟一秒，说道："会不会是……你家表箱坏了？"

令飒看着他，一脸"你问我，我问谁"的疑惑。

小张又在屋里逡巡了一圈，更加笃定了自己的想法，说道："没衣服、没米面、没生活用品，百分之九十九没有住人。令小姐，您再仔细回忆一下，有没有可能是……您把合同啊什么的都给了朋友，委托他帮您采买家具，然后……您又忙忘了呢？"

令飒自己都被搞糊涂了。

她做了个手势示意稍等，侧身给老妈拨了个电话，可"嘟嘟嘟"响了半天，没人接听。倒是小张的手机振动起来，物业办公室通知他回去开个紧急会议，他有些踟蹰地看了看令飒。

令飒想了想，问道："他……我是说那个拿钥匙的人，没留下联系方式吗？"

"没。"过来之前小张特意翻了翻值班记录，"只登记了名字。"

"叫什么？"

"君……君什么来着？哦，对，君致！"

令飒忍不住蹙了一下眉，君致？这名字她连听都没听过，别说是朋友了，压根儿就不认识——这人怎么会有她的一整套合同和收据？

她越想越觉得疑窦丛生，这个时候小张的手机又振了起来，简直完美地诠释了什么叫"夺命连环 call"。令飒有点儿无奈，却也无意让他为难，善解人意地摆了摆手，道："你先去开会吧。"

事情没搞清楚，小张按理说是不该走的，但办公室那边急得跟催命似的，他只得向业主表达了歉意，并表示忙完立刻会跟她联系。

"嗯。"令飒送小张出门，随口问了一句，"您在咱们小区上班多久了？"

小张挺喜欢这个漂亮又礼貌的姑娘，边走边笑着答道："两年多了呢！"

"哦，那您有没有见过装修装错房的案例？"

小张脚步一顿，略带几分疑惑地看着令飒。

令飒一脸诚恳地说道："我做新闻……"

小张愣了愣，转瞬间便恍然大悟：哦！这姑娘是在打着寻找新闻报道素材的幌子，故意跟我拉家常呢！不然的话，她为什么对我这么周到体贴，还坚持把我送到门外？

小张今年二十六岁，房、车都有，唯独缺个女朋友，眼见令飒长那么漂亮还对自个儿笑，他顿时有些飘忽，笑嘻嘻地竖起大拇指点了个赞，说道："我知道，知道，从小我就佩服记者，您可是无冕之王哪！"

"正因……"令飒顿了一下，不太明白小张这种忽然间近乎热切的态度是怎么回事，不过她坚持把被称赞打断了的话说完，"正因如此，我之前关注过一些类似的报道，住户装修装错房，并不是多么罕见的事。所以——"

令飒想说假如是这种情况的话，物业也不必找理由刻意隐瞒，事已至此，唯有解决问题方是正道，无非是她先和那个叫君致的年轻男人进行协商，倘若协商不成，就只好走法律程序了。

"哦……"小张的笑容有一丝凝固，"你是说……这个啊……"

令飒一愣，不然呢？

小张的神情有一丝难以掩饰的尴尬，他低头看了看表，飞快地说："这位叫君致的先生不是我接待的，所以具体情况并不是完全了解，我是看访客记录上这么写，就这么跟您解释了。您放心，我回去就立刻调取办公室的监控资料，争取找出他的影像，最好是正脸，然后截屏给您看。"

令飔点了点头，小张有些不自在地又看了她一眼，然后走了。

微风从走廊尽头那扇窗户吹进来，吹乱了令飔鬓角的发丝，她回头，看着大开的房门和屋内华美的陈设，整个人欲哭无泪，心道：这……这都是什么事啊？！

"我听不懂你在说什么。"老妈的电话终于接通了，语气是意料之中的不太好，"作为一个在丢三落四领域成绩斐然的佼佼者，你是怎么有脸质疑我保管东西的水平和能力的？"

令飔："呃……"

好汉能吃哑巴亏？令飔单刀直入，继续问道："您就说我合同丢没丢吧？"

"没丢。"老妈拍了一张照片，是一沓子合同原件，用微信发过来，附了一句，"这几天有事找我就打字，你爷爷不许我们跟你说话。"

令飔张着嘴巴，愣在原地老半天说不出话。

爷爷，您可真的是……老当益壮……幼稚属性不减当年啊！

挂了电话，令飔陷入了沉思，合同没丢，还在老妈手里，那这满屋子东西是怎么回事？

"放错了？还是……恶作剧？"她忍不住皱起眉，喃喃自语，"果然还是应该报警吧……"

令飔只顾迷茫和疑惑，所以没有注意到，当她提到报警，书房桌案上，一摞摞放整齐的上好宣纸动了动，但转瞬就恢复了原状。

令飔低头看了一眼手机，折腾了这一场，早过了饭点，她点开外卖App，准备随便订个餐填饱肚子。

也正是这个时候，电梯"叮"的一声，稳稳地停在了这一楼层，令飔应声侧脸，漫不经心地望去。门开启，一张年轻男人俊雅秀致的面孔，映在她的瞳孔中。

那是她第一次见到君致。

从事新闻行业六年，令飔见过许多人，形形色色、千人千面。

然而他们都没有眼前这副面孔好看。

令飔盯着这个陌生的年轻男人，不错眼珠地看了半晌，她知道这样不太礼貌，但没办法——根本移不开视线。

以前听过狂热粉丝形容偶像，最经典的一句描述就是——他好像会发光啊！是的，眼前的这个男人仿佛会发光，面孔白皙俊雅，发丝乌黑柔软，浓密长睫如同两把精致小扇惹人艳羡，眼神却清澈分明，整个人有种芝兰玉树般贵家公子的好看。

令飔盯了他好半天，视线终于舍得往下错了错，这才发现——他穿的衣服质地很好，款式却是古风，袖口、衣摆还有衣襟处还绲着一圈儿低调奢华的金边。

"Cosplay（角色扮演）？"令飔脑袋里第一个闪现的词就是这个，她没忍住，疑惑地念叨出了声。

男人俊眉微蹙，要么是没听清，要么是没听懂，不过他倒是没深究，仍旧安静地站着，行为模式却完全不符合他贵公子的气质与涵养——他也挺没礼貌的，正直勾勾地凝视着令飔的脸。

四目相对，两个初次相见的人毫无交流和沟通，就那么傻兮兮地一言不发相互看着，以至于令飔莫名有一种错觉，他们俩……莫非以前见过面？要不然，怎么会有种浓浓的、久别重逢的即视感？

确认过眼神，他是个怪人。只是，这一男一女"深情"凝望的情景实在是太尴尬了，令飔有一些不自在，就没工夫深度挖掘这种行为背后蕴含的深意了。她从拉杆箱上站直身，伸出手，落落大方地一笑："令飐，这间房子的主人。"

男人乌黑的眼珠微微一动，却仍是不说话，他的目光分毫未收敛，缄默地抬起了一只皓白的手腕，轻轻地握住了令飐软乎乎的手掌。

双手一握即分，令飐不解，疑惑地想：什么情况？他为什么不自我介绍？

对方不按正常套路出牌，她有点儿蒙，怔了怔才回过神，索性循循善诱道："是这样，这间房子是我以个人的名义购买的，不知道您是通过什么方式拿到了一整套合同和收据，并且未经我允许就在房子里添置了许多价格不菲的东西——"

她话没说完，猝不及防听到对方开了口："不贵。"

声如其人，美男的声音和相貌相得益彰，动听如珠玉相撞，令飐只顾饱耳福，没听清他说的内容，不由得愣了愣，问道："嗯？"

美男眉目平静，不吝解释："它们加起来也没我贵。"

令飐语塞。

什么情况？这个人是不是一个神经病？！

如果说先前的她被美男的容貌所惑，因此态度近乎温柔和软的话，这一刻，什么怜香惜玉的心情都被"他绝对是脑子有问题啊"吹得烟消云散，她敛了笑容，冷下脸，换上完全公事公办的模样，说道："你就是君致，这个总没有错吧？"

男人的眼睛一眨不眨，近乎无邪地看着她，他的语气真挚诚恳到甚至有些无辜，说道："是你的话，叫小纸也没关系。"

令飐再次无语。

小子？这是什么名字？！真逗！

眼前这位年轻俊美的"神经病"真的是快把令飐搞疯了，但是不管怎么说，确定了他就是需要协商的对象，也算是小有收获。她疲惫地长叹一声，后退半步，重新坐回拉杆箱上，继续被他的出现打断了的大业——点外卖。

然而看来看去，想吃的不在派送范围，不想吃的倒是一大堆，她运指如飞地滑拉着手机，最终点了泡面、酸奶、奥利奥等一堆零食。

商家飞速接了订单，令飐突然想起一件事，难掩顾虑地抬头发问："你有热水壶吗？"

她问的，自然是君致。

君致的眉峰轻轻一蹙，像是在努力理解或消化着什么，几秒钟后，他一脸认真，不答反问："紫砂的行吗？"

"哦。"令飐生无可恋地看着他，一脸"老子富贵不能淫"的麻木，"忘了你情趣高雅，品位不俗，生活奢华了。"

这句话有点儿长，君致琢磨了半天……

××外卖，送啥都快，说这几句话的工夫，外卖小哥已经颠颠儿地把东西送来了。外卖小哥刚出电梯门，迎面看见两个相对而立的人，登时愣住了。

"接，接我吗？哎，不……不用这么隆重啊……"

令飐这才反应过来，房门打开，两个人却不约而同都没进屋，一直傻乎乎地在走廊上站着——她还好，好歹有个行李箱可坐，可"神美"（神经病美男）呢？货真价实地屹立不动啊！

从小哥儿手里接了东西，令飐道了声谢，目送他进了电梯，然后转身就往房间里走。

她刚走半步，听到身后传来动静，是君致，他从善如流地也要进屋，与此同时，还主动自觉地拎起了令飐的粉红色行李箱，分明是要帮她拿进去。

"不用。"令飐回头指着箱子，"里头没什么值钱的东西，就放那儿吧。"

还真不是她没事找事，而是她总觉得——话都还没有说清楚，箱子"唰"地一进屋，就好像她默许了这种既有的古怪状态，做好了要跟他同居的准备似的……

令飐一向不喜欢黏腻乎乎的暧昧，更推行"有恩必报"的准则，她去厨房找水壶烧开水，不忘解释道："我不白吃。用了你的壶，我请你吃面。"

自然是居家旅行必备之品——××老坛酸菜牛肉面了。

出门在外，令飐特意点的桶面，烧开了水，她娴熟地将其倒入纸桶内，面微泡半分钟，倒掉水，放调料包，再倒水……一切工作完毕，她用手机压着泡面桶盖，去厨房洗手。刚转过身，她余光无意识间瞥到身后的一幕，整个人就愣住了。

君致在令飐泡面的时候一直目不转睛地杵在她身边看，仿佛一个对泡面这件小事充满了好奇的乖巧宝宝。谁料她刚一转身，他便毫不犹豫地把她泡好的那碗面倒进了一只不知道从哪儿变出来的青花瓷碗里。

令飐看着这一切，在原地傻站了将近半分钟，久久不能明白君致这是怎样一种忘吃药的行为。突然她灵光一闪，哦，好吧，是她的错——既然说好了要请人家吃面，她就不该先给自己泡上，嗯，是她考虑不周。

洗完了手，令飐心平气和地走过来，重操旧业又泡了一碗。她用余光轻瞥一眼君致，心想这回总没问题了吧？谁想她还没来得及拿起手机压盖儿，好家伙，就在她眼皮底下，对方旁若无人、堂而皇之地再一次把面倒进了另一只瓷碗里。

"你——"令飐啼笑皆非，完全找不到合适的词儿来抒发自己此刻的心情，好一会儿终于憋出了三个字，"海量啊！"

海量的君致眉目如画，似乎根本没听到她说什么，他自顾自地转了身，去厨房取来一双干净的白玉筷，又走了回来。

令飐盯着那有且只有一双的筷子，心想：行，真行，你这种行为真是白瞎了你自己那张风华绝代的脸——然后，筷子被一只修长的手平递过来，君致绅士礼貌地说："请。"

令飐心里正吐槽，冷不丁被人来了这么一出，整个人都愣住了。她怔怔地先是低头看了看筷子，再慢慢抬头看了看君致，竭尽全力地尝试揣测他的想法。半晌，她觉得仍是无解，只好问道："你……是不是觉得……用这种纸桶吃面对身体不好？"

君致俊眉微皱，分明是"我不知道你在说什么"的表情，他把筷子放进令飐手中，后退一步，一脸对这种食品丝毫不感兴趣的样子，说道："我只是怕烫。"

烫？不会啊！作为一个拥有多年品鉴各种品牌、各种口味方便食品丰富经验的行家里手，令飐当即为自己的心头好正名："这种纸桶隔热效果不错，即便是用手捧着也不会烫伤的。"

"哦。"君致无可无不可地轻点一下头，下巴微昂，示意，"我怕它烫。"

空气有一秒的凝滞。

"谁？"令飐用难以置信的眼神看了看纸桶，一脸的"别告诉我你担心的对象居然是它"。

君致认真的神情纹丝不动，眉眼间却隐隐全是"你没有猜错"的笃定。

令飐嘴角抽了抽，一脸尴尬，心里怒吼：再见了好吗！！！

鉴定完毕，这人是妥妥的神经病无疑，她哪还有什么心思吃什么面？

撂下筷子就往门外冲。

正好好地聊着天呢，她突然间就跑了，并且那架势怎么看都像落荒而逃，君致愣了愣，紧接着下意识地跟着也往外走。

"别跟着我！"令飓仓促间拽了一把扔在走廊上的拉杆箱，差点儿趔趄摔倒，她一边疾步奔向电梯，一边朝他喊了一声。

君致原本健步如飞，倏然间脚步一顿，为她的语气——那里面，满满的，全是戒备。

理智告诉他一定要追上她，千万不能再把她弄丢了，但双脚就像是钉在地上了一样，怎么都拔不动。

只是片刻的失神，令飓已经进了电梯，她的脸色是掩不住的苍白，贝齿微咬着下唇，逃命般猛按楼层和关闭按钮。

君致站在原地，一言不发，一动不动，看着眼前的电梯门一点儿一点儿地关上了。

晚上八点，令晖再一次接到了堂妹令飓的电话。

"哥，借我点钱吧……"令飓开门见山，语气却有些奇怪，就像是刚刚跑完八百米，或者才爬完一座高山，整个人筋疲力尽的。

"你怎么了？"她的状态明显不太对劲，令晖瞬间停下了正敲代码的手，关切地问。

令飓那边的背景音有些嘈杂，令晖听到她长叹了一口气，有气无力地说："我可能要打官司。"

"不是吧你？！"令晖狠狠地噎了一下，整个人都震惊了，"常言说血浓于水、血肉至亲、血脉相连、血气方刚，你……你要不要这么无情无义啊？"

令飓疑惑地问："你在说什么？"

饭没吃进嘴，又狂奔了一阵，她本来就没什么力气，现在更是被这一长串"血"字开头的成语"砸"晕了。

"一个已然到了耄耋之年的老人，你怎么忍心？"令晖的语气可以称得上是痛心疾首了，"飏小姐，算我有眼不识泰山，看错你了！"

前文说了，令晖一直对成语有着一种旁人无法理解的痴迷，但他又实在是运用起来乱七八糟得让人无法直视。令飏安静了几秒，默念"忍字诀"，最终还是觉得忍不了，她彬彬有礼地发问："哥，你能大发慈悲地说句人话吗？"

令晖无语，愤怒道："不是你自己说要起诉爷爷吗？！"

一瞬间，空气都凝固了。

三秒钟后，令飏难以置信地张了张嘴，说道："我起诉你个头啊！"她气得简直要笑了，"我又没疯，干什么起诉老爷子啊？！"

"逼……逼婚啊。"令晖说着也意识到似乎哪里不太对，他的声音渐渐小了下去，咕哝着转移了话题，"那你要起诉谁啊？"

令飏顿住了。

她沉默了好半晌，终于慢吞吞地吐出五个字："一个神经病。"

令晖陷入沉默。

前车之鉴还明晃晃地摆在那儿，令晖不得不防，他这次的措辞变得格外慎重与严谨："恕我冒昧……是字面意义上的神经病吗？"

他不问还好，这么一问，令飏脑海里登时浮现出一张俊雅秀逸的脸，以至于她有一刹那的犹疑。

然而，转瞬又想到他那种种怎么听怎么都觉得此人有病的惊世之语，她再不迟疑，斩钉截铁地点了点头，说道："对。"

令晖把键盘一推，彻底中止了工作，问道："怎么回事？你细细道来。"

十月天已经有点儿凉了，令飔抱着膝盖，一个人坐在花坛边上，不远处是一群伴随着网络流行金曲肆意放飞自我的跳着广场舞的大妈，右手边是一只二十四寸的粉红色行李箱。她迎着夜风，轻轻摸了一把九分牛仔裤下露出的那截纤细脚踝，然后垂下眼睫，低低喟叹一声："事情就是这样。"

令晖听完了来龙去脉，整个人只顾吃惊，居然连挚爱的成语都忘了用："等等等等……我的脑袋有点儿乱！你的意思是说，有这么一个人，神秘莫测地拿了你的一整套合同和收据，进而拿到了你新家房门钥匙，然后精心地把你家装修好，并且他还长得很帅？"

令飔点点头，"嗯"了一声。

令晖刚把思路捋清楚，关注点整个就跑偏了，问道："你说你家里里外外都是画作和瓷器？真的假的？方便带我去参观一下吗？"

令飔无语。她千算万算，忘了这哥们儿不仅是个成语狂热痴迷儿，还是个自称对各类古董字画爱得深沉的主儿了……

令飔抬头看了看天，低头看了看表，可怜她将近一整天没吃东西，现在真心挺饿的，越发没耐心再跟令晖闲扯，直接说："你就说能不能借我钱，能的话可以借我多少吧？"

令晖信誓旦旦："不带我去分文没有，带我去倾家荡产也心甘情愿！"

令飔再次无语。

"再见！"她干脆利落地挂了电话，决定先去找个酒店办理入住，然后再随便找点吃的填饱肚子，起诉的事，果然还是要从长计议吧。

坐得久了，腿有点儿麻，起身的时候令飔忍不住晃了一下，她连忙伸手扶住了行李箱拉杆，无意间瞥到半人高的花树丛后有什么一闪即逝，不由得一愣。

广场上人来人往，行道树上缠绕着光影斑斓的彩灯，一闪一闪的。音乐喷泉附近有小孩子在滑旱冰，几个小姑娘头上戴着兔子耳朵灯饰在追逐嬉闹，令飐轻轻皱了皱眉，自言自语："猫……吗？"

等令飐找到酒店，办完入住手续，收拾停当，已经是九点多了。这一天下来说不累是假的，她呈"大"字形瘫在床上，浑身上下每一个毛孔都发出了"老子要睡"的呐喊，但肚子和胃在抗议——毕竟，主人已经将近十个小时没有犒劳过它们了。

墙上的挂钟时针走向"11"，令飐还保持着先前的姿势静静地躺着，她连手指头都不想动，就转了转眼珠，瞥一眼桌子上都有什么。

然后，她不期而遇地看到了……桶面。

挺巧，也是老坛酸菜味儿的。

这玩意儿以前是令飐的心头宝，如今却像是自带 220V 的高压电，只因为在酒店提供的收费商品中多看了它一眼。她浑身一震，脑海里条件反射般再一次闪现出了那张白皙俊秀的脸。

"啊啊啊！"现在真是一不小心就能想到他，她懊恼又烦躁，一个鲤鱼打挺弹起来，抄起手机就往外冲，"吃饭去！吃饭去！"

晚上十一点，最热闹的夜市大排档中，令飐一边咬着一串糖葫芦，一边闲逛着，寻思再吃点什么。她的注意力更多地放在路两边的摊位上，以至于没留神正前方赫然是一个严重损坏并竖起了警示标牌的下水道井盖，直直地就往上撞。

"小心。"

一道清润悦耳的男声，发出短促的警示与提醒，令飐自己都没注意到身边什么时候多出了一个人，那人一伸手，稳稳当当地扶住了她。

猝不及防被人施以援手，令飐愕然抬头，疑惑又好奇地看向好心人，然后就愣住了。

那人倒是没愣，在路灯稍显柔和的光线映照下，那张面孔白皙如上等的玉，眉目似水墨画般清秀俊雅，他一眨不眨地凝视着令飔，看似没什么情绪，又分明很认真地说："天黑了，回家。"

令飔不明所以，脑袋里一串串前仆后继的问号，话还没来得及问出口，男人手掌下移，准确无误地握住了她的手腕儿。

他不由分说，牵着她就向前走，那副自然到近乎亲昵的姿态，就仿佛他们不是今天初次相识，而是早就熟稔到骨子里了……

身边人来人往，周围热闹嘈杂，令飔被他牵着一只手，亦步亦趋。她一头雾水，盯着男人颀长的背影看了几眼，欲言又止，最终还是忍不住问："莫非……你是人贩子吗？"

第二章

好好的一个大帅哥，怎么一出手就是金元宝

君致终于停下了脚步。

暖融的橘色路灯下，他回头看令飔，俊雅眉眼间是一抹不加掩饰的迷茫。

令飔没工夫深究他是没听懂还是没听清，冷着一张俏生生的脸，抬手，用力往半空中指了指，说道："看到了吗？有监控！"她微一侧脸，又面无表情地示意四周来来往往的行人，"这里可是闹市区，只要我大喊一声，你就不可能得逞。"

说这些话的时候，令飔看起来底气十足，但其实她掌心里冷汗都冒出来了——身为新闻从业者，并且主攻社会新闻方向，她清楚地知道，有一定比例的绑架案就是在众目睽睽之下完成的，虽然这么说很遗憾，但这是事实——公众对见义勇为的热情度，并没有受害人和旁观者期待的那么高……

令飔思绪纷乱，一面悄悄用空闲的那只手摸索背带裤口袋里的手机，一面飞快地思考着各种应对举措。君致却是神色如常，他微微仰头，漫不经心地看了一眼她口中所说的"监控"，而后又眉目镇静看向她。

"我不是坏人。"他说。

令飔语塞，扪心自问，他确实长了一张任谁看都不可能会做任何坏事的脸，但他的一言一行尤其是言实在是太吓人了……她定了定神，抬起头，凝视他的双眼，既然回避不能解决问题，她唯有开诚布公了："我也很想相信你没有恶意，但又实在好奇，你为什么会住在我家？"

君致沉默了。

"呵。"令飔短促地笑了一声，是自嘲，嘲笑自己轻信于人。她趁他不防，果断地从他的掌心抽出手来，转身就往一家二十四小时营业的便利店走。

君致只愣怔了半秒，便长腿一迈，再次跟了上来。

跟这么紧，还说自己不是居心不良？令飔头皮发麻，脚下步伐越来越快，越来越快，到了后来，几乎是小跑着进了便利店的门。

门一开一合，有夜风拂入，君致也跟进来了。

令飑进门第一时间先找监控，眼见几乎每一个角落安装得有并且显示正在工作中的摄像头，她内心稍安，快步走向正微笑迎客的收银员，压低声道："我不是他老婆，也不是前妻，更不是有精神病的姐妹或女朋友！"

收银小哥不明所以，问道："什么？"

大半夜来个顾客，"你好"还没说呢，先劈头盖脸来这么一通，小哥都蒙了。

令飑却思路清晰，她的手机现在是随时可报警的界面，也给旁观者澄清过了，眼下就是"敌不动，我不动，敌一动，就报警"了。

收银小哥可不知道令飑的脑子里都在想些什么，他狐疑地看了看她，再看了一眼她身后的君致，眼看这两人年轻靓丽，衣着打扮也并不像可疑分子，就三分警惕，七分客套地问："两位顾客需要什么？"

令飑心说我需要你清醒一点儿，最好是和我有默契！身后的君致却不疾不徐出了声。

晚风清凉，他的声线浅淡和润，清澈悦耳，清越动听："统一、蒙牛、奥利奥、乐事、雀巢、百草味。"说到这里他顿了一下，似乎是在回忆，"还有一个，嗯……张君雅小妹妹？"

令飑诧异地望着他，心道：哪有人这么点单的啊！还有……我怎么觉得这些东西我好像下午刚刚点过？

君致说："每样都来两份。"

收银小哥怕是也没见过这种场面，一时间有点儿傻眼。令飑抚额，心想看"神美"这交际能力怕是也作不出多大的妖，遂暂且放下防备，主动代劳，飞速去货架旁绕了一圈，然后带着半筐战利品回到了收银台前。

"老坛酸菜桶面、蓝莓加桑葚大果粒酸奶、草莓口味奥利奥、黄瓜味袋装薯片、脆脆鲨、芒果干、张君雅小妹妹混合装。"她一样一样往外拿，不忘向小哥科普。

小哥一脸"哇，今天真是长见识了"的表情，一面敲键盘，一面报了个金额。

令飔习惯性地拿出手机要扫码，因为手机停留在拨号键盘界面，就慢了一瞬，君致先一步把钱递了过去。

收银小哥伸手要收钱，愣了愣，问道："这是？"

令飔抬头，赫然注意到台子上明晃晃地放着一锭大元宝。

令飔愣住了。

收银小哥也是一脸发蒙的表情。

两个人一脑袋问号，不足半秒，齐齐看向君致。

小哥怒道："这三更半夜的你耍我啊！！"

令飔眼皮直跳，她二话没说先是一把把元宝抄回来随便塞进口袋里，然后语无伦次地开始解释："他他他……他开玩笑呢！"天地良心，她都不知道自己在紧张个什么劲儿，明明前一刻她还密切提防着这个男人存有什么不轨之心。这一刹那，犹如是与生俱来的本能，在他做出常人不能理解的离奇之举后，她护犊子似的，生怕收银小哥会有什么过激反应，下意识地把他挡在了身后。

"玩笑，玩笑！"她听到自己的声音说，"娱乐圈的人就是幽默哦，呵呵……"

演员？收银小哥立刻转而望向君致，如今新生代的偶像越来越多，他可没本事认全，不过眼前这个男人无论长相还是气度，倒确实挺像明星的……

越看越觉得这年轻男人皮相上佳、气质卓绝，收银小哥忍不住又看了他一眼，这么一看，被戏弄的愤怒和心里的狐疑顿时打消了大半。

令飐把屡有惊人举措的某人又往背后挡了挡，一边扫码支付，一边故作烦恼地叹了一声："入戏就这点儿不好，杀青了还当自己是在古代呢……"

一句抱怨登时澄清了所有乌龙，收银小哥疑虑全消，并热切询问是否可以得到一张这位帅哥的签名，令飐铁面无私地表示不可以，然后火急火燎地拉着帅哥就往外冲。

她走得太快，仿佛脚下踩着熊熊燃烧的风火轮。还是君致意识到了什么，他匆忙间回过头，手一伸，往收银台上一捞，把险些被遗忘的一大袋子吃的拎在了手中。

夜里十一点半，令飐拎着君致，他拎着零食，两个人一前一后在大马路上疾走。

她的架势像是身后有狼追，君致竟也不开口、不抗议、不提醒，乖乖地任她拽着走。

走着走着，令飐回神，脚下猛地一顿，君致眼明手快，急急停下了脚步，这才没有撞到她身上。

"你！"令飐甩开他的手，回头，眉眼间全是气急败坏的意味，"到底是怎么回事？"

她是真的要疯了！

好好的一个大帅哥，怎么一张口就是怕纸烫，一出手就是金元宝？！他……他是真的脑子有问题还是存心耍人呢？！

令飐身高一米六七，体重九十二斤，整个人算得上是高挑纤细型，然而这个"高挑"，在一米八二的君致面前就堪称是"娇小"了。

饶是面前的女孩子比自己矮了一大截，他却毫无身为"上位者"的优越感与自觉，他微微低下头，凝视她，目光如阳春三月的水，波澜不惊却温柔——即便被她指着鼻子这般没好气地质问，竟也不恼，足以见得涵养有多好了。

这世上最扫兴的事情是什么？莫过于一拳头打到棉花上。令飐原本带着气，被他用这样煦暖温和的目光盯着，整个人顿时就泄气了。好巧不巧，几分钟前自己不由分说就护他短的"英勇事迹"也来凑热闹，她莫名觉得懊恼且尴尬，哪里还有心思再继续往下说？

"算……算了。"她胡乱地摆了一下手，宣布这件事就此翻篇儿。她有点儿不自在地摸了摸自己的头发，脸莫名其妙有点儿发烫，便有意无意地回避了他的目光，"我回去了。"

此时此刻距离零点整只差十五分钟，是真正意义上的深夜了。这一整天折腾下来，令飐既累又饿，浑身上下每一个细胞都叫嚣着要赶紧滚回去睡觉，便闷着头往不远处的酒店走，心想就算是天王老子来我也不管了。

当然天王老子没有来，来的依旧是君致，他再一次紧紧跟着她，两个人双双到了酒店门口。

令飐的嘴角忍不住抽了抽，脚步却没停，竭尽全力当他不存在，忽地脸颊上一凉，不由得愣了愣。

她站在台阶上抬起头看天，下雨了。

不是错觉，令飐的余光无意间瞥到，雨滴落到君致身上那一瞬，很明显地，他秀气的眉皱了皱。

大部分人不喜欢淋雨，这道理令飐懂，但君致"不喜欢"的程度未免也太严重了点——几乎是她刚刚看到他皱眉，身畔忽地一阵风掠过，下一瞬，芝兰玉树般的男人已然站在了酒店大堂光滑可鉴的大理石地板上。

令飐诧异。

什么情况？一个大男人居然躲雨躲得这么快？"神美"，你……你一天当中带给我的意外实在是太多了啊！

半夜到访的两个人，成功引起了前台小姐的注意，只是不知道她是太困了还是没睡醒，一开口竟然来了句："二位好，开房吗？"

令飐无语，不知道如何回答前台小姐这直白的发问。

君致微微蹙起了漂亮的眉，似乎是对这句话中的某些字眼心存困惑，他动了动纤薄的唇，眼看是要不懂就发问，千钧一发之际，还是令飐凭借求生本能及时开口，阻止了紧接着一定会出现的尴尬局面。

"下雨了，有伞吗！"

毕竟是紧急救场，令飐的声音不由得有点儿大，前台小姐愣了愣，大概是没有想到她说话会这么不客气。令飐回过神，顿时也觉得有点儿不好意思，她尴尬而不失礼貌地笑了一下，连忙把自己的房卡递了过去，说道："我住 1105 号，费用麻烦记在房费上。"

"哦……"前台恍悟，立刻抽出一把透明的备用雨伞，递给她，"免费的。"

令飐接过伞，道了谢，转手就把它交给君致，说道："走吧。"

外面的雨还在下，但这点儿雨对令飐来说真的小到可以忽略不计——换作是她，哪里还需要伞啊？早撒丫子狂奔到二里地开外了。只是，君致天生长了一张惹人怜香惜玉的俊俏脸孔，又因为雨皱了眉，还偏偏被她看到了，那么身为侠肝义胆表率的飐小姐，是无论如何不能再让他淋到雨了。

君致乖乖接过了伞，没说话，也站着没动，令飐却想到了什么，又开了口："等一下。"

她低头鼓捣了几下手机，又给他叫了辆车，自言自语："太晚了，走回去天都要亮了吧……"

令飐低着头，所以没有发现，站在咫尺之遥、拿着透明雨伞的俊美男子，一言不发，眼睛一眨不眨地紧盯着她。

千百年了……斗转星移，世事浮沉，君致见过太多太多的人，眼前的这位，算不上是最好看的。然而，她清丽白皙的脸、纤细优美的颈，还有那蕴藏在灵魂深处不自觉流露出的善良，是他刻骨铭心的怀恋，念念不忘，历久弥新。

还是没变啊……他凝视着她的侧颜，心想：除了不再认得我，她和千百年前，如出一辙。

"嗯？"令飔叫好了车，一抬头，正撞上君致看她的目光。她怔了怔，却没多想，只当他是在走神，便善解人意地把刚说的话又重复了一遍，"明天上午十点，我们在小区里见一面，成吗？"

君致听到"见面"二字，眉眼间登时绽放出神采，他不假思索，非常果断地点了点头。

令飔也点头，与此同时做了个"请吧"的手势——车来了。

君致看着她，看了将近一分钟，那副架势，就像是暌违已久终得重逢，怎么看都带着点儿依依不舍的意味。

令飔只觉得他的眼神有些怪异，但他本身就是个怪人，于是她没多想，又向他示意了一下停在门口等待的车，迟疑了一下才问："那个……奥利奥可以给我吗？"

君致一愣，转瞬回神，一股脑儿把整整一袋子的吃的塞进她怀中。

令飔猝不及防抱了个满怀，刚想说这可是两人份的啊，都给我，你不吃吗？这时一只手掌毫无预兆地伸了过来，蜻蜓点水般轻轻触碰了一下她的额头，而后脚步声起，"纠缠"了她大半天的男人，终于走了。

令飔又做梦了。

梦境里，她身穿繁复古装，赤着双脚，独自站在一汪殷红的血泊中。

身畔仿佛有人在哭，又好似只是呜咽悲鸣的风，这背景音是如此的凄凉，又真实到极具立体环绕音的声效，饶是知道这只是场梦，令飑的心情依旧有点儿沉重。

如有感应，潜意识的她不开心，血泊中的她便皱了皱眉，朱唇微启，像是要说什么，令飑忙凝神去听，然后……

她就醒了。

一脸麻木地盯着天花板，躺了将近五分钟，她终于偏了偏头，摸过手机看时间：三点四十五分。

窗帘拉得严丝合缝，酒店房间里光线很暗，她在一片幽静中无声地叹了口气："又来了……"

还真不是她夸张——自打某一天起，如同被一股神秘的力量驱使，令飑毫无预兆地便开始做梦，并且次次都是一模一样的情境。

时不时就梦到一摊血，对谁来说都不会是什么愉悦的体验，令飑也不例外。她不是没有动过要去寺里求个签问问卦什么的念头，奈何醉心中国古代文学与周易玄学不可自拔的计算机系"代码狗"令晖拦住了她。

"世事洞察皆学问，算卦何须问僧人？"令晖先是秀了一句东拼西凑来的文儿，然后一本正经地开始了他的表演，"周公曰：血者，红也，乃金钱的象征。血主财，见血者必发。女施主，我仿佛听到您说的是一摊血？呵呵……血流得越多说明您财运越旺，看来您红运将至，近期必有喜庆之事发生哇！"

令晖大师第一次说出这段卦辞的当天，令飑女施主天真地信了，然后她买东西忘了接找零，斥资一百块买了一盒酸奶；他第二次说出这段卦辞的当天，她再一次天真地信了，然后她遗失了五百块钱；他第三次说出这段卦辞的当天，她又一次说服自己：血浓于水，事不过三，再信他一回能怎样呢？然后她开车不小心撞上了树，扭曲变形的保险杠分分钟教会了她缓慢驾驶和重新做人……

而令晖大师第 N 次说出这段卦辞的今天，令飔女施主毫不犹豫，面无表情地打断了他，冷冷地道："哥，欧巴，兄长大人，算我求你的，闭上嘴好吗？"

　　令晖没想到她会这样说，先是愣了一下，然后表示不甘心，在电话那头喋喋不休地狡辩："没听过那句歌词吗？没有人能随随便便成功！飔小姐，听哥的准没错儿，这点儿小打小闹什么都不算，你梦到那么多次的血绝对不会白梦，没准儿后头有一座大金山在等着你呢！"

　　令飔没工夫听他胡扯，她打开免提，把手机扔在床头柜上，光着脚下了床，"唰"地一下拉开窗帘，洒入一室的阳光。

　　令晖密切关注着她这边的动静，忽地听到"咚"的一声响，他愣了愣，连忙发问："怎么了？什么东西掉了？"

　　令飔静默了有半分钟，然后幽幽地答："元宝。"

　　令晖惊讶道："什么玩意儿？！"他只诧异了一下，转瞬就怒道，"你还是不信任我对不对？讽刺你哥呢对不对？"

　　"不，"令飔盯着地上那锭元宝，看了好一阵，终于慢慢地说，"这一回……你可能蒙对了。"

　　"哎，怎么说话呢？什么叫蒙啊——"令晖的抗议声越来越远，不是他降低了分贝，而是令飔没心情再分神去听了。她蹲下身子，用指尖碰了碰那锭元宝，硬硬的。拿起来，攥在掌心，沉甸甸的触感让她陡然间生出了一个大胆的想法。

　　"是真的。"十五分钟后，金店柜台前，妆容精致的导购小姐面带微笑说，"超声波仪器清洗后，黄金的克重略有减轻，是因为清除掉了上面的灰尘和杂质。那么您这块元宝现在的克数是——"

　　"不用。"令飔没有让她报克数，她感兴趣的是，"店里有这款产品出售吗？"

"啊？有倒是有……"导购小姐低头看了看元宝，又抬头看了看令飏，眉目间难掩疑惑，"不过……您这个不是家藏品吗？我们这里确实出售有可供收藏投资送礼用的元宝和金砖，虽然克数不同，但最重的也只有五百克……"

果然。

令飏想了想，犹不放心地再确认一遍："意思是我这个并不是在市面上普遍流通的？"

"对。"

"哦……好的。"她心事重重地点了点头。

从金店里出来，令飏掏出手机，语气复杂地向大师报喜："瞎猫，祝贺你……居然撞上死耗子了。"

"什么，什么？""瞎猫大师"一听这话，当时就激动得不能自己了，"怎么样！我就说那元宝是真的了吧！我跟你讲哦，我刚刚在某宝上搜了搜，区区五百克的就要十四万多，飏小姐，你何止是行大运，简直是走了狗屎运啊！"

令飏抬起手腕看了一眼表，残酷地打断了令晖的激情演说："还有半小时就到十点了，你到底来不来？"

"来来来！"令晖在电话那头不停地喊，听动静像是站起身往外走了，"老爷子无情地把你赶出家，大伯和伯母不接你电话，此情此景让见者伤心，闻者落泪，你善良英俊、古道热肠、爱管闲事的哥哥怎么能坐视不理呢？！"

令飏一边拦出租，一边毫不客气地戳穿他道："你就是为了看古董，跟我是什么遭遇关系不大。"

"哎，瞧你这话说的！"令晖义正词严，据理力争，"天地良心，我亲爱的堂妹家里无缘无故住进一个男人，长得贼帅，脑子有坑，还携带了一堆价值连城的古董，我不得去看看它们是不是来历不明，以及这个人到底是隐形富豪还是个盗墓贼啊？"

令飐无奈地说道："哥，你是不是知道得有点儿多？"

"不多不多，学富五车。"令晖在电话那头谦逊地摆了摆手，"你少废话，我坐上地铁了，一会儿见。"

九点五十一分，两人在小区会合。

临进楼道前，令晖一把拽住了令飐，神神秘秘地说："是按原计划行事吗？"

"啊？"令飐愣了，"我们……什么时候有过计划？"

"哦。"令晖一本正经地胡说八道，"那么现在起有了。我的建议是——毕竟我人高马大，英俊挺拔，不充分利用这一点真的是太可惜了。所以，不妨由我扮演你的男友，这样既能便于我名正言顺为你争取各项权益，也能够对对方形成强有力的震慑。"

这算哪门子多此一举的建议？令飐感到十分不解，问道："你是我哥就不能震慑他吗？"

"那不一样。"令晖却自有一番道理，"假如，我是说假如，他图谋的是你的美色呢？防人之心不可无，还是哥哥牺牲小我，让他死心为妙。"

令飐在心里翻了个白眼，见过君致那张俊雅秀逸的脸，她实在不觉得有什么人能够配得上让他图谋美色。她绕过自家堂哥往前走，一边按下电梯按钮，一边痛心疾首地说："你想多了……听我的，你就负责看你的古董，做一个安静的美男子吧。"

设想很美好，谁料天不遂人愿，令飐到了九楼，敲了敲902号的房门，耐心地敲了两次，却好半天都没人来开。

"没在家？"令晖踮起脚，徒劳无功地透过猫眼往屋里看，与此同时，随口指挥道，"你不是有钥匙吗？开吧。"

不请自来是为贼，何况屋里还有那么多她压根儿看不出价位的东西，哪里敢随随便便乱开？令飏没理这个一心急于开眼界的狗头军师，低头开始翻手机通讯录，给物业打电话。

物业值班的是个姑娘，接起来就笑了："哦，是令小姐啊！我正想过去见您一面呢。"

令飏问："怎么回事？"

"是这样的，今早我们上班的时候，君致先生到办公室来，托我们转告您一句话。他说他临时有事，必须亲自去处理，所以恐怕要错过和您约定的见面时间了……他希望您不忙的话能在家里等一等，不用很久，他一定会尽快赶回来的。"

在家里……等？令飏的眉头忍不住皱了一下，疑惑地问道："他是这么说的？"

"嗯！"值班姑娘十分笃定，突然又笑了一下，语气莫名变得有一些粉红和八卦兮兮，"他的原话是'别走，家里有你喜欢吃的'。好浪漫哦……"

令飏一时不知道如何接话，虽然用脚指头想也知道最后那四个字是姑娘自行添加的感叹，但她的脸还是腾地热了一下。她对天翻了个白眼，腹诽：为什么要特意强调吃的啊？以为这么做就能阻拦我离开的脚步吗？！幼稚！

一分钟后。

"嗯……这个戚风蛋糕不错……"令飏轻咬一口，蛋糕软糯可口、唇齿留香，她黑白分明的大眼睛惬意地弯成了两道月牙，感觉整个人满足得都要飘起来了。

令晖也很满足，他也不知道打哪儿鼓捣来了一个放大镜和一副眼镜，正满屋子溜达着装考古鉴赏专家，各种赞不绝口和啧啧称羡。

"哇！这幅字简直是绝了！"

"妈啊！这这这……这可是大师的画！"

"钱？如果你透过这些只能看到钱，那未免也太庸俗了！而我就遗世独立、清新芬芳，看到的都是文化瑰宝的传承与不朽。"

令飓对此嗤之以鼻，本来不想接话，现下整个房子里只有他们两个人，她边吃边听（主要是吃），默默地忍耐了十分钟，实在是按捺不住了。

"对不起。"她嘴角沾着巧克力屑，抬起手腕胡乱一擦，一脸抱歉地说，"打扰您装文雅了。请问，您这场只有我一个观众的演说还有完没完了？"

令晖被怼，瞬间愤怒了："你就不能像别人家的妹妹一样对哥哥满怀敬畏吗？"

"不能。"

"你……你再这样别怪我打小报告了啊！"

"你去。"令飓抬手示意他把放大镜等鉴赏工具统统上交，而后面无表情地撒了个很冷的娇，"人家根本没在怕的啦。"

令晖无语，输了，输了……

君致从外面回来，见到的，正是一个陌生男人对着令飓耳提面命的画面。

一个陌生男人坐在他家的红木圆凳上，一脸的恨铁不成钢，咄咄逼人地指着令飓的鼻子数落："不是我说你啊，你看看你自己，懒癌死宅吃得多，对着男生自称哥，你……你这样哪个男的会喜欢你啊？！"

令晖就是这样，生性爱碎碎念，其实根本见不得别人说自家堂妹半句不好，令飓深知他的脾性，加之这些老生常谈她早听得耳朵都磨出茧了，所以根本就不在意。但在君致看来，一切就不一样了。

"这个男人，在欺负她。"君致的脑海里刚刚闪现出这个念头，身体便条件反射性地疾掠上前。下一秒，身高一米七九的令晖宛如一只无助的小鸡仔，被人攥着衣领拎至半空，双脚骤然离开了地面。

什么情况？！

事出突然，令晖整个人都蒙了，他茫然四顾，下意识地寻觅着莫名其妙袭击自己的人，忽听耳畔传来冰冷至骨髓的声调："道歉。"

令晖像一只风筝一样，前所未有的纤薄与柔弱，他被一只修长有力的手掌悬挂在空中，满脑子黑体加粗初号字体的疑问：发生什么了？！

与令晖相比，令飔则是这个诡异场面的旁观者，因此她受到的视觉冲击也就更大。她无声地张开了嘴，要送进嘴巴的爆米花却掉了，她发誓，她真的感觉到了——那一秒，周遭的空气都凝滞了。

不知道时间过了一秒，十秒，还是一分钟，令飔依旧呆呆地保持着手指往嘴巴里运送零食的姿势。她慢慢地眨了一下眼，迟疑、谨慎且非常有礼节地发出声音："那个……我好奇请问一下……"

君致应声回头，眉目如画，黑眸清凌凌地注视着她。

客观来讲，君致身材颀长、五官精致，整体气质又完美地兼容糅合了"贵公子"与"书卷气"两种属性，长相其实是偏秀致俊美那一挂的。然而，谁能想到这张俊秀无害的面孔、这具匀称修长的身躯，居然蕴藏着不容小觑的惊人力量？他面无表情地手掌一翻，就能轻轻松松地把身体强壮、孔武有力的令晖提起来。这实在是反差感太大，不亚于弱不禁风的绝色美人把横行乡里的混账恶霸狠狠地碾在脚下，真的是……那画面太美，我不敢看。

被这样的"怪力美人"盯着，令飔不自觉咽了一口唾沫，她先看了一眼自己那被勒到脸色发紫的可怜堂哥，然后又看回美人儿，小心翼翼地虚心请教："这位……壮士，那个，咱们之间……是不是有什么误会啊？"

美人壮士微一蹙眉，令飏眼皮一跳，连忙补充澄清："是您让我们在家里等，也是您让我们随便吃的……所以您看，道……什么歉？"

君致迷茫了一下，为令飏的措辞——

她说"我们"。

只是一瞬的走神，令飏已趁机来到了二人身边，她飞快地向令晖递了一个眼色，示意他挺住，继而循循善诱地望向君致："他，是我哥，堂哥。如果是我擅自带人赴约令你感到不适，那么，我向你道歉。"

来之前，令晖对君致有一个泛泛的初步认知，即"长得贼帅，脑子有坑"，但具体这个坑有多大，注没注水，水量澎不澎湃，以及是否会激起什么具有危害性的波浪，他一概不知。

然而令飏就不同了。

作为902室的主人，她"有幸"见识过君致几次"犯病"，是充分领教过他的"神经病"风采的，因此她索性努力顺着他的思维来与他沟通交流，解决问题。

果然，听了令飏的话，君致那张漠然的俊脸表情略微松动。他低垂眼睫，与她充满期待的目光相撞，顿时手指一松，令晖重获了自由。

"呼……"

人高马大的令晖安全落地，一张脸又青又白，既是因为难受，也不乏尴尬、郁闷、丢人现眼等情绪在里头。令飏不着痕迹地把他往身后挡了挡，平静开口："我们谈谈。"

君致却没应声。

他往几案上瞥了一眼，见其中好几样零食都被令飏吃掉了大半，眉眼顿时一弯，分明是个愉悦的表情。而后他二话没说就把被吃掉的那一部分尽数补上，朝她一笑，温和说道："你吃。"

令飐第一反应是想说不用客气我吃饱了，然而话还没有出声，君致朝令晖淡淡一瞥，说道："你来一下。"

令飐疑惑，不知道君致意欲何为。令晖则是惊恐万分，生怕君致又做出什么出格之举。

两个人异口同声地问："干吗？！"

君致眉眼一扬，那动作美得竟有些妖艳，他莫名其妙反问他俩："不是要谈事吗？"

"长兄如父，你把他带来倒也不错。"不知为何，他说话的口吻莫名有些老气横秋，还隐隐透着一股子封建糟粕的气息，看向令飐的眼神却无比温和，"我们谈，你玩你的。"

扔下这句，君致再没停留，他颇具压迫性地瞥了令晖一眼，长腿一迈，率先推门进了书房。

令晖和令飐都愣在原地。

令飐万万没想到君致竟然会点名要跟令晖谈，一时间不免有些愣怔。被点名的那位更是瞬间垮了一张脸，他像一只幼弱可怜的小鸟一样扑棱棱飞向自家堂妹身边，跺一跺脚，地动山摇。

这个五大三粗的汉子梨花带雨，悔不当初地号啕："飐小姐，我错了……你说我来之前为什么要嘴贱啊？！震慑？震慑是什么意思？人家连这两个字都不会写啊……"

令飐的嘴角抽了抽，为她哥超乎想象的窝囊，但她又莫名地笃定：君致，不会伤害他。

跟谁谈归根结底都是谈，不妨看一看君致究竟搞什么名堂。说来惭愧，令飐有一点儿看热闹不嫌事大的意思，她同情地拍了拍令晖的肩膀，长叹一声："出来混迟早是要还的……去吧，从明天起，谨言慎行你可以了解一下。"

连自家堂妹都不肯帮自己，这绝对是腹背受敌，令晖无计可施，一脸悲壮地奔赴"战场"了。

那一天，君致和令晖聊了多久，令飐就坐在客厅里思考了多久，她极力开阔思路，努力设想他们会聊些什么——虽然令晖面对君致表现出了异于常人的窝囊，但她坚信，他一定会为她讨要一个公正合理的解决方法的。

谁能想到，令晖从书房里出来，竟然给了她一个十分意外的私了方式。

"房子是你买的，装修是他弄的，我看要不然……你们干脆一起住吧？"

啊？令飐当场就蹦起来了，难以置信道："你们聊了这么久结论就是这个？你……你就不怕他是危险分子啊？！"

令晖的理由很充分，笃定地说："危险分子不会主动跑来给这么小一套房子装修。"

令飐表示不服，反驳道："没准儿他是没钱买房呢！"

"你是忘了那一锭大元宝吗？！"令飐的话简直满满的槽点，令晖一脸无语地看着她，"你这房全款多少钱？"

"五十九万。"

"进门处屏风架子上那两个碗，你看到了吗？"

令飐愣了愣，一是她根本没注意，二是她好奇好端端的话题怎么跑到碗上面去了。

令晖比了两根手指头，一脸高深莫测地说："那两个碗，至少值这个数。"

令飐皱眉，不以为然地道："两百块啊！"

"两万！！！"令晖气得都要骂人了。

身为一个"代码狗"，令晖自诩平时对古玩珍宝什么的很有研究，然而令飏根本就不信，遂对天翻了个大大的白眼。

令晖没计较她有眼不识泰山的无知，他的表情莫名有些古怪，朝书房努了努嘴，神神秘秘地压低了声："这小子有钱，非常、十分、特别有钱。"

令飏不听这句还好，一听差一点儿就动手了，她瞪着令晖，磨着后槽牙道："这就是你卖妹求荣的理由？"

"当然不是！我之所以被打动，是因为他的一句话。"

令飏面无表情，等着看他能不能从嘴巴里变出一朵花。

"他说，"令晖一字一顿，说出石破天惊的一句话，"那些东西都是你的。"

啥？！令飏目瞪口呆，下巴都要掉了，万万没想到，更劲爆的还在后面。

令晖面色沉沉，眼睛一眨不眨地紧紧盯着自家堂妹的脸，慢吞吞吐出最具杀伤力的三个字——

"还有他。"

令飏整个人都蒙了。

活了二十七年，她买彩票从没中过，喝饮料永远是"谢谢惠顾"，她从来没觉得自己运气好，怎么这一次，突……突然冒出来一个绝色大帅哥主动给她装修房子，附赠一堆古玩，还口口声声宣称连他本人都属于她？！

令飏想不通，她心想：报警，果然还是应该报警吧！如果说，她之前只是觉得这漂亮男人有病的话，那么，现在，她觉得——

这简直是有鬼了！

第三章

最后一项是工作？那么，
我是令嫒的守护者

令飐曾经做过一项社会调查——假如你遇到一个精神有问题的人，会选择如何应对？

面对摄像机和话筒，百分之八十五的参与者光明磊落，毫不犹豫地说出了答案："跑啊！惹不起还躲不起吗？"

令飐记得当时的自己皱了皱眉，因为她和剩下百分之十五的被采访者一样，认为这种做法过于简单粗暴了——利己固然没错，但最起码也要考虑一下他人，既然明知道精神病人随意走动不仅对旁人包括他自身都存在一定的安全隐患，那么报个警也不过是举手之劳。

当时的令飐，真的是这么想的，然而此时此刻，在一再被君致的惊世骇俗言论震撼到后，她本能的第一反应，居然也是跑路。

——啊啊啊！哪怕跑下楼再报警也好啊，快点让我离开这儿！

"离开个头啊！"令晖伸出一条腿，绊得夺路而逃的令飐一个趔趄，他老神在在，双手环胸，以十分丧心病狂的方式拦住了她，"光天化日，朗朗乾坤，谁能奈你何？再说了，你威武雄壮的哥哥还在这儿呢，你怕什么？！"

令飐真是信了她哥哥的邪，她气怒交加地道："你不怕你就在这儿坐着甚至可以混顿午饭，但能不能麻烦高抬贵手放我自由？我拜托你了！"

令晖不理会令飐的话，他往房门紧闭的书房看了一眼，略微压低声调，催促道："你跑个屁，他还在等你的答复呢！"

答复什么？是否同意两个人住在同一屋檐下？令飐啼笑皆非，由衷感觉这个建议真心是荒谬得不得了，她斩钉截铁地道："我是不会答应的！还有，他是怎么回事？这剧情是不是有一点儿跳脱？我怎么不知道你什么时候变成传声筒了？！"

令晖摸了摸鼻子，笑得害羞又腼腆："这个职位是我主动争取的……哎，我这不是爱宝、护宝心切吗？再说了，常言道，英俊的男孩子心地不会太差，他那么帅，又那么有钱，犯不着处心积虑地接近你，只为了违法犯罪啊！"

这是什么人工捏造的常言？！还爱宝、护宝！眼看和这个亲疏不分的古董迷堂哥根本无法沟通，令飑气到不行，怒道："你别叫令晖了，你不配做我哥哥！"

他们两个在这边争执得不可开交，书房里，安静独坐的男子默默地把令飑每一句话都听在耳朵里，他眉目沉静，表情倒是风雨不惊，只是轻轻叹了口气："果然……不行啊。"

那一天，令飑到底还是逃了，她跑得比兔子都快，速度和爆发力简直称得上惊人，但该解决的问题依然没有解决。

只是，没人爱惹神经病，逃避可耻但有用，令飑就这么自欺欺人地躲在酒店里过了三天。

三天后，她实在是躲不过了——房贷还款期要到了。

凌晨四点半，她木着脸盘腿坐在床上，打开手机银行查看存款，翻来覆去查了 N 张卡，奈何再怎么查钱也不会多出一分来——余额总计五千元。

"五千减三千二，等于一千八。"她喃喃自语着算了笔账，欲哭无泪，"这是要露宿街头的节奏啊……"

她又给令晖打了个电话。

"恕我冒昧，因为我真的是百思不得其解。"被电话铃声吵醒的令晖在电话那头打了个哈欠，睡意浓浓地疑惑发问，"飑小姐，你好歹也是市台社会民生频道数得上号的名记啊，怎么会如此穷困潦倒？"

这个问题正中要害，令飑一双大眼睛闪了闪，没说话，一时间竟也忘记批判他无时无刻不在用成语了。

"不对。"一脸睡意的令晖居然敏锐如警犬，瞬间就嗅到了异样，"令飚，你……别是背着家里出了什么事吧？！"

还真是的。

前文已述，令飚的确是市台社会民生频道数得上号的名记没错，她的月薪也确实还算过得去。但多年积蓄都被拿去付了两居室首付，最近又恰巧赶上一位被她报道过的主人公落了难，她见他实在可怜，就毫不犹豫地把手头应急用的五万块全借出去了。

钱借出去了可怕吗？不。

可怕的是那位主人公拿到钱的当天就消失了。

人不见了，连出院手续都没办，携款私逃的嫌疑怎么看都太大了。世上没有不透风的墙，电视台有不少同事不知从哪里听闻了令飚的仗义之举，有的为她痛心，有的干脆破口大骂，当然也不乏看笑话的——几个平时就嫉恨她备受台领导器重的人聚在茶水间，阴阳怪气地说她圣母病，自找的。

令飚没有圣母病，好在也不是个玻璃心，是以没有同事们那么层次丰富的心灵感触，她只有两个感觉——一个是为自己那辛苦赚来的五万块钱感到肉疼，另一个，更多的，是遗憾自己看错了人。

没错，她虽日日报道社会新闻，但内心始终相信人性是美好的，那个家境困顿、老实巴交的农民大哥居然会骗她？她难以置信，并且……有些伤心。

"这样。"台领导确实非常器重她，主动说，"他的老父亲不是住院了吗？信息肯定都登记了的，台里出面，一定帮你把钱要回来。"

媒体的作用不可小觑，令飚身为新闻从业者，自然比谁都了解，但她想了想，最终还是拒绝了。

台领导看着她，不用猜也清楚她心里在想什么，一针见血地说："你想等一等？等他主动回来找你？"

令飚低着头，没说话。

是默认了。

领导瞪着她看了半晌，既心疼，又无奈，末了，叹了口气，大手一挥，道："得得得，知道的人说你心善，不知道的还当你是傻呢……台里新来那几个实习生业务素质还行，我给你那栏目拨过去两个，你呢，干脆趁这个机会给自己放个假吧。"

……

前因后果就是这样，令飚一夕间就穷得叮当响了。只是事情说来简单，要原原本本地告诉家里人，她却不免感觉有些为难，加上这两天又赶上被老爷子逼婚，正值敏感时期，还是不要节外生枝为妙。

"没。"令飚在脑子里把整个事情回顾了一遍，时间却只过了十数秒，她的回答及时并且果断，"我能出什么事啊？"

令晖半信半疑，又要再问，被令飚打断："晖总，我打电话不为三堂会审，是为了借钱。"

令晖噎了一瞬，而后有些吞吞吐吐地说道："我不是不想借给你。"

令飚心道不好，果不其然，令晖咬了咬牙，开始劝："飚小姐，以我二十九年的人生阅历来看，君致真的不像是坏人，反倒像是有故事、有苦衷、有隐情。你们记者不是自我标榜最爱还原事实的真相吗，为什么不能给他一个被了解的机会？"

令晖这人说话很少着调，所以令飚原本准备好了千万句的反驳之词来应对他的偏袒之词，孰料大少爷猝不及防说出了这么一番客观冷静、有理有据的话来，她太过意外，顿时就愣住了。

晨光熹微，令晖在电话那头又打了个哈欠，他困得不行，索性做总结陈词："钱不是问题，你是我妹，要多少我砸锅卖铁都会给你。但是，令飚，逃避没用，他提到你时眼里的光也骗不了人，我希望你能再想一想。"

令飐张了张嘴，还没来得及出声，"嘟嘟嘟——"电话被挂断了。

她坐在床上，沉默地坐了好一会儿，身后是一点一点努力往上攀爬的朝阳。透过窗户，暖橘色的晨曦温柔缱绻地披满了她半边肩膀，仿佛是恋人沉默深情的臂弯，她低下头，缓缓地抱住自己的膝盖，"拔剑四顾心茫然"般长叹一声："你究竟是何方神圣啊……"

那之后又过了几天，令飐依然在负隅顽抗。

房贷不等人，她用硕果仅存的五千块钱去还了月供，又去超市屯了几大包优惠装方便面，然后就日日缩在酒店里，吃面、睡觉、刷新闻。

没错，刷新闻——职业属性使然，她刷的，统统是社会民生板块。

于是就看到了"腌酸菜！××街头上万斤大白菜现煮现卖"，"秦镇米皮涨至六元一碗，因煤改气致成本增加"，"十三岁儿童刷八千元买苹果手机，父亲退货遭拒绝"，"望妻石？一疑似聋哑华服帅哥苦等女友回心转意，市民纷纷表示心疼"……

令飐就是干这行的，一眼扫过去不仅能揣测出大致内容，连报道的撰写方式都能猜出个八九不离十。窗外正在下雨，她百无聊赖地滑拉着手机，兴味索然地透过新闻题目看浮生百态，忽地，一个念头毫无预兆地闪过，她正娴熟滑动屏幕的白皙手指霎时间停顿住了。

什么……帅哥来着？

浮光掠影的记忆里，依稀记得报道者似乎用了不止一个限定词，令飐努力回想，未果，又本能地不想就这么不了了之，她锁着眉头，开始往上翻找。

不是。

不是。

都不是……

各色新闻眼花缭乱，令飔耐着性子，一点一点翻啊翻，足足翻了三页，终于找到了。

　　聋哑？华服？她目光如炬地锁定标题，眉尖忍不住一蹙，手指已经自觉地把网页点开了。

　　下一秒，她本来就黑白分明的大眼睛，一瞬间瞪得溜圆溜圆的。

　　——屏幕上，映入眼帘的，赫然是一张年轻俊雅的脸。

　　因拍摄角度的问题，报道中附的照片是一张侧脸，但那容貌绝艳的男人，穿的依旧是初见那天时的衣服，衣袖处绲着金边，一身芝兰玉树般的贵家公子气度。令飔盯着那张俊美无瑕的侧脸看了将近一分钟，这才想起来看内容，她视线下移，寻觅佐证。

　　"记者向多位市民求证，大家一致反映这名男子近几日内一直在同一地方等人。鉴于无论路人怎么向他搭讪均毫无回应，大家普遍认为他可能存在听力及语言障碍……"

　　好好的一个大帅哥，怎么说聋哑就聋哑了？令飔嘴角抽了抽，生怕自己看花了眼，连忙上翻重新去看图片——虽然只是几面之缘，但她还是可以笃定，没有错，这个人就是君致。

　　确定了这一点，她一个鲤鱼打挺，从床上弹起来，光着脚去拉窗帘，映入眼帘的景象是暴雨如注。

　　雨势太猛，瓢泼似的砸在窗户上，活生生诠释了什么叫作"劈头盖脸"。令飔被吓了一跳不说，根本就看不清外面的世界。

　　想起新闻报道的内容，她二话不说就转身，正准备出门下楼，扔在床尾的手机响了。

　　令飔根本没顾上看来电显示，接起来，听了一句，就有些恼："邵明明，你已经入职三个半月了，怎么还连一条短消息都不会写？！还有，我现在在休假，再说，我这边还一堆糟心事掰扯不清呢，真的没工夫陪你去采访！"

新晋实习生记者邵明明是个小鲜肉，立刻就"嘤嘤嘤"起来了，他哭天抢地地喊："姐，飏姐，我救苦救难的亲姐！明天晚上就是截稿之时，你不陪我我绝对会被主编宰掉的啊！"

这个人就是这样，仗着自己长得帅、年纪小，各种爱撒娇偷懒，令飏前后帮过他无数次，这一回是说什么都不肯再上当了，直接拒绝道："走好。"

"不要啊！姐，你听我说！我找你不是没有理由的！"邵明明开始在那边声嘶力竭地游说她，"锦绣大道，离你住的地方不远吧？据热心市民反映，就是在这附近见到了古怪美人儿，这一片可是你的重点报道范围，我不找你找谁啊！"

令飏条件反射地刚想顶回去，突然眼皮一跳，愣道："古怪美人儿？"

"对啊！这代号有意思吧！"电话那头的实习生生怕自己不能吸引她的注意，连忙和盘托出，"这几天好几个市民都打了咱们的热线电话，一致说碰到了一个奇装异服但长得超级帅的男的，你要说他是角色扮演吧，可也没见过哪个混二次元的拿银票结账的啊！"

令飏眼皮直跳，垂死挣扎地想：这个人不可能是君致，一定不是的。我们君致可是用金元宝埋单的。

谁料邵明明紧接着补了一句："啊啊啊！又有热线电话来了！天哪！这次是一位不愿透露姓名的酒店前台，她反映有一位奇怪的男士试图用金叶子缴费办理入住！你看我这小猪佩奇脑子，忘记问酒店的名字了！"

邵明明不知道酒店名字，令飏却是知道的，一想到外面那倾盆大雨，她就眼皮直蹦。这次是真的没工夫再跟他扯淡，她二话没说抄起房卡就往大堂跑去。

一路风风火火，进电梯，出电梯，她从来没想过自己的速度居然能这么快。到了一楼大堂，果不其然，一道芝兰玉树般顾长的身影映入眼帘，君致子然独立，正安静地等着前台帮他办理入住，浑然不知自己的奇怪举止已经被报备到了市电视台……

几天没见，这个人风采依旧，脑回路也清奇得一如从前，令飐站在几步开外，无声注视着他那张俊美无俦又温和无害的脸，余光扫到前台小姐表面礼貌微笑实则暗自警惕的防备姿态，她抬手抚了抚额，"神美"，快……快走吧……

你知道市台的收视率吗？你了解观众的八卦欲吗？恕我直言，我们台的影响力可比把你当作聋哑人士的日报社强了百倍不止，邵明明那小子一旦把你播出去，别说和你打过几次交道的我了，怕是连你亲戚邻居家的二狗子都会火的！

眼见前台小姐手边的电话响了，十有八九是邵明明那小子回拨过来的，令飐一个箭步冲过去，拽住君致的手臂就开始骂道："你……你搞什么！不是说好了分手吗？还追过来干吗？！你还拿我金叶子！你不知道这是我姥姥留给我的传家宝吗！"

前台小姐登时愣住。

也真是巧，前台小姐还是那天的那个前台小姐，她一脸复杂地看着他们两个，过了将近半分钟，终于抬手，接起了锲而不舍响个不停的电话。

"哦，是我，你……你们不用来了。不，不是我不肯配合，是没什么报道价值……我……我搞错了……"

令飐一边竖着耳朵听，一边演戏演全套，她柳眉倒竖，抬手指着君致，说道："你，跟我过来！"

君致的那张脸是真漂亮，那张脸上的神情也是真茫然，就像他不明白前台小姐为什么这几天一直不让他上楼，甚至今天拿了金叶子来都不行。他同样也不明白令飐见到他为什么会这么凶，不过他对她的话是言听计从的，尽管满心懵懂，还是乖乖地跟着她走了。

两人一路无话，进电梯，出电梯，然后进了令飐的房间，她"啪"的一声关上门，瞪着他，道："我们谈谈。"

她气势汹汹，那架势就像是一头瞪圆了眼睛恶狠狠的小兽，君致看着她这副模样，不仅没一丁点儿惧怕的意思，精致的眉眼还弯了弯，说："好。"

又是这样！都说伸手不打笑脸人，何况这男人还笑得这么好看！令飐简直被他搞到没脾气——他一笑，她一腔怒气登时消散了大半。为了避免破功，她快步走到沙发旁坐下，单刀直入地问："你也想住酒店？"

她应该没有理解错误，不然他也不会拿金叶子办理入住。

果然，君致看着她，眼睛亮晶晶的，点了点头。

"那好。"令飐立刻说，"你来住这儿，我回家去，咱俩换换。"

眼神晶晶亮的某人眉尖一蹙，果断摇头拒绝："不。"

哎哟喂，我这暴脾气！

令飐怒了，她瞪着君致，气呼呼地问："你几个意思，有钱没地儿花是吧？哦，不说钱我还不生气，大哥，现在是人民币流通时代，你能不能不要拿着元宝、银票、金叶子横行街头？"

君致喃喃念了一遍"人民币"三个字，眼神分明是有些新奇，令飐没给他太多回味的时间，她皱着眉问出内心的困惑："除了那天晚上咱们一起购物时你出示了金元宝，还有什么时候用这种闪瞎狗眼的方式买过东西？"

君致不太懂"闪瞎狗眼"的意思，但他记得自己做过的事，坦诚交代："零食。"

令飐眨巴了一下眼睛，花了大约一分钟时间去消化他这句极简回答的意思，揣测着问："你是说，我那天在你……呃……我……在902房吃的零食，是你拿银票买来的？"

君致扬唇一笑，她说对了。

令飐以手抚额，惨不忍睹地闭了闭眼，她气若游丝地问："还记得你去的是哪家吗？"

君致不解，却没发问，乖觉地点了一下头。

"不要再去。"

"嗯……"虽然没完全明白，但他习惯性乖巧地应下了。

令飐想了想，从钱包里抽了几张百元纸币，递给他，道："拿着。"

君致接过，低下头修长手指翻飞，须臾间折出了一只惟妙惟肖的竖着耳朵的小狐狸，笑吟吟地递还给她。

令飐无语。

此时此刻，毫无闲情雅致欣赏折纸艺术的她瞪着那张粉红色的纸币看了半天，是真的没话说，只好从浩如烟海的汉语词汇中艰难拼凑出一句："你还有这手艺。"

她夸得违心，君致却一脸骄傲地笑起来。他像个急于献宝的小孩儿，眉眼愉快地一弯，近乎有些雀跃地问："你喜欢吗？什么动物我都能折。"

令飐一噎，现在是展示个人才艺的时间吗？！她刚要吐槽，就听他又说了一句："这天下的纸都听我的。"

令飐静了两秒，确定自己没有听错，她一脸匪夷所思地看着他，疑惑地问："你……家，莫非是开造纸厂的？"

君致沉默。自知失言，他默默地把小狐狸以及暂时还没被折成小狐狸的纸币们放下，正襟危坐，继续接受问询。

令飐也没把他的胡言乱语放心上，她径直回归正题："你这几天一直在酒店附近等我，对吧？"

君致没想到她一眼就识破了，他那双琉璃般澄澈的眼睛眨了一下，然后慢慢地点了下头。

好吧，算他诚实。

令飐继续问："你说你的那些古玩字画都是我的？"

他继续点头。

"我拿去卖也没关系？"

他点头。

"为什么？"

这下，他不点头，也不说话了。

令飐看着他，他看着令飐，面面相觑，两两无话。

令飐想了想，这么耗着也不是个事，遂主动推断，大胆猜测："这个……不能说？"

君致一怔，转瞬如同受到了启发，连忙点头。

令飐一噎，恨不得抽自己一嘴巴，让你没事瞎猜！

可说出的话，泼出的水，她总不能真的打脸，只好认了。

"好吧……下一题。你说你也是我……呃，你以前就认识我？"

他点头。

"什么时候？"

他又沉默了。

令飐抚额，心道：哥们儿，你这种随心所欲的答题方式很容易导致不及格你知道吗！

君致可能也是知道的，他掀起眼睑，一汪幽潭似的黑眸眨也不眨地凝视着她。他的瞳孔清澈无邪，像是这世间最最纯粹、藏不了一丝一毫污垢的玉，神情掩不住的歉疚。

令飐一撞见他这副模样顿时就没办法了，她妥协地摆了摆手，道："算、算了……"

没有人能对着这样一张无辜美好的面孔狠心盘问，令飏只好善解人意地换了一种提问方式："如果我没有理解错误的话——你对我并没有恶意，住进我家也并非偶然，但是住的原因，还有你的个人情况不方便告诉我？"

君致静默了一秒，抬头正视她，一字一顿道："等到时机成熟，我不会再隐瞒你。"

好吧……令飏一看到他的脸心就硬不起来，她简单粗暴地跳到了最后一题，问道："总而言之，你铁了心要跟着我是吧？"

"嗯！"这次光点头居然不够，他斩钉截铁地出声了。

"成。"他答得干脆，令飏也不拖泥带水，她豪气干云地说，"从今天起，我不会再赶你走了。"她想了想，令晖虽然整天不着四六，但这次说的一席话没错——事来都来了，一味躲避不是解决之策，还是迎难而上吧。

君致漆黑的眼眸瞬时亮起来了。

令飏的眼睛也亮了亮，她伸出手，说道："既往不咎，重新认识一下，令飏，二十七岁，父母都是教师，独生女，新闻从业者。"

令飏说不再深究他的身份，是真的，但她毕竟也存了一点儿小心思——都说来而不往非礼也，她都自我介绍得这么清楚了，对方怎么着也不好意思只说个名字吧？！

如她所料，君致确实没好意思只说个名字，他伸出一只修长莹润的手掌，与她相握。

"君致。"

"我……忘记自己多少岁了。"

"哦，我没有父母。"

"最后一项是工作？那么，我是……令飏的守护者。"

窗外一声惊雷，令飔再一次，蒙了。

她自认虽然不像令晖一样学富五车，但也实在没有听过"守护者"这个职业，就愣愣地看着君致，等待他的解释。

然而君致分明是不欲多言，说完那句，他就眼观鼻，鼻观心，沉默如金了。

令飔一边暗自迷惑，一边默不作声地看了君致一眼。

她的目光在他衣袖处的金边上久久地盘桓，内心的迷雾逐渐散尽，有种拨云见日、茅塞顿开的感觉——听一听这中二气息十足的话！瞧一瞧这铁证如山的装扮！再看一看这张秀美雅致、吸睛无数又贵气逼人的脸！这个人，他……他毫无疑问、显而易见是个角色扮演爱好者啊！

之前就曾经有过这个猜测，如今是越发笃定，令飔顿时觉得交流一下子变得顺畅起来，她以一副知情人的语气熟稔地问："你平时不怎么下厨吧？"

既然住进了902房，却几乎没准备任何基本的生活用品，令飔还真是挺好奇的。

"嗯。"君致点了点头，"我不需——"说到这里停了停，他眼睫微动，没有跟令飔对视，几乎是有些刻意地看向了别处，"不怎么吃饭。"

对嘛！从事他们这一行和明星一样，都是靠脸和身材吃饭，令飔对他们这类人极度节食这一点见怪不怪并表示理解，于是她略过了这个话题，从善如流地指了指他的衣服，笑道："那这个，一定就是你的战袍了吧？"

君致蹙了一下眉，不知道是对哪一个字眼有什么疑问。令飔看着他，善解人意地解释："我看你……经常穿着它。"

令飔说得算是委婉的了，准确地说，打从她第一回见到他，这衣服就没下过身，可以说是爱得相当深沉了。

令飐原本想着，他要么是太过喜欢这件衣服，要么就纯粹是巧——刚好每次他们碰上，他都正好穿这身衣服。谁料这次君致没停，也没看别处，他径直答："我只有它。"

令飐不解："啊？"

君致一脸"你没有听错"的坦荡，平静温和地说："这件衣服是用上好的蚕丝制成的绫锦织品，不会脏。"

"哦……"令飐不明觉厉，纯粹是下意识地问了句，"那一定很贵吧？"

"还好。"君致一脸认真，眉目波澜不惊地说，"南宋的两件同类品，拍卖成交价均是两千多……"

两千？那也不算太贵。令飐关注的是他的措辞，皱了下眉，正想着怎么回事，你们的战袍这么讲究，还分朝代、可拍卖啊？就听君致不疾不徐地把这句话说完："万。"

令飐："啥？！"

她着实吃了一惊，现在玩个角色扮演这么下血本的吗？！

令飐忍不了了，她一时间也顾不上什么别扭不别扭的了，抬手就拉住了君致衣袖，发誓一定要看看他这衣服究竟是贵在了哪儿。

君致任她摆弄，不仅没觉得被冒犯，反倒像是十分受用，轻轻地笑了。

令飐"百忙"中瞥了他一眼，用眼神问：怎么？

他一脸的愉悦和满足，微微一笑，道："你关心我。"

那笃定的语气，晶亮的目光，令飐手指一顿，呃……

她感到惭愧。

眼睛往窗外一瞥，她这才后知后觉地想起来要关心他，好奇地问："雨这么大，你是怎么来的？"她记忆力不错，可还记着那一晚他躲雨躲出了百米冲刺的速度……

君致仍是那副笑眉笑眼，他注视着她，嘴角略略往上翘了翘，没说话。

令飐先是一愣，转瞬顿悟，呃，他是又想着她在关心他了……

眼瞅着他眉眼弯弯，笑得跟个讨到了糖果的小孩儿一样，令飐一时间心情有些复杂——她面对的到底是一个神经病，还是一个"傻白甜"啊……

窗外雨势渐渐小了，令飐扔在床尾的手机又振了振，是邵明明打来的"夺命连环 call"，她没接，但脑子里还循环立体音播放着他那席话以及日报的报道。她的眼皮跳了跳，果断做出了决定，道："你哪儿也别去，就在这儿待着，我出去一趟。"

君致很乖，立刻就站起来了。

"不用。"令飐一摆手，"不用送。"

他没送，紧紧地跟着她。

令飐回头，迷茫地问："你干吗？"

他眨了眨眼，说："一起。"

令飐一噎："你知道我去哪儿吗，就一起？"

君致顿了一下，头微微一歪，一脸懵懂地看着她。

令飐原本想逗他说我去洗手间的，可看着他那张脸，还有那双和孩童一样天真无邪的眼，调笑的话都到嘴边了，还是换回了正经话说："你这衣服贵是贵，也挺漂亮，但太引人注目……再这么招摇过市地穿下去怕是要引起治安问题了。我看你的身高和令晖差不多，想着去替你买几件衣服。"

君致点头，还是那句："一起。"

令飐简直要没脾气了，合着她刚才的话都白说了。她瞪着他，皱眉道："你这样不适合再出去。"

君致看着她，没作声，姿态却分明坚持。

令飐没好气，她转过身就往外走，忽然听到身后传来一句："天黑了。"

天黑了，所以别人看不见？令飑刚要说满世界都是灯，咱能不能不要这么自欺欺人，便听到了下一句——

"我陪你。"

令飑一时不知如何是好。

落地镜倒映出君致的身影，他一个一米八几的大男生，伸出手，一个字都没有说，只用修长的手指轻轻地扯住了她的袖子。

什么情况？他的动作安静又亲昵，令飑难以置信地盯着那只手看了半响，终于整理好情绪往他脸上瞥一眼，只见他俊脸纯良，眼瞳清澈，神情不安又落寞，那场景分明是"你抛下他你就是遗弃"！

令飑"啧"了一声，蹙着眉，一脸大写的"无计可施"，只得应了："行行行，去去去！"

两个人去了附近的商场，为了尽可能少吸引旁人的目光，令飑带着君致，行色匆匆地直奔四楼男装部。

她立志速战速决，所以脚步飞快，谁料正好好地走着呢，君致忽然站在一家店门口挪不动步了。

"走啊。"令飑回过头，好奇地喊他。

他不走，就那么一动不动地站着。

令飑叹了口气，只得走回去，她漫不经心地往店里看了一眼，顿时啼笑皆非，说："这家卖的是睡衣。"

睡衣，顾名思义，很私密。她可不管君致晚上睡觉穿什么，能确保他出门不引起骚动就算很对得起她助人为乐的优良美德了。

可君致就是不走，不仅不走，一双漂亮的眼睛还直勾勾地盯着店里。

这家店到底有什么魔力？令飑困惑地顺着他的视线往里看，还没来得及看清他凝视的是哪一件衣服，耳畔传来甜美的女声："这位先生的眼光真好。"

令飕转头，看到导购。导购右手微抬，边引领着他们往里走边介绍："这一件是我们设计师今秋隆重推出的新品，款式简约大方，舒适度和亲肤感极强，亮点是左肩处的白鹤刺绣，给人清雅超脱的不俗感。"

令飕定睛看了看，什么清雅？什么脱俗？就是一件浑身上下写满了"我只能在家里穿，绝对、千万、一定不要穿到户外，不然肯定会引起围观"的中国风刺绣灰色睡袍。

一个角色扮演爱好者，连睡觉的时候都想穿中国风，这是怎样的一种敬业精神？！令飕由衷地向君致的职业操守致敬，与此同时向导购小姐笑了笑，礼貌地说道："不好意思，我们再看看。"

她示意君致赶紧跟着撤，可他似乎没懂，还是一动不动地看着那件衣服——准确地说，似乎是……看着那一片白鹤刺绣。

"这件衣服真的是设计师匠心之作。"导购小姐一看这架势，不失时机地赶紧推荐，"既然这位先生喜欢，不妨试穿一下？我还没见过颜值这么高的顾客呢，他穿上一定好看！"

导购的话既有客套的恭维，当然也不乏真心的赞美，因为君致确实帅。只是，这些都不是重点，令飕无奈地说："这衣服很好……只是……好像不太适合见人。"

导购一怔，大概是没想到他们要买的不是家居服，一时间竟无言以对，然后她的目光在君致身上徘徊，忽地找到了强有力的支撑，眼放光芒，说道："穿什么衣服见人看的是心情，这位先生现在穿的这身明显也不是日常服装呀，但这么穿明明也很好看啊！"

令飕的嘴角抽了抽，心说：可不是吗？他好看得都登报要上电视了。导购不这么说，她还有点儿犹豫，毕竟君致看起来似乎特别喜欢，可这么一说，她越发坚定，伸手拉了一下他，柔声道："这件不适合，咱们再转转。"

君致被她的手一拉，像是突然间回了神，竟也不看了，乖乖地跟着她走了。

令飏又带他转了几家店，君致再不像之前那么直愣愣地看了，她让他试穿就试穿，她说好看就买——没错，她买。她可不敢再让他点亮什么新型结算技能了。

"这是您的单据，请收好，欢迎再次光临。"收银小姐刷卡后微笑着递过单据。

令飏接过刷卡小票，习惯性顺手要撕，被君致抽走，她以为他是要留着以备日后还她钱，正要说不用，算我送你，谁料听到他说了一句。

"疼。"

嗯？什么疼？

令飏看着君致，君致看着纸。

令飏安静了五秒钟，整个人瞬间石化。

收回她的话，他不是"傻白甜"，依然是"神美"！

两个人往回走的路上，又路过了那家睡衣店，君致又往那件名叫"青云间"的睡袍上瞟了一眼。令飏注意到他的眼神，想了想，还是决定解释一下。

"衣服……还是要分场合穿的。我……不是对你的审美眼光和职业爱好有什么偏见，我……就是觉得吧……"

她说得堪称迂回婉转了，君致却忽然笑了笑。

令飏一愣，怔怔地抬头看他，就见身居高处的男人眉眼分外纯净，一字一顿地说道："我不想见任何人，我来这里，只为了你。"

令飏先是一僵，劈头盖脸听到这么一句近乎表白的话，她真是浑身上下不自在，万幸转瞬想到了他的"守护者""中二"属性，她叹了口气，唉……又来了。

君致的黑眸像一汪清澈却又深不见底的潭，他看着令飏，神情明明纯真，却又郑重至极，轻声道："你不喜欢，我就不穿，这些都没什么。只是——"

说到这里他停了停，眼神忽然间变得有一些忐忑，像是怀了强烈的憧憬，又怕极了会落空："那只白鹤……你可有觉得……眼熟？"

白鹤？她为什么会对一只白鹤眼熟？她本来就被他的"中二"之魂搞得一愣一愣，这下更是一脸的"拜托了，烦请高抬贵手，说句我等凡人能够听懂的话吧"。

君致看着她，眼睛一眨不眨地看着，他清澈的眼神一点一点黯淡下来，像是有些失落，又有些自嘲，最终化成了一抹几乎不成形的笑。他道："没什么。"

他那表情不仅是有什么，简直是太有什么了，令飏盯着他，嘴唇动了动，要说话，电梯这时候到了一层，她只得先下电梯，往前走。

走了一步，顿住脚，她艰难地回过身。

事已至此，什么"你不想说我也不逼问"的涵养都被抛在了脑后，她实在是太好奇了，就忍辱负重、一言难尽地问："你说之前认识我，不会是……在……精神病院吧？"

天地良心，她绞尽了脑汁也想不出自己什么时候结交过这路大神，那么就只有一个解释——

他有病，确实有病。

而她，估计就是他的病友了。

第四章

小两口闹别扭啊？

不吵架不算谈恋爱

电梯口人来人往，君致看着令飏，她也回看着他，两个人都沉默下来。

没有人说话，气氛有一丝显而易见的尴尬。令飏悄然观察了一下君致的微表情，只见他眉目未动，神色间飞速闪过了一丝惊讶，而后薄唇抿了抿，分明是欲言又止，最终却什么都没有说。

电梯口不时有人经过，还有小孩儿在嬉戏追逐，跌跌撞撞地碰了令飏好几下，此情此景显然不适合促膝长谈，令飏沉默地看了君致一眼，转身往商场外走。

她看似面无表情，实则注意着速度，也注意着身后——哦，他跟上来了。

两个人一前一后，走出了商场，雨还在淅淅沥沥地下。令飏招手拦下一辆出租车，又看了跟在自己身后的某人一眼，这才拉开车门，坐进了副驾驶座。

半分钟后，君致也坐进来了。

"去哪儿？"司机打开计价器，问了一句。

令飏动动嘴唇，刚要回答，后座上传来一句："精神病院。"

司机没明白，又问了一遍："什么？"

令飏蒙了。空气有一秒钟的寂静，下一秒，她气到乐了，嗔道："你乱说什么？！"

她给司机说了酒店的地址，下意识地把君致的话当成了玩笑，摇摇头，自顾自地转头看向车窗外的夜景。忽听他又说了一句："我想去看一看。"

看什么？令飏回头，皱眉看着他，去看精神病院？

天地良心，说出那句话的时候，她确定自己是在开玩笑，然而此刻，与君致清澈平静的双眸四目相对，她一瞬间就确定了：这个人，不是在开玩笑。

什么人会连玩笑话都分辨不出来？令飐不敢细想，沉默了。

车内顿时陷入一片尴尬的寂静。

"嘿！"也许是气氛太古怪，司机受不了，突然出声打破了难熬的死寂，"小两口闹别扭啊？不吵架不算谈恋爱，吵吵闹闹才欢快，可咱赌气归赌气，想去看一看哪儿都成，但也真没必要较这个劲——精神病院里住的都是些什么人？病人哪！去那儿看什么啊！"

这位司机大哥还挺健谈，令飐刚想说您误会了我们不是小两口，也没有谈恋爱，君致再一次出了声。

这一次，他的嗓音有点儿凉，又有些哑，一字一顿："我没有病。"

掷地有声的四个字，毫无预兆，又突兀生冷，司机没想到好端端地会听见这么一句，当场就愣了愣。

令飐抬手抚额，幽幽地叹了口气。

君致不高兴，重复道："我没有病。"

这一回，语气里分明还带了三分委屈。

令飐一只手撑着额头，心里百感交集：阿弥陀佛，请问我是在同一般人类作斗争吗？为什么每一次想打听个事都能被带偏，分分钟就被拐带进沟里？

她越想越无奈，只得自我安慰，得得得，谁让我嘴欠。

令飐觉得"自作自受、自食其果、自作孽不可活"这些词儿就是给自己量身打造的。她往车内后视镜瞥了一眼，正看到某人眼睛一眨不眨、委屈巴巴地盯着她的后脑勺儿，摆明了是在等说法，她嘴角一抽，长叹一声："Sorry……"

后视镜里的君致愣了愣，令飐以为自己看错了，然后就听到他疑惑地"嗯"了一声。

令飐简直要炸，怒道："对不起！姓君的你要我是吧？Sorry 听不懂？你难道是原始人吗？！"

"哈哈哈！"司机突然莫名其妙地狂笑起来，"你们两个，挺有意思的啊。"

令飒十分无语。

因为他们两个挺有意思的，所以司机坚决不肯收车费，临走前还对令飒豪气干云地一竖大拇指，称赞道："就当我买票看了场戏呗！"

令飒简直无奈，合着我们俩是猴啊？！

酒店到了，两人该分道扬镳了。令飒抬头看了看雨势，约等于不下了，她站定，看君致，诚挚发问："我们是接着谈，还是回家睡？"

雨天湿气足，君致额角的发丝乌黑清润，他这次竟然没有急着避雨，而是目不转睛地盯着令飒，眼神莫名变得有一点点哀伤，声音很轻很轻地说："我……没有病。"

令飒险些一跟头摔倒了。

一句话念叨了快一路，他是有多害怕她误会他的精神状态啊！

鉴定完毕，这人就是个死心眼儿、一根筋，令飒一面暗自发誓再也不要跟他开玩笑，一面顺口自黑道："对对对，你没病，有病的是我。我这不是谨记着咱们之前认识的设定吗？下意识就以为相识地点是在我们院了。"

天色已经挺晚了，令飒皮了一下之后忍不住打了个哈欠。君致皱了皱眉，原本像是想要说什么，却硬生生地忍住了。

"天黑了。"他看着令飒，眼神很认真，"我送你回家。"

令飒愣了愣。她茫然地仰头看了一眼，他们已经在酒店楼下了啊。

君致说："回你的家。"

"哦……"令飒发了一秒呆，为他突然的邀约。转瞬想起这个人似乎对和她同住有着极大的执念，她现在可没做好"同居"的心理准备，下意识地开始推辞，"我……我在这边住得挺好啊！暂时不打算回去，你……你自己回去就好啦！"

君致盯着她。

夜风微凉，他的眼睛黑且亮，像是有洞察人心的魔力，被这样的一双眼凝视，令飖莫名觉得有一丝心虚，她刚要别开脸躲一躲他的视线，耳畔突然传来一句："你没钱了。"

这个人像是从来不会说长句子，但每一次开口都言简意赅，一下子就把重点说了。令飖顿时定住。

"店小——"君致顿了一下，似乎是刻意地纠正了一下措辞，"前台小姐说，你的账上已经没钱了，刚才又给我买了衣服，总计是一千三百六十一元，怕是离露宿街头更近了一步。"

令飖语塞。囊中羞涩并被人当场揭穿，任谁都会觉得有一点儿没面子，但她的第一反应是——原来他会说字数多一点儿的话啊？！下一秒意识到关注点跑偏了，她后知后觉地想要找借口"挽尊"，却被他先发制人。

"两个房间，互相独立，我不会影响你。我从哪里来，要做什么，暂时必须要保密。但……我可以给你信物，它和我的性命休戚相关，以此来保证我别无异心，绝不会害你。"

他的话越来越离谱，令飖愣了愣，怀疑自己听错了，她吞吞吐吐地道："你是说……你的命……交给我？"

"对。"君致应允得毫不迟疑，"我可以把命交给你，你可以和我一起回家吗？"

你可以和我一起回家吗？

多么浪漫又充满暗示意味的一个句子。

可是令飓清楚，君致说出这句话，绝对没有一丝一毫别的意思——他是真的、发自肺腑、单纯地希望她能回 902 房住。

至于"为什么一定要住在一起？""为什么偏偏就是她？"这些都不可得知，但他说的那个信物，竟然和他的命息息相关？这一点，不管是对令飓本身，还是对记者令飓而言，都让她忍不住充满好奇。

令飓抬头看了看天，雨不知什么时候已经停了，她又低头看了一眼自己的腕表，此时此刻赫然是深夜。

她是记者，在深夜奔赴一线采访不是没经历过，但这次竟然要充当一个参与者，让她多少有些不适应。她不由得又问了一句："你是希望和我在一块儿，还是希望和我一起住 902 房？"

这句话像绕口令，君致眉尖微蹙，些许茫然地看着她。

"这样。"令飓自觉换了种说法，"酒店里有很多房间，既能保障私密性和人身安全，又能做到离我不远，你也可以搬来这里住。"

君致这次没茫然，甚至称得上对答如流："没钱。"

令飓的眼皮跳了跳，转瞬回过神，不由得暗骂自己真是个猪脑子——她没钱，穷困潦倒得货真价实，而他，一出手全是元宝、银票、金叶子，分明是个手里没有一张人民币的主儿，并且已经被她严禁再参与任何商品交易活动了……

想来想去，为今之计，好像还真的是必须要回 902 房，但令飓还是不甘心，忍不住又问了一句："你说你要保护我？"

"是。"

"我凭什么相信你？青天白日，朗朗乾坤，我小日子明明过得好好的。"

令飓的语气多少有几分调侃的意味，但君致没听出来，他的眼神前所未有的凝重，一字一顿道："你可能会跟一个危险的人成婚。"

令飐愣住了。

她实在是太吃惊了，以至于没有注意到君致的用词有些古韵，脱口而出就是一句："令晖告诉你的？！"

她真的是难以置信——不就是想多看几眼古董吗？要不要这么卖妹求荣？！

"没有。"君致摇了下头。

令飐虽然也不相信令晖会那么大嘴巴，但还是有一点儿半信半疑，她皱着眉问："你不会是想告诉我……你跟我爷爷很熟吧？"

君致这次头摇得更加果断："不。"

令飐盯着他，看了有将近半分钟，冷不丁冒出一句："难不成你未卜先知？还是说，你有什么超能力？"

这一次，君致的眸子忽地黯了黯，他弧形好看的唇动了动，想说什么，又硬生生忍住，最终化成一抹清浅的笑，说："你这样理解，也可以。"

令飐真的没词儿了。

两人相对而立，在夜风里站了这么一会儿，其实还挺冷的，令飐想了想，低下头鼓捣了一阵手机，抬头问君致："既然你能够未卜先知，那就猜一猜，我会不会跟你一起回去？"

君致看着她，眼睛一眨不眨地看着，他没说会，也没有说不会，只是如实陈述："我不会逼你。"天地良心，他的神情简直称得上是安静乖巧，"我会一直等着你。"

这个人开口的每一句话随手一截都能被拿去当作情话，令飐彻底举起了白旗："车来了，走走走！"

再回 902 房，一别数日，恍如隔世。

屋里的陈设自然没有变，甚至连那一天她吃的零食都在原位，看样子君致还及时补充了一些……令飐看着这个本该熟悉实则极其陌生的家，有一点儿恍惚。身后，君致从书房里取出了一样东西，递了过来。

"嗯？"令飐回头，看过去，目光撞上了一个一看就很有些年头的古木锦盒，她一愣，"这是？"

君致云淡风轻道："我的软肋。"

令飐心中暗道：瞧我这狗记性！

记者天生就好奇，她没觉得害怕，反而饶有趣味地接过来，好奇地上下打量。木质上佳，纹饰精美，却打不开——被一个小巧玲珑的镏金小锁锁着。

"没钥匙？"她这句是随口瞎问。

"嗯。"

说中了……

令飐发现自打碰上这个人，自己简直是一夕之间激活了乌鸦嘴体质，她努力克制着自扇一嘴巴的冲动，半试探、半玩味地问："不识庐山真面目，这算哪门子的软肋啊？"

"不知道也无妨。"君致抿了一下嘴角，声线温软，举重若轻，"若我害你，任凭处置。"

"哦？怎么个处置法？"

"烧了。"男人眉目沉静，说的仿佛不是掣肘自身的大事，而是如"今天天气不错"一般平常的话。

"嗯？烧了就行？"令飐突然觉得这件事挺逗的，她随手晃了晃盒子，还好奇地附耳过去听了听动静，"里面是什么？房产证？存折本？还是你不可告人的秘密文件？"

君致没作声，嘴角却翘了翘，似乎觉得她的想法很好玩。

令飐一看他的表情就知道自己没猜对，她想了想，索性换了一种问法："烧了它你会怎样？"

君致轻轻地笑了笑，眉眼平静地答："会死。"

简单的两个字，话音一落，整个屋子都静了下来。

令飐看着他，他也看着令飐，周遭静到落针可闻。她想笑一笑缓解气氛，但嘴角有一点儿抽搐，她听到自己干笑的声音："你……你逗我呢？"

君致肃容道："我绝不会戏弄你。"

令飐看着他认真的模样，心道：拜托！是玩笑，不是戏弄！算了，现在不是说这个的时候！

"你说的都是真的？不是什么舞台剧的台词？我的妈，我……我以为你之前说的什么命啊，交给我的都是在开玩笑！你……你就不怕我随手拿去烧着玩吗？"

君致嘴角的弧度又绽放开了，笃定地说："你不会。"他一副胸有成竹的模样。

令飐简直要被他的没心没肺气到了，她瞪着君致，难以置信地说："喂！咱们才认识几天啊，你要不要玩得这么大？！我告诉你，人心隔肚皮！知人知面不知心！女人心，海底针！行走江湖一点儿防人之心都没有可是要吃大亏的！"

她说得头头是道，并且气势汹汹，君致却像是事不关己，他毫无随时都可能会被人害死的自觉，只是望着她笑。

"你！"令飐看到他这副样子，越发好气又好笑，她撸了撸袖子，正准备再教育他几句，口袋里的手机突然振动了起来。

她看了一眼，心知这电话必须要接，不得不强行按捺住自己充当人生导师的欲望，暂且中场休息。

"喂？"

令飏走到一边去接电话了，所以她没有看到，在她身后，君致的目光沉默缱绻，如影随形。他眼睛眨也不眨地凝视着她的背影，嘴角笑意犹存，眼神却渐渐变得有一些哀伤。

他和她，何止认识了几天？

他找了她，近千年……

电话是令晖打来的。

"我们到了。"令飏开门见山，给他报了个平安——打车来这边之前，她鼓捣手机是给他发了条汇报行踪的微信，"现在还行，情况基本可控，你那边怎样？"

令晖真的是新时代"越夜越精神"的典范，半夜三更，他精神亢奋，滔滔不绝地说道："经过我这几天不懈的努力，终于取得了一些收获，哦，对，这里必须要注释一下，反侦查能力极强的伯母自始至终没理我，大伯还是喝高了才跟我说了点——据说那小子是老爷子战友的孙子，日本东京大学留学生。咱家老爷子嘛，你也知道，对日本痛恨入骨，他的战友更是有过之而无不及，战友老爷子一开始没拦住自家孙子去那边读书已经懊悔不已，现在眼看那小子居然有留日发展的迹象，他老人家就彻底坐不住了，说什么都要给他找门亲事把他锁在国内。"

令飏默默地听完了这么长一段话，实在是有些无语凝噎："所以就找到我了？"

令晖继续说："这不还是咱们家老爷子嘛！战时被战友拉了一把，躲开了一颗流弹，从那天起就把战友当成了救命恩人，发誓这辈子都有求必应，一定要报恩。这不恩人有烦恼了吗，好巧不巧他又有个大龄未婚滞留家中的孙女，简直是命中注定、天造地设、一拍即合了。"

这个节骨眼上，令飏是真的没心情再吐槽他随意乱用的成语，她关注的是——自己仿佛听老爷子提过这位恩人，顺口就问："你说的是司老先生？"

"对对对。"令晖在那边介绍，"他的孙子叫司霆。"

司霆？令飓默念了一遍，除了名字还行，其他毫无感觉，她忍不住皱了皱眉，关切地问："爷爷什么态度？还是要我下个月底就结婚？"

"嗯。"

令晖带来这无理取闹且无情无义的消息，继续说："大伯、伯母对你迟迟不找对象怨念已久，这个司霆又是老爷子钦点的孙女婿，天时地利人和，你爹妈他们俩现在完全是不作为，事不关己、隔岸观火、坐等收渔翁之利。"

令飓语塞，心道：救命啊！我怎么碰到的是这么奇葩的一家子？！

越听越烦，令飓想挂电话，令晖火急火燎地献出锦囊妙计，说道："飓小姐啊，听哥一句劝，你要么就认栽从了，要么就连夜征婚，要么就背井离乡出去躲一躲，据说那个叫司霆的这两天就会被押解着前来拜访老爷子，我掐指一算，离你被捉拿归案也不远了。"

如果不是泥菩萨过江，自身难保，令飓是真的太想自行出资给令晖聘请一位汉语启蒙老师了，推己及人，她强压着一腔尚未纾解的郁闷，向自己的堂哥提出真挚的人生建议："谢谢。顺带提一句，有机会的话还是去看一看你这诡谲的说话方式能不能救吧，不然我老担心你出门会被打。"

"喊。"令晖丝毫没把这句忠告放在心上，"你还是先担心你自己吧！"

挂掉电话回到客厅，君致已经不在原地了，令飓愣了愣，忽然听到主卧有动静。

她循声过去，发现一身不食人间烟火气质的君致居然在铺床！

这张床不知道什么时候买的，但为什么要铺？给谁铺？这两个问题简直是显而易见，令飔倚着门框看了一眼，哦，他可能对铺床有什么误解……

将近三分钟的时间里，君致愣是没能把一张床单铺平，动手能力可以说是非常差了。令飔默默地叹了口气，上前一步，主动道："我来吧。"

君致回头看到她，眉目间有一丝不加掩饰的羞赧——就像是一个小孩儿被家长发现"一加一等于几"这样的题目不会做。

令飔倒是浑然没在意，她袖子一撸，亲自出马，与此同时不忘现场教学："特别简单，你看着点儿。"

手臂一伸一扬，动作优美熟练，令老师先是简单地比画了一下基本动作，语气既有安慰，又不乏提点："铺床单是生活技巧中的入门级别，只要掌握了方法，就算是闭着眼都能做到。"

为了起到良好的示范效应，她真的闭上了眼，然后潇洒至极地抖了一下。谁料整张床单忽地以劈头盖脸之势向她扑来，不偏不倚地兜了她个满头满脸……整个世界，都安静了。

令飔站在床单里，张了张嘴，又合上，她心想：神哪，让我死吧。

拥有和神祇一样美貌的男人在床单外面问："这样就……好了？"

令飔也不知道自己到底是怎么了，明明只是用力过猛闹了个乌龙，可她突然觉得好委屈，这股委屈竟然无法抑制，以至于她根本控制不了，"哇"的一声哭起来。

君致彻底吓坏了，不知所措地安慰她："你……别……别哭啊……"

他想把她从床单里解救出来，不想越忙越乱，天青色的床单反倒纠缠得更紧了。

相对昏暗私密的空间，隔绝了外界的目光，让令飔莫名有一种此时此地可以为所欲为的放肆感，她的眼泪就像是水龙头开了闸一样奔流不止，可连她自己都不知道到底在哭个什么劲——哭都不知道在哭什么，这让她觉得更沮丧了。

令飒只顾自己哭得痛快，完全不知道君致急成了什么样，所以当一双手沉默地伸过来，把她拥进一个微凉的怀抱时，她霎时间就僵住了。

房间里很静，一切声音都停了，包括令飒的哭泣声。她吸了吸鼻子，想说话，谁想临到嘴边化成了抽泣声，她一窘，背上立刻被人隔着床单轻抚了抚，动作柔缓，甚至惶恐，仿佛生怕会弄疼了她。

这个人也是真奇怪，安慰人，却一声不吭？可令飒的泪腺竟很吃这一套，他拥着她，一言不发，而她啜泣渐止，终于连一滴泪都不再流了。

五分钟后。

令飒洗了把脸，鼻尖红红地从卫生间里出来，神情恍惚，讪讪地说道：“谢了……”

君致靠着屏风看她，秀致的眉眼里全是关切，闻言马上摇了摇头。

两个人毕竟刚刚才抱过，令飒有点儿不自在，就揉了一下鼻子，看向主卧，不动声色地把话题转开了：“这一间……我睡？”

“嗯。”君致立刻点头。

那你睡哪儿？令飒条件反射地想问这句，临到嘴边又险险地控制住了。打住，打住，她在心底警告自己：你今晚已经够反常的了，还是少惹是生非，洗洗睡吧。

哭了一场，元气大伤，也没工夫再去计较自己究竟该不该住这儿了，令飒说睡，就真的去睡了。所以她没有看到在她走后，君致一动不动地又在原地站了片刻。良久，他抬头，修长手掌微微一扬，书房里桌案上的雪白宣纸如同得到了诏令，飘飘扬扬地朝他飞了过来。

他随手接住纸张，轻唤：“神墨。”

话音刚落，笔架上一根通体墨黑的毛笔应声而动，那姿态怎么看都像欢欣鼓舞，蹦蹦跳跳地过来了。

　　君致执笔，笔走龙蛇，写下了什么。他雪白的手腕抬起，浮在半空的宣纸轻晃了晃，犹如一个人点了点头，而后偌大一张纸自发卷起，骤然又缩小成一寸大小，"咻"地一下穿过半开的窗户飞走了。

　　那支叫神墨的毛笔还在半空中飘着，字是在它的积极参与下写的，自然不会错过纸上的内容，它好奇地在另一张宣纸上涂鸦发问："司霆？哪位？"

　　君致清澈的瞳孔眸色忽深，一向淡雅的眉目间竟漾起了愤恨，他薄唇轻抿，一开口，分明是有些咬牙切齿。

　　"一位……故人。"

　　令飏再睁开眼，已经是日上三竿。

　　灿烂的阳光透过没有拉严实的窗帘，明晃晃地照在她的脸上，让她躺在床上愣了大半天，这才回想起她是谁，在哪儿，以及昨天晚上发生的种种事情。

　　手机显示此刻是十点二十三分，意识到这里不是酒店，她没好意思再赖床，一个鲤鱼打挺坐了起来。她睡的时候没脱外衣，起床自然迅速，半分钟后，她已经双脚站在地面，单手打开了房门。

　　君致坐在客厅，应声回过了头，轻笑着问："醒了？"

　　他的笑容温柔，仿佛他只是安静地坐在那里等了一两分钟，而不是整整一夜。

　　"嗯。"令飏揉了揉鼻子，有一点儿赧然，"早啊。"

　　她看到几案上的豆浆油条已经凉了。

　　油条的旁边放着一支牙刷、一盒牙膏，还有一瓶漱口水，全部未开封，她愣了愣，问道："你去买的？"

上次和物业小张一起"查房"，是没有这么多东西的。何况还有豆浆和油条。

君致点了点头。

"怎么付的钱？"令飐立马追了一句。

君致一愣，然后就笑了。

他不傻，当然知道令飐是怕他又解锁什么支付新方式，当即取出一样东西，乖乖地递过来。

令飐看了眼，心放回了肚子里——他拿的是"小狐狸"，粉红色百元纸币折出来那种。

"不错。"天晓得到底是怎么了，不就是拿人民币结个账，有什么可不错的？可她就是忍不住笑起来，还夸了他，"保持下去。"

洗漱、吃饭，做完这些已经是十一点了，令飐抄起手机起身，君致立马跟着站起来。他的动作太快，就像是一直警惕、随时待命，以至于她不由得一愣，茫然地问："干吗？"

君致也愣了愣，转瞬才意识到自己反应太过，他刻意顿了一下，不答反问："你……去哪儿？"

"哦。"令飐晃了晃自己的手机，"没电了。我得回酒店取充电器。"

君致一言不发地盯着她。

令飐也看着他，五秒钟后，她补充道："我连妆都没化。衣服什么的也都在酒店，既然要搬回来，总得收拾一下把房退了。"

君致一针见血地戳穿了她："你骗人。"

令飐吃了一惊，虽然她也觉得自己的解释有一点儿欲盖弥彰，但没想到脑回路奇特的他竟然一眼就识破了。她有点儿没面子，讪讪地笑了一下，结巴道："我……我骗你干吗？"

君致不作声，也不动，神情严肃地看着她。

"好吧……"四目相对，令飐立马投降，"我家里……有点儿事，工作上……也有一点儿小问题，我决定去处理一下。"

"好。"君致问都没问，径直点了下头。

看样子还是蛮通情达理的嘛！令飐甚是满意，步履轻盈地往外走，君致二话不说就跟上来了。

令飐连忙停下，迷茫地问："你干吗？"

"我陪你。"

令飐默默地叹了口气，心道：谁家跑路还要带一个租客的啊！

想到此人此前的种种作为，令飐只得动之以情，晓之以理："我这工作吧，在这儿解决不了，需要去外地。"

"嗯。"

"很远，非常远，要长途跋涉那种。"

"没关系。"

"不是，你……你跟着我，我铁定得分心照顾你啊！再说了，我现在穷得叮当响你又不是不知道，为了省钱我原计划可是坐大巴车，你身娇肉嫩，谁舍得让你跟着受罪？"

君致眉尖微蹙，正要说什么，好巧不巧，令飐的手机响了。

"微信支付收款，八千元。"

她无语，付款的是令晖。她最近烦，勒令令晖少在自己面前乱用成语，他说开玩笑老子才不要改，她二话不说就把收款码甩过去，意思是你再用成语请先付钱，万没料到这小子在这个节骨眼上居然真的转了一笔账过来……

微信上，令晖还发过来一条语音消息："不用成语是不可能的，这辈子都不可能！预存八千！能办张季卡了吧？免漫游费无限畅聊的那种。拭目以待，老子下个月初就发工资！"

令飐心知她这个傻哥哥这是在变着法儿地给她钱花，眼眶有一点儿酸，余光瞥到君致正目不转睛地盯着自己，她忙克制住了泪意，一把抄起那个古木锦盒抱在怀里，身先士卒地往外冲，无可奈何地批准了君致随行："走走走，去去去！"

最终令飐也没舍得让君致跟着坐长途大巴，她租了辆车，把放在酒店的各种东西都塞进了后备厢。

临出发，令飐边导航，边随口问了一句："会开车吗？"

问的自然是看都没看后座半眼，径直坐在了副驾驶位置的君致。

君致抬头看着令飐，一双大眼睛无辜茫然。

令飐语塞，心道：又想用卖萌混过关！

"咱们要去的地方距离这边五百公里，我一个人开远途有点儿吃力，所以想知道你开没开过车。"

君致想了想，眼神有些迷惑，分明又很认真地问道："马车，算吗？"

令飐顿时噎住……

厉害了我的神美！你究竟是从哪里来的原始人？！

算了算了，这人一看就是个养尊处优的主儿，令飐认命地发动车子，随口交代："你前面那个储物箱里有吃的。"

君致显然对善意的感知格外灵敏，他展颜一笑，清澈的瞳孔里明晃晃地写着"你对我真好"。

可不是吗。令飐有些无奈地心想：谁让你长得那么好看，而我偏偏又是个怜香惜玉的纯爷们儿呢？哎，这可真是应了那句至理名言——人生就像一场戏，因为有缘才相聚啊。

车子开上高速，沿途风景疾速后退，君致的神情明显变得有些好奇。

令飑瞥了他一眼，好笑地问道："你没出过远门？"

君致想了想，道："在这边没有。"

他顿了一下，突然看一眼令飑，语调莫名变得有一点儿低，轻声说："很久之前，你——有个人带我看过山水。"

"游山玩水啊？"令飑百忙之中竖了一下大拇指，"好兴致。"

她真心实意地称赞："真羡慕你们这些搞艺术的，游山玩水都算采风，我们只能夜以继日地采访。"

君致看着她，没说话，眼神有些晦暗。

令飑没注意到他的表情，她注意到的是车窗外一闪即逝的村庄，忍不住说道："哎，哎，看到没？那里就是我老家。"

君致忙往窗外看了眼。

"你呢，老家在哪儿？"令飑随口问。

还真不怪令飑会这么冒昧，实在是因为A市是个外来人口占比极高的都市，结合君致对A市的不熟悉程度，她本能地把他划归到跟她一样的外来人那一拨了。

果然，君致沉吟了片刻，轻声道："我家……离这里很远。"

"嗯。"令飑漫不经心地点头，"C市？"闲着无趣，聊天还能提神，她随口猜了一个地名。

君致又安静了片刻，再开口时，声音比上一次还轻。

他飞快地说了两个字。

"黄——"令飑没听清，只好自己蒙，"沟？"

这名字听起来像是个乡村，令飑忽然间觉得自己找到了君致拥有马车驾龄的原因。一个家住在黄沟，出行要靠马儿拉车，买一件衣服小心翼翼不敢弄脏因为没得换的人——慢着，他说那件衣服价值两千多万是怎么回事？Q币吗？还是……祖上传下来的？

一时间，银票、元宝、金叶子一股脑儿地涌进了令飏的脑海，还有902房那堆瓶瓶罐罐、字画什么的，她倏然间虎躯一震，觉得自己破解了君致的身世之谜。

他……他分明是一个继承了万贯家财但内心单纯如白纸并且拥有角色扮演梦想的淳朴美少年啊！

越想越为自己此前的思想感到惭愧——有钱人嘛，怕纸烫怎么了？那叫作情趣。拿元宝、银票、金叶子买零食怎么了？你们看着稀奇，小爷家里多的是！哦，这里就不得不说一下被她随手塞进旅行箱里的古木锦盒了，那里面……不会放的是他老家千顷良田和数十座四合院宅邸的地契吧？

令飏越想越觉得自己推理严谨、论证正确、逻辑清晰，甚至想到君致那句没出过远门时还心口抽痛了一下，她暗自发誓一定要带这个除了财富什么都没见过的可怜人多看一看日新月异的世界！

疾速奔驰的车里，令飏一个人在那边暗自脑补唏嘘不已，她时而皱眉，时而扼腕，时而叹息，完全不知道君致默默地注视着她，默默地在心里说：我说的……是皇宫。

五百公里，令飏开了足足一天，她车技一般，又没人可替换，索性走走停停，逢服务区就进，并且坚决不开夜车。

反正跑路嘛，一直在路上，这方式肯定让老爷子他们刮目相看。

服务区里。

"够了……"君致抬起一只手，拦住令飏，"我……真的吃不下。"

令飏替他夹虾的干净筷子停在半空，大眼睛一瞪，气道："逗呢！你这一整天根本没吃什么东西，饿瘦了怎么办。"

"侠女风范"是市台领导对令飔的评价，她同情君致，发誓要对他好，就说到做到，当即付诸行动了。服务区里东西不便宜，她给自己点了一碗二十块钱的只在名字里见到肉的面，给君致点的却是一百二十八元的豪华海鲜套餐。

　　但是君致不吃。

　　你说可气不可气？！

　　"我……不爱吃……海鲜。"君致硬着头皮，艰难地说。

　　"那你爱吃什么？"令飔倒是不含糊，她抓起手机，立马站起身准备去买。

　　君致看着她那副任凭驱使的架势，满腹感动，却又实在为难，他是真的比任何人都不想拂了她的好意，但又真的不能吃，就一个字一个字地往外挤："我，什么都——"

　　话没说完，身畔忽地传来一声冷笑。

　　这笑声很近，所以听得极清，里面满满的都是讥诮，还有嘲讽。

　　令飔转头，看到一张斯文败类一样却英俊不羁的脸。

　　男人很高，身材也好，笔直英挺。他端正地坐在邻桌，高挺鼻梁上架着一副金边眼镜，眉眼帅气，语气却充满侵略性。他勾了勾唇，一字一顿地道："我知道他爱吃什么。"

　　令飔本能地对这个人没有好感，她没应声，面无表情地盯着他。

　　他又是一笑，说出答案。

　　"软饭。"

第五章

他是想提前做好准备，保护她

令飏很少打人，但不代表她动手能力差，毕竟，家里那挂了满满一墙的空手道锦标赛奖牌可不是充话费送的。

只是，一言不合就打人毕竟不符合她的家教，所以她强压着喷薄欲出的怒气，尽可能礼貌客气地问："你说什么？"

男人抬头正视她，隔着镜片，令飏发现他的瞳孔居然有一点儿淡淡的茶色，这场景诡异地有些熟悉，她不由得愣了一下。

"这位小姐。"男人却是在笑，"我们是不是在哪儿见过？"

呵呵。原本有些疑惑的令飏顿时被这拙劣到家的搭讪方式雷到了，她短促地冷笑了一声。

男人浑然不介意她的态度，他主动伸手，"蛇精病"一般开始自我介绍："Lay。"

"嗯。"令飏从善如流地点头，"是挺累的。"

这回答令他有点儿尴尬。

"你好像对我很排斥？"他单指扶了扶眼镜，笑得有些无奈。

令飏看了一眼从这个男人出现后就一直沉默的君致，直言不讳道："我从不排斥任何礼貌善意的陌生人，请你向我的朋友道歉。"

"朋友？"男人的眼神闪烁了一下，轻蔑地瞥了君致一眼，又看回令飏，一脸的玩味，"看你那么无微不至，我还当是男朋友呢。"

令飏不喜欢他看君致的眼神，忍不住冷冷道："与你无关。"

男人朗声大笑着取出一张名片，递给令飏，他完全不介意她的态度，径直说："多有打扰。我想，我们还会再见。"

来也匆匆，去也匆匆，这人就像是出门忘了带脑子，骂完君致，调戏完令飏，然后就走了。

他走得太快，最终也没有向君致道歉，令飏不甘心，看都没看就把他的名片揉皱了丢进垃圾桶。她撸了撸袖子要追，一旁的君致拉住了她的手。

令飓回头，这才发现他一贯清风明月般淡雅的俊脸有些沉郁之色，她下意识地以为他是被骂了不开心，脱口而出地抚慰："别理他！你大人大量，不跟他一般见识。"

"嗯。"君致坐着，仰着脸看生怕他会不高兴的令飓，大人大量地笑了笑。

而在没有人能看到的地方，他手指轻抬，已经走出了几十米远的男人衣服上淡光一闪，两个原本看不太清的字迹，赫然变成了一只四脚朝天、活灵活现的王八。

接下来的路上，令飓再没强迫君致吃任何东西，她也是直到这个时候才突然间意识到，自己急于让君致领略世间各种美好事物的做法，在外人看来可能的确有可以肆意展开联想之处。

车子下高速之后，驶入一座散发着落后颓败气息的县城，导航抽风，把他们领上了一条堆满了建筑材料的断头路，令飓暗骂了声脏话，挂挡倒车，很自然地往后视镜瞥了一眼，就一眼，然后她愣了愣。

BX6788。

这车牌……怎么感觉在高速上见过？

"嗯。"副驾驶座上的君致很平静，"跟踪。"

像是为了印证君致的猜测，那辆车原本正压着车速作缓慢行驶观赏风光状，忽然十分刻意地拐上了一条岔路。

令飓心道不妙，喂，你是老爷子派来的"逗比"吗？！

意识到自己的行踪可能已经暴露，她火速倒车，离开原地，风驰电掣地往前开去。

"是王——"君致顿了一下，沉声道，"那个累。"

令飒有一秒钟愣是没明白过来什么叫"那个累",等到回过味儿来,简直想放声大笑,她看了一眼君致绝美的侧脸,不无赞叹地道:"你怎么这么可爱啊!"

完全是情绪使然,令飒抬手,摸花花似的摸了摸君致的头。

——花花是爷爷养的金毛狗。

君致猝不及防得了句夸奖,还被令飒揉了揉脑袋,这动作对他来说绝对算得上亲昵。他的耳朵根儿"唰"地一下就红了,躲躲闪闪地别开眼,解释道:"他说他叫'累'。"

"是Lay。"令飒忍俊不禁,觉得他简直太好玩了,"英文名。这年头的人没三五个英文名还真不好意思出门,对了,你有吗?"

君致想了想,一脸不好意思地摇了摇头。

"哦……"令飒发现自己简直可以去"哪壶不开提哪壶派"做掌门人,她略微有点儿尴尬,生硬地把话题转开了,"那君致呢,是什么意思?君子吗?"

君致眼睫微动,不吭声了。

"总不能是纸吧?"令飒打灯转向,随口逗他。

君致应声抬头,一脸"你怎么知道"的讶异模样。

令飒瞬间也愣住了,她心道:合着你家真的是纸商发家啊?!不过倒也是,凭纸起步,给子嗣取名也用纸的谐音,并且嘱咐他要爱纸如同爱自己,这应该算是最好的饮水思源和不忘初心教育了吧?

令飒越想越觉得君致的家教是真的不错,职业病作祟,她甚至想去他家登门拜访,有机会的话再做一期专题报道了。

中午时分,令飒和君致来到了此行的目的地——一个叫作宁家寨的村庄。

村子很旧，到处可见裸露的大片黄土和成堆的牲畜粪便，令飐艰难地驱车前行，听到君致好奇地问："你来采访？"

问都没问就跟着她长途跋涉，现在才想起来打听来意，她被他的后知后觉逗笑。

"不是。"她随意摇了下头，"我来讨债。"

君致有一点儿讶然："有人欠了你钱？"

"嗯，不过钱不重要。我来是想看一看，自己究竟有没有被骗。"

君致"嗯"了一声，很乖觉地没多问，眼睛往后视镜里瞥了一下。

没有看错，又是那辆6678，在漫天黄土中不屈不挠地尾随。

令飐也看到了，她抿着唇，下颌绷出一条冷淡又清丽的弧线。车辆在沉默中又碾过了一个不太高的土坡，君致忽然听到她问："跑得快吗？"

他一愣。

令飐突然向左打方向盘，驾驶着车子拐进一条曲折的小路，君致一个趔趄，没坐稳，一只白皙的手腕伸过来，扶了他一把，车子疾停，她轻喝："下车！"

君致虽然懂得少，但胜在听话，几乎是令飐的指令刚下达，他就跳下了车。

令飐已经开门下车，此时伸出一只手，攥住他的手腕，直接往岔路口最多的那边跑。

刚跑了没几步，她愣了愣——君致身高少说有一米八，按理说携带着他跑路应该是很有些吃力的，怎么会……手感如此轻盈？

轻盈的君致在风里问："去哪儿？"

"宁天柱家！"

"怎么走？"

"不知道！"

君致闭上嘴，不再问了。

两人跑到一处土墙下，令飐手腕一紧，整个人忽然被君致拽到了墙后。

事出突然，她愣了愣，然后就听到君致轻声说："来了。"

什么来了？自然是人。君致停顿半秒，补充道："两个。"

两个？令飐忍不住皱了下眉——她又不傻，当然知道有人在跟踪他们，只是没想到这人居然还带了同伙。

藏身的这堵土墙将近两米高，把两人遮挡得严严实实，只是墙后堆满了各类农作物的秸秆，能立足的空间实在有限，两人不得不紧紧相贴。

令飐在出神，没注意到此时此刻的场景有些暧昧，君致则是凝视半空，那表情怎么看都像是透过虚空看到了什么，少顷，他笃定地开口说道："女孩。"

"嗯？"令飐这下更错愕了，同伙是个女孩？这到底是什么情况——故意跟踪？还是误会？总不能……是有乡土情结的小两口大老远跑来郊游吧？！

简直是莫名其妙，令飐有点儿烦躁，她嘟囔了一句："不会又是那个'累'吧？！"

"对。"君致答得毫不犹豫，笃定极了。

果真又是他！令飐刚要骂人，忽地眉尖一蹙，她先是狐疑地看了看君致，又看了看墙，心想：你透视眼啊？

君致似是看懂了她心里在想什么，他自知失言，长睫微动，不着痕迹地遮去了眸底情绪，语气尽可能沉静："我……猜的。"

事实证明，君致猜对了。

来人里确实有个女孩，因为令飐听到了她的声音。她问："跟丢了？"

"走不远，"一抹低沉邪气的男声答道，"车还在呢。"

七个字，让令飑察觉到危险，她眯了眯眼——冤家路窄，还真是他！

随身携带录音笔，是每一个记者的天性、使命和职责，令飑悄无声息地伸手进口袋，熟门熟路地按键，录音笔被打开了。

女声说："你到底行不行啊Lay？这玩意儿能爆吗？"

Lay不羁地笑了笑，反问道："不试试怎么知道？"

女声"嘁"了一声，语气十分不屑，却分明听得出一丝嫉妒的意味，嘲讽道："我看你是醉翁之意不在酒吧！"

Lay朗声大笑起来，嘴里喊的却是冤枉："在酒，绝对在酒，拜托，你把我当成什么人了？我的人设可是工作狂啊！"

"嘁。花心大萝卜还差不多！别以为我不知道，你就是看人长得好看……"

声音越来越低，两个人渐行渐远。

人走了，令飑的录音笔却没关，她在走神，确切地说，在思考。

君致一向话不多，这次也一样，没有打扰她。他遥遥地往二人离去的方向瞥了一眼，虚无的半空中，任何旁人都看不到的地方，赫然悬浮着一张宣纸，上面神奇诡异地不断有新的内容涌现，就像是一幅又一幅实时更新的连环画——

在那幅画上，君致清楚地看到，男人和女人一前一后，转过了土坡，踏着一地的尘土，往不远处稀疏错落的数十户农家去了。

"走。"令飑突然结束了思考，随手拽了一把君致，一马当先地绕过土墙，出去了。

君致乖乖地跟着，看她从车里拿出一个斜挎包，背在身上，又拿了两瓶水，想了想，又摸出几块小小的、长条形的物体，把它们和水一起一股脑儿地塞给他，这才把车门锁了。

君致看令飓的架势分明是要追，他的唇动了动，想说话，她忽然一眼看过来，语气很不见外地说："吃啊！"

君致看了看怀里的水，这东西他认得，那么让他吃的自然就是另外一样了。

小小的、长条状……这东西能吃？他拿起一块，悄悄地端详，尽可能不露出没见识过的模样，却还是被令飓一眼看穿了。

"巧克力。"她的语气满是"我实在搞不懂"的茫然和困惑，"不是，我就奇了怪了，你家里那么有钱，可过得也太不与时俱进了吧？巧克力，这个你也没听过？"

君致看着令飓，神情无邪懵懂，脑子却在飞快地思索——

她好像对我的身份有什么误解。

但是我确实没有见过。

怎么办？狡辩吗？

不行，说好了不能骗她。

于是，内心戏十足表面却不动声色的君致从善如流地点了点头。

令飓叹了口气，一只手撑住了额头，心想有钱人的世界真坎坷。她原本就同情他的人生境遇，这下更是心软得一塌糊涂，当即从他怀里拿过一块巧克力，亲手拆开了，献宝似的递到他唇边，一双黑眸亮晶晶地说："喏，你尝尝看。"

君致挣扎了一秒，就一秒，四目相对，看着令飓明亮莹漾着笑意的双眼，君致的原则顿时抛到了九霄云外，他略一低头，伸出舌尖，就着令飓举到他唇边的手，轻轻地舔了一下。

"甜吗？"比他矮了半头的女孩眉眼弯弯，一脸期待地看着他。

"嗯。"

确实甜——他一路没吃东西，她一直记着。

君致心情很好，特别好，以至于他根本懒得去想——从来不吃东西的自己，吃一次，又会怎样。

君致吃了大半块巧克力，又喝了口水，两个人这才向村庄进发。令飓一路走，一路不时地看一眼手机，宁天柱的父亲住院时确实留有地址，但仅限于村，加上他们又是"携款私逃"，两父子究竟有没有回家都无从得知，所以还真的是挺难找的。

一路走来，硬是没遇到一个可以打听情况的村民，君致忍不住有一点儿迷惑，令飓倒并不意外，说道："穷乡僻壤没出路，年轻人都出外谋生了，村里剩下的全部是孩子和老人，弱势群体缺乏安全感，看到几个陌生的外来人，第一反应一定不是热情，而是害怕，更何况语言又不通，咱们怕是很难得到援助，只能慢慢找了。"

君致又瞥了一眼只有他自己能看到的连环画，还真是，Lay 和他的同伴进了一户，一无所获地出来了。

君致想了想，提问："那两个人，来做什么？"

令飓正专心地走着路，听到这句一怔，而后就笑了。

"能干吗？来抢生意呗。"

君致有听没有懂，蹙了下眉。

"如果我没有猜错的话，"令飓摊了摊手，一脸无奈，"这是碰上同行了。A 市不止市电视台一家，各类新媒体层出不穷，更何况还有可能是更上一级的。"

君致更加不懂了，他迷惑地问："他们也被骗了吗？"

"没被骗也可以来啊！"令飓这次是真的忍不住笑起来，"助人为乐反被骗，受害者还是个资深民生新闻记者，你不觉得这件事反讽得很有报道价值吗？"

君致没说话。他无声地又看了一眼连环画，讨厌的人又进了一家，不多时，又出来了。

君致今天穿的是令飓给他新买的衣服和鞋子，眉眼俊秀得仿佛是一个二十来岁的校草。他和她并肩踩过又一道土坡，突然明白了什么，喃喃地说："他们之所以跟着，是希望能不费力就找到宁天柱家，对吗？"

"聪明。不过我猜还有一箭双雕的想法。"

君致没明白，侧过脸看着她。

"我。"令飓抬起手，指了指自己，"当事人和受害者，亲自找上门来了。接下来不管是打架还是吵架，播出去都够热闹的。那两人一路紧跟，肯定是想拿到第一手资料，这会儿没准儿已经设想好了流量怎么爆呢。"

君致沉默了几秒钟，欲言又止道："你……"

令飓莞尔："你担心我会打人啊？"

被猜中了心思，君致有一点儿窘迫，其实他是想提前做好准备，保护她。

"放心啦。"令飓身穿一套运动服，皮肤白皙，青春无敌；脚上是一双运动鞋，她摆了摆手，"当初能把钱借给他，现在就不会动手，哪怕他真的骗了我。不过，对另一个人就不一定了。"

她说的是Lay，那小子可还没有跟君致道歉呢。

说话间，两人来到了村庄最外延的那一家，令飓要敲门，被君致拦下了。

他很笃定地摇了摇头。

令飓微怔，倒也没追问，二话不说就跟着他往前走了。然后第二家、第三家、第四家、第五家……统统是过门而不入。

这个村庄的房子长得几乎一模一样：破旧的栅栏门，泥土砌的房子，墙壁上的土块斑驳剥落，看得出村民生活条件极差。令飓不知道君致是怎么将这堆"多胞胎"房子分辨开的，一路不作停留地走到了第十七家，他站定脚，示意她到了。

令飏半信半疑地看了他一眼，上前准备去验证，忽听里面传来一阵喧哗声。

一道苍老的男声正在愤怒地控诉着什么。

令飏和君致对视一眼，毫不犹豫地推开了门，映入眼帘的是一片乱糟糟的景象——

干瘦病态的老人拄着一根拐杖，老态龙钟，摇摇欲坠，他不知为何气得一张脸通红，正对着一个年轻男人在大声说着听不懂的方言。

那个男人，自然就是 Lay 了。

这边鸡飞狗跳闹糟糟，另一边却是截然不同的景象，一个身材娇小、化了精致妆容的女生持手机云台，正在现场录制："观众朋友们，我现在是在距离 A 市五百余公里的宁家寨宁天柱家，从镜头里大家不难看到，诈骗嫌疑人宁——"

她的话没说完，镜头里出现了一张俏生生的脸。

令飏本就生得漂亮，竟然还无惧镜头的魔力，上镜后靓丽依旧，全然没有死角。透过镜头，两个女生四目相对，被打扰的那位又妒又恼，心想长得漂亮了不起啊？了不起的这位则面无表情，彬彬有礼地说："请你关掉。"

女生当然不关，否则也太没面子了，她扬了扬眉，明知故问："你谁啊？"

令飏谦逊地笑了笑，自我介绍："免贵姓红，全名红领巾。"

女生无语。

"我们在录制节目。"女生明显对令飏没什么好感，语气又冷又硬，"请你不要妨碍。"

"真巧。"令飓好脾气地笑了笑，"我也是专程来采访我的被捐助人。"说到这里，她回头看了盛怒中的宁老爷子一眼，又看回了镜头，"恕我直言，看样子，我的被捐助人不怎么想接受您的采访。"

镜头没关，令飓的每一句话、每个表情都被实时记录了下来，女生的脸色变了变，皱着眉问："捐赠？"

她没来得及多说，身后传来一句："哟，又见面了。"

令飓回头，看到了那张不羁邪气的脸。

Lay 伸出手，想和令飓握一握，一旁一直保持沉默的君致忽地一个箭步过来了。

令飓看了君致一眼，他护犊似的姿态颇有几分她的风范，让她不合时宜地有一点儿想笑。

强忍住了笑意，她问 Lay："《蓝天时报》？"

Lay 挑了挑眉，分明是对她一猜即中有些意外。

还真是。令飓暗自在心底鄙视了他们一下，行业内就你们家为追求新闻效果无视职业道德，看来还真是百闻不如一见。

宁老爷子认得令飓，见她和那两个不速之客在交谈，他的神情有些忐忑，令飓给君致递了个眼神，他瞬间领会，上前几步，低语几句，居然神奇地把老爷子安抚住了。

君致扶着他在院内唯一一个石凳上坐下。

"说说来意？"令飓言归正传。

Lay 笑意不减，大方坦承："自然是曝光了。"

"哦？"令飓愿闻其详。

"宁天柱利用其父住院，求助媒体，转而带着筹资人间蒸发，此等行径难道不应该被曝光？"

令飓并不赞同："你这是越俎代庖。"

Lay 回之一笑："总好过助纣为虐。"

令飐噎了一下。

Lay 抬手指了指眼前的院子，门槛、柱子包括土墙上都贴有红色的"囍"字，他的语气轻蔑而又不屑，一脸冷漠地说："用筹资娶媳妇，娶来又有什么用？不过是增强贫困的代际传递。实在是愚昧。"

令飐不喜欢他的态度，忍不住皱了皱眉，直接反驳："未加调查就下结论，你未免太过武断。"

Lay 摊开手，一脸无所谓地笑了笑，他毫不客气地说："你们市台那套深入调查、认真取证、谨慎论断的方法不实用。网友们要看什么？有冲击力、时效性和热议度的新闻。至于真相，晚来几天又何妨？大众早已经习惯了真相迟到。"

令飐对他不负责任的态度不敢苟同，便不再和他废话，转身走向君致和宁老爷子那边。

"问出什么了？"和 Lay 交谈的时候，她注意到他们两个也在对话。

君致先是冷冷地瞥了 Lay 一眼，而后才答："老人家独自在家，儿子、儿媳去务工了。"

Lay 发出一声"傻子才信"的不以为然的笑。

令飐是知道宁老爷子的病情的，所以她猜宁天柱不会走远，说："最近就会回来？"

君致点了点头，回答："两天后。"

Lay 又是一声嗤笑，他难以置信地摇了摇头，似乎是看不得令飐的天真，更没有打算傻傻地陪着他们等，径直走了。

那位出现场的女生临走前更是匪夷所思地"啧"了一声："这鬼话你们都信？这可真是活生生的被人卖了还帮着人数钱啊！"

君致看了那女生一眼，神情有些不悦。令飐倒是没计较，她俯下身问老爷子："您吃饭了吗？"

老爷子方言很重，说了句什么，令飏没听懂。

君致在一旁翻译："他们出门前留了吃的。"

令飏点了点头，从背包里翻出几根士力架，递给君致一根，剩下的全给老爷子了。

接下来的时间，令飏让君致当传声筒，大概了解了 Lay 他们来到家里后的所作所为。

他们翻箱倒柜，想找到钱。找得到算证据，找不到也算——肯定是花光了。

语言不通，交流不畅，两方人鸡同鸭讲，讲到后面几乎要吵起来。Lay 的那位女伴脾气火暴，对着院里的红"囍"字和屋里新置办的那张床拍了十几张照片，显然是要借题发挥做一篇大文章。

令飏身为新闻从业者，自然深知这篇故意为之的文章出来后会有什么样的效果——怕是不用贫穷和病痛出马，单舆论压力一条就足以压垮这个风雨飘摇的家。

令飏发誓，她这一趟来，纯粹是为了求个答案，真的不打算写什么新闻报道，可眼下看，如果她不写，就成了《蓝天时报》说什么，什么就是真相了。

她想了想，从包里掏出一个小小的笔记本，问君致："刚才你们俩都说了什么，还记得吗？"

君致点头。

"棒，跟我来一下。"

于是两个人一前一后，娴熟配合，君致负责转述，令飏负责拍照，所有有用的信息都采集完毕，令飏一回头，发现随手交给君致的笔记本上居然写满了秀致的蝇头小楷。

令飔愣了愣，探过脑袋看一眼，本子上写的正是他方才转述的内容，她顿时感觉到玄幻——将近两页纸的字，字字笔走龙蛇、漂亮遒劲，他什么时候写的？

君致长睫微敛，"深藏功与名"地笑了笑。

更玄幻的还在后面。

满院子都转了一圈，该拍照的全部拍了，令飔在前面走，君致在后面跟，她对着录音笔小声地说出脑海里已经构思好的新闻语句，无意间一回头，赫然发现这些句子再一次整整齐齐地出现在笔记本上！

令飔目瞪口呆地看一眼本子，再看一眼君致，简直难以相信自己的眼睛，她震惊地问："你……你还有这功能？这简直是人肉型语音实时识别记录仪啊！"

君致听不懂她那一长串新奇拗口的名词，但也明白自己帮到了她，顿时开心得眉眼弯弯。

当事人不在家，村子里又没住处，天黑之前是必须要走的。临走前，令飔把背包翻了个底朝天，能吃的、能喝的、能用的全部留下不说，身上仅剩的几百元现金也一并放在了摇摇欲坠的桌子上。

"娃啊……"老爷子眼看着要哭，说出的话却口音重到只能听清这一句称呼，令飔看着这个年迈病重的老人和家徒四壁的院落，心里难受得不行，又安抚了他片刻，咬牙头也不回地走了。

暮色四合，乡间的小路崎岖曲折，破败的村庄更显荒凉和落寞。两个人一路无话，似乎是感知到令飔低落的心情，君致什么都没说，安静地陪着她往回走。

终于回到了车边，令飔吸了吸鼻子，总算开了口："你能听懂老爷子说的话啊？"

君致点点头，一脸关切地看着她。

令飑的鼻尖红红的，眼睛也红红的，她说话带了点儿鼻音，有种少女的天真和娇憨："你怎么什么都会呀？真厉害……"

君致看着她，极想轻抚一下她润红的眼眶，却不得不克制，便默然摇了摇头。

令飑发动车子，后退，调转了方向，主动交代接下来的行程："咱们得去镇上找家宾馆。"

君致没应声。

令飑习惯了他惜字如金，又叮嘱了一句："渴了有水，你想睡一觉也行。"

副驾驶座上的人依然沉默无声。

"怎——"令飑的疑问没说完，漫不经心地一侧头，目光猝不及防撞上了君致合目浅眠的脸。她愣了愣，心想：这么快就睡着了？

话在她的唇边绕了绕，又急急地咽下去了。

一路颠簸，君致的睡眠竟丝毫不受影响。车开到镇上，令飑七绕八绕地终于找到了一家看起来整洁干净的宾馆。她停好车，喊君致，连喊了三声他都没反应。

"君致？君致？"

不论喊名字、摇手臂、晃身体，甚至连捏脸颊这么幼稚的招儿都用上了，可君致依然沉睡不醒，令飑是真的慌了。

直到这时，她才意识到——他好像并不是睡着了那么简单！

好好的一个大帅哥，跟着自己跋山涉水、风尘仆仆不说，还突然间就昏迷不醒了，令飑是真的内疚加焦灼。她手忙脚乱地摸出手机要拨打120和110，手指轻颤着正要按拨号键，忽地被一只手抓住了。

"啊！"

令飑被那只神出鬼没的手吓了一跳，定了定神，这才意识到君致毫无预兆地醒了！

"怎么回事？"她的眼圈一瞬间就红了，"你吓死我了！"

君致的神情却是有一点儿茫然，他像是根本不知道发生了什么事，撩起眼皮看令飔，懵懵懂懂的。

"去医院。"令飔不由分说就掉头，什么宾馆不宾馆的，这个节骨眼上根本顾不上，她现在只关心他到底是怎么了。

"不。"君致声音很轻，手掌仍握着她的手腕，拒绝的态度却很执拗。

"不去医院怎么行？"令飔简直好气又好笑，"你不要讳疾忌医好不好。"

君致的态度很坚定，任你怎么说，就是两个字——不去。

"行。"令飔摊了摊手，"给我个理由。"

"太医……呃，院里没好人。"

啊？！令飔明明没喝水，却差一点儿被呛到了，她啼笑皆非地看君致，越发觉得他就是个小孩儿，不由得放软了声音，问他："医院怎么没好人了？你，你到底是怕吃药还是怕打针？！"

君致抿着唇，又不说话了。

令飔对这样的他真的是气恼、心疼又无可奈何，两相对峙了好半晌，眼看着他油盐不进，并且暂时没有再出现什么异状，令飔只好再一次让步了。

"行行行……听你的。不去，不去。"

宾馆前台，办理入住。

"什么房？"小姑娘单刀直入地问。

"标间。"令飔根本没犹豫，什么孤男寡女啊，同处一室呀，统统给老娘靠边，她可不放心让君致独自住一间。

"哦。"小姑娘噼里啪啦地敲键盘，末了行云流水地说，"没了。"

令飏噎了一下："那还有什么？"

"大床房，商务大床房，精品大床房，豪华大床房——"

一水儿的"大床"让令飏嘴角抽了抽，合着就是必须得睡一张床了啊！

常言道，忍一时风平浪静，退一步海阔天空，令飏深深吸了一口气，自我开导：大床就大床吧，君致身娇肉嫩，睡床，她皮糙肉厚，睡沙发刚刚好。

于是令飏出示身份证件，微信扫码支付，小姑娘对着键盘又是噼里啪啦一顿敲，然后说："好了。"

"谢谢。"令飏接过房卡，眼睛瞥到一旁乖乖坐着等的君致，纯属下意识地问了句，"不需要他的身份证？"

"不用。"

"哦……"令飏心想可能是开一间房不用两张身份证。

"哪能呢！"小姑娘一本正经地解释，"我们是正规店面，即使是一间房也要认真登记的。他之所以不用是因为他帅得刚好很对我口味。"

令飏咋舌，佩服佩服，不愧是正规店面，真是专业啊，好任性！

进了房间，令飏从行李箱里翻找出体温计、血压计等一大堆便携设备要给君致量，他蹙着眉头往后躲，简单明了地拒绝："不要。"

"就一下。"令飏特别有耐心地哄道，仿佛是幼儿园里最有爱心的幼教小姐姐，"不搞明白你到底有没有问题，我今晚睡不着觉。"

君致小宝宝坚持表示他没事。

令飏小姐姐坚持说没事你就让我量一下。

意见不合，两个人再一次陷入了僵持状态。

破解这场僵局的是一杯水，确切地说是一口水。君致大概也是在"我的身体状况不能检测"和"绝对要听令飔的话"之间挣扎，他纯属无意识地仰头喝了一口水，然后毫无预兆地，"扑通"一声摔倒在床上了。

令飔一天之内连续被他吓了两次，简直是没有心脏病也要崩溃了，她在原地狠狠地呆了几秒，回过神快速跳起来去察看他的状况，发现他和刚才一样陷入了昏睡状态。

令飔简直要疯了，这次说什么都不好使！一定要带他去医院！她抓起电话要拨号，谁料电话里还没得及"嘟"一声，一只修长的手掌伸过来，径直把拨号键摁断了。

令飔又惊又怒，道："你怎么忽睡忽醒的？难道你是接触不良的机器人吗？！"

屋子里很静，所以任何声音都能够被听得很真切，令飔的声音里有控诉，还带着哭腔，不光君致，连她自己也发现了。

哭什么？为什么要哭？没人知道。可她就是觉得很委屈，她是真的……被吓到了。

暖黄色的酒店灯光下，君致看着她，整个人显得前所未有的无措，他几次启唇，又几次作罢，显然是经历了十分剧烈的思想挣扎，最终憋出来一句："我不是。"

不是什么？

令飔稍加联想就明白了——他说他不是机器人。

她顿时好笑又气恼到了极点，脱口而出道："那你到底是什么？！我拜托你设身处地地想一想，如果你身边跟着一个言行怪异又技能点满满的人，并且这个人还时不时就会昏迷一下，你会怎样？！"

君致看着她，目光如水一般平静，又隐隐藏着不易被察觉的哀伤。不知是有意还是无意，他避开了令飔前两个正常人都会困惑的问题，只回答了关于他昏倒的原因。

"我想……是因为水。"

令飐一言不发地盯着他，她觉得自己有资格听到解释，但她此时此刻没有心情和他交谈。

君致望着她红红的眼圈，心知这是真的把她吓坏了，他几不可闻地叹了口气，只得主动把自己的猜想和盘托出："我……讨厌水，准确地说，是怕……所以喝了水后，身体就会做出难以预估的反应。"

因为怕水所以喝完水就会昏迷？令飐觉得他纯粹是在糊弄她，说道："你猜这么说我会不会信？难不成你每喝一次水就会昏倒一阵吗？！"

每个人都有秘密，又或者难言之隐，他不得已，需要暂时隐瞒，她可以接受，但这并不代表她也能接受被他当成傻子一样哄着玩。

令飐瞪着君致，明明眼眶通红，目光却近乎凶狠。她暗自发誓，今晚，就今晚，如果这个人不给她说出个子丑寅卯来，她一定、绝对、坚决不会再相信他了！

令飐做好了大不了就此一刀两断的准备，却浑然不知君致竟也下定了比她还要艰难的决心，他欲言又止地看着她，神情忐忑，小心翼翼，一张秀雅俊美的脸庞上写满了不安和惶恐："如果我说……我此前从来不曾喝过水，你……会信吗？"

令飐僵住了。

第六章

他来历不明

——应该对你也有所隐瞒吧

令飐一直知道君致怪——长得怪好看，行为怪奇特，大部分时间怪萌的。

可是！再怪的人也要喝水对不对？天地良心，水可是人体的重要组成元素，不是说人连续几天内不摄入水分就会脱水而亡吗？！

一时之间，这些年学习过的道理与常识齐齐涌进了令飐的脑海，她匪夷所思，对此又闻所未闻，便直愣愣地瞪着君致，由衷地觉得这道题真的是超纲了。

可那位浑然没有这种自觉，他眼睛一眨不眨地凝视着令飐，眸子澄澈，神情认真，那副姿态仿佛是在说——骇人听闻吗？也对。可这是我的秘密和真心，我将它剖白给你听，你信，还是不信？

令飐沉默了。

也真是见了鬼，令飐和君致那双无邪的眼睛相对时，生平第一次，她竟然会对自己坚信不疑的生活常识心生动摇，她觉得自己一定是近墨者黑，离变成又一个怪咖不远了！

令飐没说信，但她也没被吓跑，甚至还流露出了几分对自我认知的怀疑，这个反应让君致顿时劫后余生般无声地呼出了一口气。他不着痕迹地握了握手掌，真的是太紧张了，明明从来不会出汗的，竟依稀能察觉到些微潮湿之意。

真好，真好，她没弃他而去。他几乎是受宠若惊地想，只要她不害怕他，不躲着他，他愿意有问必答、有求必应。

令飐确实是有疑问的，可她职业记者的敏锐性又莫名其妙地在君致的身上产生了偏差，也真是邪了门，她的关注点再一次跑偏了。

于是，这边君致严阵以待，正襟危坐地等着用十二万分的真诚认真回答每一个问题，那边的令飐却鬼使神差地问出了一句："你说你怕水，那……那你平时都怎么洗澡啊？"

君致语塞，心想：你难道最关注的不应该是我的身份吗？细论来这个问题可真的是太有提问的空间了……比如我究竟是什么物种，凭什么我就能不喝水，还有我到底是不是个人？怎……怎么就能把思维发散到沐浴上去了啊？

但是不管令飔再怎么发散思维，她提出的问题都是要回答的，于是君致抿了抿纤薄的唇，勉力按捺着对这道题目的质疑和非议，如实作答。

"我通常……嗯……闭着眼洗。"

嗯？令飔被这个答案惊到了，脱口而出："洗澡不睁眼？为啥？"

"因为……我……沾了水会皱。"君致看了她一眼，神情有三分羞赧、六分腼腆，余下一分是难以启齿，"难看。"

令飔无语，心道：沾了水就会皱？你的皮肤到底是有多嫩啊？！

令飔一直知道君致是有多漂亮的，但扪心自问，她从来没有把他当作爱脸胜过爱生命的花美男——本来嘛，日常醉心呵护肌肤的花美男也不能够单手把一米七九的令晖拎起来再挂到墙上去吧？再加上他惜字如金，寡言之中又隐隐带着一股子让人可以依赖的沉稳，所以她虽然猜测出了他是个角色扮演爱好者，却依然从不曾把他和娱乐圈中浓妆艳抹、顾影自怜、性别定位模糊的个别流量鲜肉划归到一拨儿……

然而此时此刻，令飔的认知简直是发生了摧枯拉朽般的崩塌。她难以置信地看了一眼君致的脸，忍不住又看了一眼。老天爷，她一直当他天生丽质难自弃，生来就这么好看来着，原来他……他……他没准儿也去动过刀子，做过人工添加啊？！

梦想照进现实，令飔顿感这世道真的是连自己的眼睛都不能再完全相信了，她的表情不由得有些凝重。君致见她这般神色，愣了愣，心想：我，我通常是夜深人静才去沐浴，可以肯定从不曾被任何人见过，她……她难不成是想象出了我沾水后皱皱的模样？

一时之间，两个人各怀心思，双双沉默——一个是信念崩了急需重建，一个是自惭形秽觉得自己好丑，全然不知彼此的思绪和对方差了有十万八千里。

于是那一晚的气氛十分微妙，令飐犹如打开了新世界的大门，开始用另一种眼光来审视君致，这么一审视，还真是不得了！

灯光下，她远远地坐在沙发上，偷偷地瞥了君致一眼，突然发现他裸露在外的皮肤如鲜奶般白皙，几乎看不到血管。她顿时悔不当初：我真傻，真是傻极了！就连便利店的小哥都能看出他一脸的明星相，我怎么就能睁眼瞎一样把他当成是不加修饰、毫不做作的纯天然呢？！

越想越觉得自己蠢得出神入化，她恨不得赏自己一巴掌，喝水？别逗了！家境那么好！人那么金贵！谁还喝水啊？指不定喝的是什么昂贵的营养液……回顾自己这几天都给他硬塞了些什么玩意儿，她简直想抱头，天哪！难怪每一次她劝他吃喝，他都是一副欲语还休、英勇就义的神色，合着他……他……他根本就是苦在心头口难开啊！

阿弥陀佛，降一道雷劈晕她吧——还好意思自诩带他领略世间美好事物呢，她根本就是在让一个吃惯了珍馐美食、满汉全席的主儿吃糠咽菜啊！

往事不堪回首，令飐觉得自己没法再平静地面对他了，她火速收拾了一下东西，落荒而逃一般滚进浴室洗澡去了。

她走了，所以没有看到，家境好、人金贵的君致站在原地，垂着长睫，神情落寞，那副自责的模样像极了闯了天大祸端的小孩儿，茫然不知所措——世间事物千千万，你为何偏偏是张纸呢？让你沾水就皱！她不喜欢了吧……

令飐又做梦了。

也不知是怎么回事，自打遇见了君致，她近段时间以来做梦的频率罕见的高，且这一次梦里的场景较之前有了些许改变——依然是她，依然身穿古装，依然是在一汪血泊里，不同的是，往日梦里视线所及的尽头处依稀露出了一片衣角，怎么看都像是那里还有个人。这个新奇的发现让她愣了愣，谁料想要去察看求证的时候，凭空窜出了一个奇形怪状的庞然大物，张着血盆大口咆哮着朝她扑了过来！

　　"啊！"令飓满头是汗地惊醒了。

　　她睁开眼，才发现房间内的灯不知道什么时候打开了，明晃晃的光线毫无预兆地扑进瞳孔，照得她眼泪几乎要下来了。泪眼迷离间，她隐隐看到一抹颀长的身影，正正站在她面前，眼看着要弯腰逼近。

　　前一刻的噩梦仍记忆犹新，令飓登时脑中警铃大作，几乎是失声尖叫了起来："走开！"与此同时，条件反射般直往床的内侧躲闪。下一秒，她的手腕蓦地被一只微凉的手捉住了。

　　令飓顿时剧烈地挣扎起来，耳畔传来一句："是我。"

　　她慌忙间哪里听得清声音的归属？躲避的动作依旧忙乱不减，声音主人若有似无地叹了口气，展臂拥住她的同时，柔声轻问："做噩梦了？"

　　那声音温柔如四月的风，竟离奇地有宁神的功效，令飓顿了一下，总算听出来他是谁了。

　　那一秒，犹如是心有灵犀，令飓没动，君致也没有动。噩梦加惊吓让她额头上冷汗涔涔，他一只手揽着她的背，一只手下意识地替她拭去了汗滴，那动作熟稔又自然，以至于她丝毫没有察觉到这动作有多亲昵，茫然地由着他摆弄。

　　等到她神志彻底清醒，已经是数分钟后，她纤细的身子在君致怀中微微一动，他瞬间就察觉到了。他强行按捺着怦然悸动的情绪，故作自然地放开了手，那姿态怎么看都坦荡又从容，不知不觉间，弥漫了满满一室的暧昧消散于无形。

谢天谢地，令飏真的没捕捉到粉红色泡泡，她抬起手揉了一把脸，有点儿尴尬，却不是为那个拥抱，而是为那个梦。

"最近……好像压力有点儿大。"她讪笑了一声，自觉地寻找到了合理的解释，决定把无厘头的噩梦抛诸脑后。

一觉醒来，再想入睡可没有那么轻松，令飏抱膝在床上呆坐了一会儿，冷不防发现君致的床整齐如新，像是根本没被碰过，不由得愣了愣。

"你没睡？"

她睡的时候已经是十二点半了，君致还没有去洗澡。她当时一边躺下来，一边想：他从浴室里出来会是什么样？一朵出水芙蓉般的美艳娇花？还是真的如他所说——皱得不能看？她对他这种忸怩娇气的明星做派很是看不上，便暗自发誓一定要偷偷看一眼的，谁料还没有等到他进浴室，她率先睡得不省人事了。

"哦……"君致看了看发问的令飏，又看了看一丝褶皱都没有的床，他绞尽脑汁地想理由，终于憋出来一句，"我……失眠。"

失眠的感觉不好受，令飏懂，于是她同情地朝他点了点头，主动提议："既然睡不着，干脆咱们一起写新闻？"

君致欣然答应。

于是那一晚，令飏敬业地把宁天柱带父求医，向她借钱，然后突然消失，娶亲成家又出外务工的事件脉络整个儿捋了一遍。她对着电脑噼里啪啦地敲字，越敲越纠结，想要揪头发——时至此刻，她依然是不愿意相信宁天柱欺骗她的，可证据呢？《蓝天时报》的 Lay 人虽讨厌，说的话却并没有错，不管她是不是"受害者"，没有具有说服力的证据，就连宁天柱本人都无法自证清白。

一番忙碌，眼看窗外天色都要亮了，令飏把手里的所有素材看了一遍又一遍，愣是没找出来任何能够充当证据的东西。她是真的着急了——如果没有记错的话，《蓝天时报》每日发报时间是上午十点，倘若真的如 Lay 所言，不求真相、只图流量的话，怕是今天就会让"背信弃义的宁天柱"见报。

时间有限，却又遍寻无果，令飐的情绪禁不住有一点儿焦虑，她纤细漂亮的手指飞快地拨弄着鼠标，第二十次不厌其烦地翻阅自己拍摄的数十张照片。

身后忽地传过来一句："停。"

是君致。

之前令飐说的是一起写新闻，但为了避免打扰她，君致一直是远远地坐在沙发上，静悄悄地看着她忙碌。直到后来见她摇头又叹气，显然是遇到了难题，他这才轻手轻脚走过去，不无好奇地往电脑屏幕上瞥了一眼，然后便毫无预兆地开口叫了停。

"嗯？"令飐猝不及防，却本能地停下了翻阅的动作，她回头，迷惑不解地看向君致秀雅俊俏的脸。

君致没作声，用眼神示意她看屏幕。

令飐定睛看了一眼——这图片她翻了有二十遍，上面是一堵黄土砌就的平凡无奇的农家院墙，因为常年的风力侵蚀，墙体略有斑驳，墙面上有一串看不懂的涂鸦，应该是孩童拿树枝类的工具随手画的。她皱着眉把这张照片又看了一遍，实在不明白他为什么喊停，好奇地问："这张照片怎么了？"

君致的语气很笃定："证据。"

令飐愣住了。

"你借出了五万元？"

君致的语气很柔和，云淡风轻似的，令飐却顿时惊呆了——她说过自己借钱了没有错，可借出的数目，她从来没有告诉过他！

君致没有卖关子，他抬起一只修长的手，指着那堵墙，一字一顿地说："欠羊五万元。"

令飏目瞪口呆，怎么也不能相信她看了那么多遍的涂鸦居然是这个！

君致用指尖轻轻点了点屏幕，逐字逐字地耐心解释："欠、五、万、元。你名字里的'飏'字他怕是不会写，便画了一只羊，你看这里，曲线是尾巴。"

令飏把一双黑白分明的眼睛瞪到了最大，跟随着他的指引仔细求证，还真的觉得有那么一点儿像……看完后，她整个人都风中凌乱了。

君致却胸有成竹般，下了论断："他没有骗你。"

证据找到了，自然是天大的好事，可令飏的表情怎么看都有一点儿古怪。君致好奇地看了她一眼，用眼神问：怎么？

令飏真是哑巴吃黄连，有苦说不出——天可怜见，她翻了二十遍都没看出那句话说明什么？说明那话写得根本就不像话！君致是怎么看懂的？又究竟看得对不对？她都无从得知。可毫无疑问的一点是，如果把它当成是证据，并写进新闻里，就意味着完全地信任了君致，假设他的判断是正确的还好，一旦是错的……

令飏敢保证，即便她拿三床棉被捂紧了耳朵，也能听得到亿万网友打脸的"啪啪"声！

可此时此刻是凌晨，令飏又不认识主攻文字方面的专家学者，真的是连找人求证都无门，她盯着君致看了一会儿，脑海里灵光一闪，忽然想到一个很无稽的可能，喃喃地问出了口："你老家……呃，我是说黄沟，莫非离宁家寨很近？"

君致看着她，眼睛一眨不眨地看着，内心却波澜汹涌。

他心想：哦，对，他认出了一串怎么看都不像字的字，难怪她会起疑心。只是，骗她还是不骗？他有些踟蹰……再一想，反正她都把他当黄沟的了，再来个善意的谎言……

秉承着这样的心理，君致抿着薄唇，慢慢地点了一下头。

"呼——"令飐显然是松了一口气，"我说呢！能听懂方言，能辨认奇怪的字，你也太神了……"她一边急不可耐地把君致发掘的证据赶紧写进了新闻，一边忍不住感慨，"以前就听说部分偏远山村还极小范围地使用着生僻的语言和文字，这次算是碰到真实案例了……哎，说真的，幸好有你。"

说到最后四个字的时候，令飐抬头朝君致展颜一笑，她的眼瞳清灵晶亮，像夜幕上的星，璀璨明媚。君致凝视着她，那句"幸好有你"被他衔在唇齿间细细碾磨，又珍而重之地嵌进了心里，他望着眼前这个被他惦念了近千年的女孩，眉眼一弯，整个人前所未有地满足。

第二天一早，令飐把润色好的稿件用邮件发给了主编，同时附了一句留言："《蓝天时报》发稿，咱们再发，如果对方没动静，您就当从来没见过这篇报道好了。"

主编和她合作多年，清楚她的行事风格，心知当家花旦这是和《蓝天时报》杠上了，遂发来消息调笑："哟，他家哪个不长眼的惹到咱们令首席啦？"

令飐本来不想提那个人的，听主编如此一问，她心思一动，便半回答半打听地接了腔："Lay，您知道他吗？"

主编的回答出人意料："新人吗？没听过啊！不会是初来乍到的实习生吧。"

令飐回忆了一下 Lay 的相貌，怎么看也不像是温顺乖巧的实习生，再联想到他近乎偏激张狂的工作理念，她忍不住嘴角一抽——道不同不相为谋，管他到底是何方神圣，反正以后也未必会再遇见了。

稿子交了，令飏连打了几个哈欠，整个人困得泪眼迷离。君致看着她的侧脸，心想：熬了大半宿，她接下来应该是要补觉了。谁料她进了浴室洗了把脸，再出来时神采飞扬，抄起车钥匙扬眉一笑："走吧。"

走？去哪儿？

他们吃了早餐，买好东西，送到宁家寨。

驱车疾驰的路上，君致看着沿途疾速后退的风景，问出心中的疑惑："这么多东西……都是送给老人家的？"

令飏打灯转向，间隙里点了下头，再自然也不过地答："对啊。"

君致讶然，还没见到宁天柱，这件事情并没有真正的水落石出，她就又开始成堆地往宁家送吃的用的，不怕……再被骗吗？

令飏一看他欲言又止的神情就猜到了他在想什么，她忍俊不禁地说："不是有那行字吗？有那个就够了。"顿了一下，她不太自在地低咳一声，故作满不在乎地说出这么赶行程的原因，"我看你这些天都没怎么吃东西，是水土不服，吃不惯这里的口味吧？哎，来的时候没想到这茬，你……再坚持一下，咱们把这些东西给老爷子送去就回家。"

令飏的一番话说得不以为意、漫不经心，仿佛这样做能把她对他无微不至的体贴掩饰掉，君致的眼眸却一下子就黑了，他深深地盯着她，几乎要脱口而出：我服！只要在你身边，我什么水土都服。

可令飏一脸打定主意的表情，显然是看他什么都不吃不舒服很久了……

于是两个人故地重游，再一次来到宁家寨，合力把塞了满满一后备厢的吃的、喝的、穿的、用的抬进了宁家。

颤巍巍的宁老爷子见到这架势眼圈顿时就红了。

令飐擦了一把额角的汗，直接把话说给君致去翻译："告诉他照顾好身体。我不管他们到底是为什么私自出了院，只要还愿意治疗，我可以帮忙筹集善款。"

君致如实把这番话说给宁老爷子听，老爷子哆嗦着嘴唇看令飐，混浊的双眼顿时流下了两行泪，哽咽着说了句什么。

君致看向令飐，充分发挥"传声筒"的作用："是他执意要儿子办理出院的。人老病多，与扔钱无异，他宁愿儿子用这笔钱娶妻生子，也算是了却他最后的心愿了。"

令飐见不得老爷子哭，就点点头，别开眼，从牛仔衣口袋里掏出一张纸，递给了君致。

君致垂头看，纸上写的是 902 房的地址，她是真的打算继续帮助他们了。

两个人在宁家逗留了半天，令飐心情低落，话不多，手脚却麻利，替老爷子换了全新的被褥，打扫了卫生，还做了顿热乎乎的午饭。

一切收拾停当，她站起身，轻声对君致说："走吧。"

老爷子忙起身去拦，君致替他翻译："他说儿子、儿媳很快就回来了。"

令飐当然知道，但她不打算见——扪心自问，如果不是看老爷子生活条件太差，不置办些东西实在心里难受，她是宁愿宁天柱不知道她来过的。

毕竟，他从来没有忘记借了笔钱，她还是要维护他的自尊心吧。

返程的路上，令飐像是有一点儿累，一直没有说话。

倒是君致看了她一眼，突然毫无预兆地说："我会努力赚钱的。"

令飐一愣，没搞明白他怎么冷不丁地说这个。

君致抿了抿唇，神情间有一丝难以掩饰的忧色，他注视着令飐的眼睛，一脸认真地说："我对算术略知一二，算得出你那八千块所剩无多了。临走时你往桌脚处丢了个纸团，如果我猜得不错，里面是钱吧？"

令飐没说话。

君致叹了口气，末了，又说了一遍："我会努力赚钱的。"

这一次，令飐是真的忍不住乐了。

"不用啊！我这就要滚回去上班了，工资养得活自个儿。"

君致不由分说、斩钉截铁地道："我养你。"

这下令飐倒不知怎么接话。所以说长得好看简直是犯罪，尤其是情话张口就来的那种人！她瞪着君致，明明耳朵红、脸升温、心口"怦怦怦"直跳，脑子里想的却是：你……你是我什么人啊就养我？你到底知不知道"我养你"是什么意思啊？！

没有人能面对君致那张英俊的脸并听着他说出的情话无动于衷的，她在这边又窘又羞，始作俑者却毫无自己说了一句很暧昧的话的自觉，自顾自去思索应当从事一些什么样的行当了。

令飐重回工作岗位，之后连续几天都忙得不可开交。《蓝天时报》果然把"宁天柱卷款私逃并用诈骗来的诊疗金娶媳妇"诉诸笔端，断章取义、大肆张扬地横加报道。市台主编见状，当即把令飐写好的新闻签了字，交给播出部，并授意他们先在公众号上发一轮，再在电视栏目里发一轮……就这样，两家各持一端、截然对立又互相打脸，吃瓜网友们瞬间就沸腾了。

"我的天，是我看错了吗？！拿骗来给老父亲治病的钱娶媳妇？果然是应了那句'农村套路深'啊！"

"不偏不倚，就事论事，我觉得市台论据更充分。不过墙上那句话我看不懂……确定是欠钱的意思吗？"

"回楼上，那些字也让我联想到了地外文明……"

"现在的媒体真是一点儿职业道德都不讲，这样未经证实的新闻都敢往外发？难怪我们老师说，最唯恐天下不乱的就是某些居心不良的舆论操纵者！"

……

令飚草草刷了几行评论，只觉得 Lay 当初所料真的是准，短短几天时间，转发和评论就破了万，《蓝天时报》和市台的官博更是双双以肉眼可见的速度在疯狂涨粉。

"十年一遇，真的是十年一遇啊！"主编看了一眼曝光度和各类数据，忍不住啧啧感叹，"没记错的话，咱们台这么备受关注还是当年我扛着摄像机去报道非典？哎，一眨眼我就十一岁了！"

令飚没心情搭理臭不要脸的主编，她安静地坐着，看着老实巴交、一生贫苦的宁天柱在网络上被千万人揣测、热议、并不客观地评判，由衷地觉得 Lay 真是个哗众取宠的浑蛋。

没想到浑蛋居然还敢找上门来。

令飚的电话响了，是一个陌生号，她没接，等着自然挂断。

谁料对方竟不依不饶地发来了一条短信："怎么样大记者，我说得对不对？不是每一个人都关心真相。新闻一旦爆出，就不再具备客观性，反倒会变成外力可干扰的谈资和热点。"

令飚咬牙切齿地拨回去，一接通不等对方开腔就开始骂："收起你自以为是的论断吧！你没道德！就你这样也算得上是记者？我呸！"

电话那头传来怒气勃发的一句："小兔崽子，你呸谁呢？！"

令飚顿住。

"一个月不见反了你了！敢骂你老子的老子？你现在就给我滚回家来！"

令飚十分尴尬，爷爷，爷爷你走错片场了吧？！

事实证明，令延年并没有走错片场，走错片场的是 Lay。

令家客厅，反面角色 Lay 戴着一副金边眼镜，一脸的斯文败类相，他歉疚地朝令飓笑了笑，罕见地开口道了歉："对不住，《蓝天时报》的记者是我师妹，听说我来了 A 市，说什么都要缠着我一起去采访，这不，好巧不巧就跟令小姐撞上了。"

令飓没理他，扭过头看令晖，用眼神问：这谁？

令晖用口型无声念出两个字——孙子。

孙子？

等等……难道是……司霆？！

令飓一脸吃了苍蝇的表情愕然抬头看司霆，他却是一副毫不意外的神色。他故意往她身后看了看，眉一挑，整个人就是一个大写的别有居心，调侃地说道："咦，令小姐今天没带男朋友？"

一室寂静。

爷爷眼看着喘气声又大了，分明是濒临发火的边缘，令晖瞬间做好了心理建设要挺身而出。不料令飓笑了笑，语气挺平和地答道："长途跋涉，累。我让他在家补觉。"

爷爷一脸疑惑：嗯？你们在说什么？谁？

司霆噎了一下。他阅人无数，当然看得出她和君致并不是情侣，至少目前还不是，所以他说这句话纯粹是故意挑衅，本以为她会尴尬、羞恼、极力辩解，没想到她竟然绵里藏针地怼回来了。

"怎么回事？"令延年审题审得十分认真，他疑惑地看着自家孙女，"你什么时候交了男朋友？"

令飓无辜又乖巧地答："就刚刚。"

"噗——"令晖很捧场地直接笑喷了。

令延年瞪了自家孙子一眼，又看向司霆，话却是对令飐说的："那小司怎么会误会？"

令飐在心底翻了个大大的白眼，面上竭力不露声色，只说："可能是我们三观不合、气场相悖。"

什么三观、缘分的，令延年是最不信这一套的，他将手握的拐杖重重地往地上一拄，不由分说地下达指令："小司难得来一趟，大老远的，他又人生地不熟，这几天你带他四处去转转，也加深一下了解。"

加深什么了解？令飐眉头刚一皱，令晖已经一个箭步蹿出去，咋咋呼呼地主动请缨："这任务谁都别跟我抢！天地良心，论对 A 市的熟悉程度，谁有我厉害？走走走，孙……呃，司少爷，请随我来，我一定要让你体验一下什么叫殿堂级的导游！"

令晖跟火烧了屁股一样拽住司霆就要走，令延年一声重咳，不怒自威，令导游的胳膊肘儿顿时抽了抽。

令飐几不可闻地叹了口气，心想：得，本是同根生，哪能看着我哥跳火坑？算了算了，还是我迎难而上、克难攻坚吧。

她心情不怎么好地瞥了眼司霆，没什么表情地径直往门外走。后者嘴角邪气地一勾，他朝令延年礼貌地道了别，兴致盎然地跟上来了。

"你住哪儿？"

从令家出来，令飐开门见山，她的意思很明确——天色不早了，我送你回去，咱们就再见吧。

谁料司霆游兴甚浓，他四下看了看，不答反问："星光游乐场，离这里远吗？"

令飐一愣，没明白话题怎么就跑到这儿了，司霆眉一挑，不由分说地钻进了副驾驶座，下达指令："出发。"

令飏蒙了，心想：天都要黑了去游乐场？你是逗我呢，还是遛我呢？！

司霆一本正经，双手合十道："请帮我实现心愿。"

令飏的嘴角抽了抽，是真的无话可说，她在原地深呼吸，平复了一下情绪，拉开车门上车了。

两人赶到游乐场，距闭园只剩下四十分钟了，司霆乐颠颠地跑去买了票，拉着令飏就往里面跑，被她不动声色地躲开了。

"怎么？"司霆不明所以地看着她。

令飏注意到他选了摩天轮项目，有备无患，因此拒绝的逻辑很严谨，滴水不漏地说："我恐高。"

司霆眯了眯眼，盯着她看了一会儿，道："行。"他抬手指了指不远处空地上的长凳，"在那儿等着我。"

于是令飏等了他四十分钟。

这四十分钟里，司霆什么别的事都没干，全部用来坐摩天轮了，简直是在用实际行动诠释对这个项目的痴迷与热爱。

令飏不懂这份热爱，也不想懂，等这个摩天轮狂魔的间隙，她前后看了不下五次时间——说好了今天下班后要回 902 房的，这下好，君致肯定当她爽约了吧？

按理说临时有事并不是什么问题，要命的是令飏突然后知后觉地发现……自己并没有君致的联系方式，甚至不知道他究竟有没有手机！

令飏当时就震惊了——他们好歹相处过好几天啊，怎么会连这个都没有注意到？她对自己的智力产生了深深的怀疑。

视线里，司霆乐此不疲地开始了新一轮摩天轮之旅，令飏实在按捺不住满腹的好奇，忍不住给自家堂哥打了个电话。谁料她还没来得及开口，令晖先在那边提问了："怎么回事？是你让君致还我钱的吗？"

令飑愣住了。

令晖的语气无比困惑，又有那么一丝丝难以掩饰的不满，他不可思议地问："不是吧，飑小姐，你哥又没有催你还账，用不着这么急不可耐吧？我的妈，你们可真是细水长流大显身手啊，连十块五块的零钱都送来了……"

如果说一开始令飑只是原地发蒙，现在简直是蒙到马里亚纳海沟里去了，什么情况？君致还令晖借给她的钱？

对此她十分不解，不知不觉把心中的疑虑问了出来："他从哪儿弄来的钱？"

"哦。"令晖善解人意地说，"这个他倒是介绍了，他说他找到了一份工作。"

什么工作的报酬会是十块五块的零钱？角色扮演……出场费应该不会这么低吧？令飑越想越觉得不放心，脑海里甚至浮现出他站在车水马龙的路中央，一辆一辆地拦车"收费"的场景，顿时就坐不住了。

令飑抄起手包拔腿就往游乐场外跑，身后传来司霆气急败坏的声音："喂！等等我！我就知道你要溜！"

令飑不想搭理他，径直往停车场的方向走。

两个人前后脚坐进车里，令飑目视前方，专心驾驶，一路沉默，一心只想着赶紧回到 902 那个家。倒是司霆猝不及防地开了口："你不好奇我为什么要来坐摩天轮吗？"

令飑百忙之中瞥了他一眼，没说话。

司霆笑了笑，整个人痞里痞气，莫名又有些不易察觉的落寞，他侧过脸看车窗外的风景，看似浑然不在意地说："我爷爷从小希望我能做科研，所以特别不喜欢我爱动、爱跳、玩性大，从小到大我做什么他都不满意，别说是坐摩天轮，连旋转木马我都没坐过。"

他的声线有些低，脸上却明明在笑，这奇异的反差让令飑忍不住看了他一眼。

司霆却毫无预兆地又问："知道我为什么要帮我师妹吗？"

他在这个时候主动提起那个故意和令飑唱反调的报道，说话简直是东一榔头西一棒子。她有一点儿意外，但又实在好奇，便一脸愿闻其详地看着他。

司霆一脸无所谓地摊了摊手，语气十分欠揍："看不惯你那么傻。"

令飑在心里翻了个白眼。

没有人喜欢听别人说自己傻，更何况还是个没见过几面、不怎么对盘的主儿，令飑的心底不由得有些恼火。不料她还没来得及发作，就听司霆如神来一笔般说："没心没肺地借钱给人，人都跑了还不忍心去追，这不是傻是什么？哦，对，瞧我这脑子，怎么忘了——这些比起你心比天大地和一个并不是男朋友的野男人同住一个屋檐下，又算得了什么呢？"

"吱——"令飑一脚把刹车踩到底了。

司霆没防备，整个人突然往前栽去，待到他重新坐直了身体，这才看到令飑的脸色严肃到可怕。

"吃软饭，野男人。"令飑面无表情地盯着司霆，清丽的侧脸绷出一道冷漠疏离的弧线。她就是再傻，也听出了面前这个男人一定私下调查过她，但真正让她恼怒的是他对君致的评价。她盯着司霆，眼神微冷，一字一顿地说，"方便告诉我你这么中伤他的依据吗？"

司霆看着令飑，四目相对，他也渐渐敛去了嘴角一直若有似无挂着的笑："我说了你就信？"

"说来听听。"

"他来历不明——反正我是怎么都查不到他的真实身份，应该对你也有所隐瞒吧，怎么样，我说得对不对？"

令飏抿着唇，脸色越来越冷。

司霆见她这般神色，突然笑了笑，眼神里充满了玩味，他似乎有些挑衅地又说了句："如果我没料错的话，他除了那张脸之外一无是处，并且还麻烦重重，这不就是吃软饭的典型特征？"

那一瞬间，令飏是真的想把自己的手机砸到这个每一次说话都口不择言的男人脸上——你胡说！我们君致才不是一无是处！虽然我不知道他找到的是什么工作，但他已经会替我还债了好吗！

说来也怪，明明两个都是从未深交过的人，令飏对君致和司霆的态度却泾渭分明、截然不同，也是直到很久之后，她才想明白，哦，这就是命！

第七章

我陪你一起面对风雨、改变命运

令飐把车开到酒店门口，人没动，径直说："再见。"

司霆哭笑不得道："你就这么不喜欢我？"

令飐没想到会从他嘴里听到"喜欢"这么感性的字眼，她颇为惊奇地说："不是您嫌我蠢吗？"

"这样。"司霆正襟危坐，一副开诚布公的姿态，"首先，我就报道一事向你致歉，但不是为报道方式，是为那句我说的你傻。事后我也再次做了调查，你猜得不错，宁天柱确实算不上背信弃义，充其量也就是没担当罢了。但不可否认的是，网友们早已看腻了讴歌正面榜样的报道，在面对反面角色时，他们反倒更加激动、亢奋，关注度自然也就更高。"

司霆说到这里，顿了一下，一脸彬彬有礼地摊了摊手，道："不用我多说你也看得到，托我和师妹的福，这件事才能被无数人关注，热度得以持续发酵，而你的辟谣报道，也正是因为有我们这些'无良媒体'的衬托，才变得更有力量。"

令飐对他的歪理邪说不敢苟同，尤其是他一直在强调人性恶的一面，让她不能接受。

令飐打开手机，调出一个小视频，递给他看。

司霆垂眼，看到令飐赫然出现在视频里，她梳着最简单的马尾，化了一点儿淡妆，整个人青春洋溢又漂亮。他看到她注视着镜头，不卑不亢道："我们每一个人，都无权做他人人生的评判者，因为我们既没有上帝视角，又很难做到绝对客观。我是一名记者，却没有报道宁天柱的困难，而是选择了以个人的名义帮助，为什么？是因为一个人虽然穷苦，但依然拥有作为人的尊严，而另一个人纵有爱心，也不该充当道德的绑架者。"

视频很短，令飐刚说完，镜头就陷入一片黑暗。这个短视频是市台的公众号发布的，公众号下有不少人点赞、打赏，她这个"被骗当事人"，通过抛头露面、现身说法的方式，终于让越来越多的人开始扭转看到《蓝天时报》那一篇蓄意误导的报道后对宁天柱深恶痛绝的态度，还有热心网友留言询问宁天柱的账号，表示愿意众筹帮助这个被无良媒体伤害的可怜男人渡过难关。

回复留言的应该是令飒，她说："代为感谢，暂不需要。如当事人向我台表达这一需求，将通过慈善总会等正规渠道筹集善款。"

司霆默默地看完了这些，没发表议论，若有所思。

令飒要表达的已经全部陈述完毕，她抬腕看了眼时间，客气十足地问："可以放行了吗？"

司霆牵唇一笑，有些无可奈何道："当然。"

令飒一路疾驰回到902房，君致正在奋笔疾书，她开门进去，他闻声而动，立刻就把一桌子的纸、笔快速地收了起来。

令飒狐疑地眯了眯眼，搞什么？这份工作对保密性还有要求？

君致看到她回来了很开心，一双眸子亮晶晶的，嘴角的笑意怎么藏都藏不住，然而任凭她怎么问，他就是不肯说。

令飒无计可施，只得作罢，但有一件事她没忘。她看着君致的眼睛，郑重其事地说："跟令晖借的钱我会还，你不用管了。"

"不。"君致斩钉截铁地摇头。

令飒拿他没办法，她想不通他在倔什么，只得说："我没有别的意思，只是说我的工资比较高。"

君致立马表态："我会努力的！"

于是那一晚令飒到底也没能打听出君致从事的究竟是什么职业。回来时天色已经很晚了，她索性就没走，在主卧睡下，未关严的门缝里，依稀能看到书房朦胧的灯光亮了一夜。

第二天，从902房离开去上班，令飒轻手轻脚地看了一眼房门虚掩的书房，君致仍旧坐在桌前，面容俊秀，专心致志地在写着什么。

令飓在原地挣扎了一下，要推门而入抓个现行吗？一秒钟后，她自己就摇头否决了。算了，他不说肯定是有苦衷，还是等到他愿意告诉她的时候吧。

令飓没想到这一天来得那么快，又那么突然，并且……还是以一种完全意料不到的方式。

这一天下午，令飓正在上班，突然接到令晖的电话，他在那头十万火急地说："快快快！速速回家！小婶抄着家伙朝 902 房杀过去了！"

令飓一脑袋问号："啊？"

令晖语气里全是急躁，火急火燎地说："我猜你也不知道！君致！你知道他找的什么工作吗？专职代写各类作业！咱们家令点点自从找到了他，犹如打开了新世界的大门，整个人脱胎换骨，成绩突飞猛进，一夕之间就从顶级学渣蜕变成了优秀生典范，小婶一眼就识破了！"

令飓无语。她不是不知道君致的字特别好看，遒劲、潇洒，很有几分少年意气的风骨，但她是真的没想到他居然找到了一个充分发挥自身特长的职业，并且还将业务范围深入拓展到了他们家……

令点点是谁？是她和令晖的堂妹。小姑娘今年才八岁，古灵精怪，奈何天生对书本无爱，学习极差。

说到令点点，就不得不说一下令家取名的独特方式了——女儿里面最大的叫令飓，老二叫令霏，老三叫令蕾，轮到小婶家的孩子了，一心等着再抱个大胖孙子的爷爷一看又是个女孩，重男轻女之魂顿时被浇了个熄灭，他破罐子破摔地说："多好啊，恰巧凑成个风雨雷电，就叫令电吧！"还是令飓拼了命地拦着，这才险象环生地把名字改成了令点点。

今年八岁的令点点是全家的老幺，所以零花钱从来不缺，但她毕竟只是个孩子，手头十块、五块的零钱占比更大，令飏瞬间明白令晖怎么会收到那么一堆奇怪的还款了……

"所以说出人意料啊！"令晖在电话那头叹为观止，"哎，我只知道你们屋里挂了一堆名画墨宝，浑然不知君致自己的字也棒得出神入化啊！"

君致的字有多棒？那要问令点点挨了几顿打。令飏知道他们的交易后，唯一的感觉就是啼笑皆非，小婶作为学生家长确实挺生气的，她揍了自家闺女不说，还坚持要找到代写作业、连娃娃的钱都挣的黑心主儿讨个公道，因此非逼着令点点老实交代对方是谁，家住哪儿，究竟是何方神圣。

令点点才八岁，根本不知道原则和仗义为何物，她毫不犹豫就出卖了美人哥哥。

小婶一看令点点提供的交货地址，有点儿犯嘀咕："这小区名我怎么感觉在哪儿见过？"一边觉得奇怪，一边步履匆匆地走了。

还是热心肠的令晖及时发现了险情，立刻就给令飏通风报信了。

令飏没想到的是，她还没来得及做出防御措施，小婶已经打来电话找她对质了："你家里藏了个人？"

令飏如当头棒喝，整个人都蒙了。她心想：不能吧？令晖不是一直自诩纯爷们儿、够意思、绝对不会打小报告的吗？她刚磨了磨牙，准备问候自家堂哥未来的丈母娘，忽听小婶紧接着又来了一句："令点点对自己花钱雇人写作业的罪行供认不讳，给出的地址却和你家一模一样，这是怎么回事？飏飏，你一直是个好姐姐，工作又忙成那样，小婶坚信你是绝不会'鞠躬尽瘁'地替你妹妹代写作业的，那就只有两个解释。一，令点点撒谎；二，你家里住了一个黑心商家。"

小婶的逻辑太严谨，令飏一时间竟不知道到底该卖自家妹妹还是卖君致了。她还没来得及思考对策，便听到小婶在电话那头说——

"我到你家门口了，你在家吗？给我开个门，我另一只手拎着你最爱喝的排骨汤呢。"

令飐现在哪里顾得上什么汤不汤，她被电打了似的，"咻"地一下弹起身，连忙结结巴巴地喊："没没没……我家没人！"

小婶困惑了："可是听起来里面好像有动静啊。"她摆明了怀疑里面住了别人。

令飐负隅顽抗，硬着头皮说道："您听错了！哦，对了！有动静也不奇怪，因为我家里有个机器人。"

"机器人？"

"对，扫地嘛。您知道的，我懒癌晚期，没这东西根本活不成。"

小婶好像相信了。

令飐的心情如同走钢丝，还是悬在半空，颤悠悠不敢落地。电话那头的小婶似乎是走了两步，听动静又顿住了，她用一种"小样儿啊，你还敢骗我"的语气问侄女儿："飐飐，你家机器人是人形啊？！"

哦，不！君致把门打开了！

君致给小婶开了门，不仅开了门，还让小婶进去了。令飐火急火燎地赶回家，正看到两个人对峙，小婶坐着，君致站着，任凭小婶怎么问，问什么，他都不说话。

小婶看到令飐，一把就拽住了她，她偷眼瞟了一下君致，压低声问："怎么回事，哑巴？"

这句话充分说明了两人没交火，君致更没有说出什么石破天惊、常人难以理解的话，令飐顿感庆幸。她先是谢天谢地瞟了君致一眼，转回视线，一本正经地说瞎话："是的。"

小婶的眼神顿时变得有些复杂。她原本是来兴师问罪的，此刻的神情却分明是对"黑心商家"有些怜悯起来，忍不住小声感叹："哎，长得这么俊，怪可怜的，难怪会代写作业，原来是这样啊……"

令飏对小婶这个误会并不想解释什么，但她有一事不明，便主动寻求解答："为什么您认定了代写的另有其人，而不是点点亲爱的姐姐？"

小婶一脸无语地沉默了会儿，不答反问："你心里对自己的字没一点数吗？我都想不到你会问出这样的问题。"

小婶的语气充满了嫌弃，令飏顿时羞愧地红了脸，不远处传来一声轻笑。

是君致。

小婶顿时一脸古怪地看了看他，又看回令飏，她一只手捂着嘴，再一次压低了声音，道："不……不聋啊？"

"嗯。"

令飏愣了愣。

小婶也愣了愣。

令飏愣是因为这句"嗯"不是她说的。

小婶愣是因为她觉得这个嗓音清润温和又好听，跟她最近狂热痴迷的那部古装剧的男主角有一拼。

然后，再一次，整个屋子陷入了死一般的寂静。

不知道过了一分钟还是五分钟，小婶总算找到了自己的声音："谁'嗯'的？"

令飏没吭声，君致也没有吭声。

就跟读书的时候老师并不会因为你低着头就选择不提问一样，小婶锲而不舍、循循善诱："不会是这位帅哥吧？"

令飏纠结地看了这位帅哥一眼，他俊秀的眉眼很平静，既无"哑巴"身份被人当场识破的尴尬，也没有一丝一毫被别人赞誉容貌的喜悦，依旧表情淡淡地、与世无争地站着。

　　小婶显然拥有丰富的谈话经验，她无视了二人非暴力不合作的态度，径直放出了询问三连："你们两个，不会以为我听力有问题吧？飓飓，"她把目光转向自己的侄女儿，扯了扯嘴角，脸上却没笑，"你是没听说过我高考英语听力满分的战绩，还是一不小心忘了？"

　　令飓咋舌，她是真不知道小婶还有这光辉历史，一时间竟无言以对。小婶当然也并没有等她反馈的意思，目光如炬地锁定了君致，不容置疑地说："我听清了，是你'嗯'的。老实招了吧，为什么要装哑巴？"

　　君致眉目俊逸，哪怕被小婶识破和质问，他仍镇定自若，看了令飓一眼，倒没有什么求救的意味，只是眼中有几分询问——要说吗？

　　令飓真是被这无厘头的神展开搞疯了，但她还是谨记着轻易不能让君致开口的原则，便张了张嘴，准备强行掰出一个借口来。孰料小婶不失时机地再一次展现出了超凡脱俗的善解人意与聪慧，突如其来地说了句："你们两个……是想给我一个惊喜？飓飓，别瞒了，他是你新交的男朋友？挺帅的啊！这有什么可遮遮掩掩、不好意思的啊！"

　　令飓这下真的傻眼了，她怎么也想不到这事还能一波三折地折到这儿，差一点儿就脱口而出：婶儿，你的脑回路是不是有一点儿太崎岖了？

　　小婶叹了口气，一脸"老娘什么都懂"的神色，侃侃而谈："我知道你们年轻人，都是注重什么爱情至上、婚姻自由的，但这也没什么啊！自由恋爱、婚前同居什么的，我们这些长辈也不是没听说过，你完全可以跟爷爷说实话，就说你交了男朋友，长得帅、身材好，并且他的字写得一级棒，老爷子怎么还会非让你嫁给别人呢？"

　　小婶说的"别人"是司霆，整段话也充分体现了年长一代对年轻一族的理解与包容，唯独把最重要的前提——令飓和君致的关系搞错了。错误的建议不具备参考性，所以她根本没往心里去。谁料，君致却在意了。

几乎是小婶的话音刚落，他那双琉璃似的眸子就盯紧了令飒。不是错觉，她清晰地从他的瞳孔里看到了一丝从来没有见过的紧张，她愣了愣，然后就听到他动听的声音："别人，是谁？"

没有人知道的是，下一句话已经到了唇边，又被君致强行咽了回去——难道……这一世，你还是要嫁给他吗？

令飒自然是听过君致说话的，但每一次听到，都还是会被那种清泉般悦耳的声音惊艳到，更不要说第一次真正听到他发声的小婶了。

小婶今年四十二岁，那一刻的反应却如年少不更事的稚嫩小女孩，她微红着脸，眨着星星眼，迷妹般死死地盯着君致，一脸的"你说什么？你再说一句啊"。

君致没注意到小婶传递的信息，因为他正目不转睛地凝视着令飒。令飒被他那么看着，有种被人逼视的感觉，她莫名觉得有一点儿心虚，几乎是本能地开口解释了一句："我不会嫁给一个连面都没见过几次的人的。"

呃……她也不知道自己是解释给小婶听，还是解释给眼前这个也并没有比司霆多见过几次面的人听。

可是君致听完令飒说的这句话，也不知道是领悟到了什么信息，他眉目不动，长睫轻轻一弯，像是在笑，然后一闪即逝，又恢复小婶出现后就不动声色的样子了。

那一天，小婶最终也没有从令飒那里得到什么有效信息，甚至连自己来的本意都给抛到爪哇国了。走之前，她千叮咛万嘱咐两个人一定要把排骨汤热了再喝，然后一步三回头，依依不舍地走了。

她走后，令飒终于得以问出内心的疑惑："你真的替点点写作业了？"

君致敢作敢为地点了点头。

令飐好气又好笑，想问他是怎么想出这么一个点子的，又好奇他究竟是接了多少单，以至于夜以继日、通宵达旦的，便跟着他进了书房，结果随手翻看了几本习题册，整个人都震惊了。

"你……你这也不能算是代写作业啊！"

君致确实替小学生写了作业不错，但又不是常规的那种写——他字迹工整，态度认真，不管是多么简单的题目都清楚地写出了步骤，列明了解题的思路，说是一对一的精品辅导都不为过。

"写一本多少钱？"令飐边翻边感慨，这哪儿是黑心商家啊，分明是闪烁着良心光辉的行业楷模好不好！

君致如实说了收费标准，令飐顿时就炸了，诧异地说道："这么便宜？！"她注意到他的指尖上沾了一点儿墨迹，不用问也知道肯定是小婶来之前他还在写，瞬间就心疼得不得了，不由分说地扯了一沓抽纸给他擦，"不写了不写了，给八倍的价也不写了！开玩笑，我们的皮肤金贵着呢，才不要没日没夜地写！"

君致被她牵着手，一双眼眸熠熠生辉，他乖乖地听着她发火，一个字都不反驳，简直是乖巧极了。

终于把他的手指擦干净，令飐问："吃饭了吗？"

当然是没有。

即便是从宁家寨回来后，令飐也很少见到君致吃东西，他简直就像个餐风饮露的仙人。她一看他的表情就知道他没吃，抬腕看了一眼时间，她请了一小时的外出假，现在过去了四十九分钟，十分钟应该够她做份简餐，她扭头就进厨房了。

洗菜，烧水，煮面，她动作娴熟，有条不紊，忽听身后传来一句："他们为什么要你嫁人？"

令飐正切香菇，闻声一愣，完全没想到他会直言不讳把这个问题拎出来，君致却靠着厨房与餐厅之间的镂空屏风，目不转睛地看着她。

她想了想，只得答："因为我年纪大了呀，女孩子长到一定年龄不成家，统统被称为'剩女'。"

圣女？你们新时代……还奉行这个吗？君致有一点儿迷茫，但他注意到令飏提及年龄时有些自嘲，便秀眉微蹙，一脸不赞同地说："你才不大。"

没有女孩子不爱听"你好年轻啊"之类的话，令飏也不例外，她顿时就乐了，乐了一会儿又叹了口气，怏怏地嘟囔了一句："可惜我爷爷和爸妈并不这么觉得。"

君致看到她叹气，也不知道是怎么了，神情莫名有一瞬间的黯淡，再开口时，他的语气分明有些许迟疑和忐忑。他看着令飏，轻轻地问："你……会屈服吗？"

屈服于家族式的权威，被迫嫁给一个不该嫁的人，然后重蹈上一世家破人亡的覆辙。

"屈服？"令飏像是听到了什么好笑的笑话，她不以为然地挑了挑眉，"才不要。现在都什么年代了，居然还搞封建家庭包办婚姻那一套？我要是连这件事都抗争不了，趁早改行回家算了。"

君致看着她的眼睛，眸底隐隐有一丝欣慰，千言万语最终化成了一句："我陪你。"

陪你一起面对风雨、改变命运。

那一天，令飏最终没能好好地吃上自己亲手做的饭，因为临时又来任务了。临走前，她几番叮嘱君致："我做的饭味道一般，所以就不强迫你吃了，但作业一定不能再写了。你是怎么接的单？小朋友们的地址都知道吧？回头我陪你一个接一个地去还。"

君致眼睛一眨不眨地注视着她，听话地点了点头。

令飑走后，神墨从桌案上蹦蹦跳跳地跑过来，它每次出场都拖家带口般自带一张宣纸，行云流水地在纸上写："她对你真好。"

君致目光温柔，弯了弯嘴角。

神墨继续写："各小学隐蔽路口粘贴的代写作业小广告要揭了吗？哎，我觉得生意还不错呢！"

君致倒是没什么留恋，就一个字："揭。"

神墨大为不满，飞速地在纸上写了一句："你也太小媳妇了吧？！"它又很没骨气地没敢等君致看清，连忙擦掉了，重新写，"那个故人最近一直在纠缠她，不是去什么游乐场，就是闹着要吃什么冰激凌火锅，昨天还缠着她非要去打什么电玩，简直就是不要脸！"

君致默默地看完了每一个字，没应声。

神墨正义感爆棚，一提起司霆，明明它没长牙，都恨得牙痒痒，气愤不已地写道："这个小人！死缠烂打！不知羞耻！根本就不知道什么叫有礼有节、温良谦恭！"

这一点神墨倒真没说错，比起君致的谦谦君子风范，司霆简直就是个恶劣霸道的魔王，令飑有时候都忍不住想向他发出灵魂拷问：是谁？谁给你这么嚣张任性的底气？你出门就不怕被人一麻袋套头上一脚踹墙角二话不说就是一顿狠揍吗？

"别人怎么想我无从得知，"令晖在电话那头说，"但鄙人，是真情实感想要抽他一顿的。"

令飑大概能明白令晖为什么会这么反感司霆，因为他先入为主，对君致印象极佳，再加上司霆还是老爷子强行塞过来的任务，司霆的性格又张扬不讨喜，任谁都没那么容易待见他。

这不，在谈到君致和司霆两个人时，令晖的态度截然不同，一听说君致刚就业转眼又失业，立刻开动脑筋、建言献策："如果他实在想成就一番事业的话，可以来我们公司啊！我可以无微不至地罩着他，薪资待遇也不在话下，只是全年无休、夜以继日，他那乌黑漂亮的头发怕是要随风远去、英年早逝了……"

"不。"令飏嘴角抽了抽，本着助人为乐的原则替君致婉拒了令晖的邀约，"谢谢你的美意，但还是不了。"

令晖叹了口气，分明是有些遗憾，转瞬又重振精神，建言献策道："他不想来我这儿，可以去你那儿啊！恕我直言，他一看就饱读诗书，极有底蕴，你忙起来又刚好分身乏术的，招他做个助理不正是天作之合？"

令飏真是要给自家堂哥遣词造句的本领跪了，正好微信上，台领导呼唤她过去一趟，她没再跟令晖闲扯，匆匆赶去"觐见"了。

一进屋，台领导就给令飏来了一个猝不及防的惊吓。

他本来就是国字脸，又刻意做出严肃认真的神色，用近乎沉重的语气说："宁天柱这件事的影响实在是太大了，连主管咱们的市领导都惊动了。你……唉，还是换个栏目吧。"

令飏心头一跳，第一反应是——凭什么！我没错啊？！

台领导叹了口气，语重心长地说道："这世界没有你想的那么简单，不是区区'对错'二字就可以界定的……行了，闲话少说，这是你的办公室钥匙，一会儿就搬过去吧。"

不分对错也要分个是非吧？令飏抬头就要和台领导理论，忽然一顿，愕然地问："办……办公室？"

台领导沉重地点了点头。

令飏的一双眼睛瞪圆了，舌头都有点儿打结："我……我就在开放区域办公，哪里来的办公室？"

台领导终于绷不住，破功了，笑道："哈哈哈！意不意外？惊不惊喜？经上级主管领导批准和台里集体商议，决定开辟一档全新的栏目，定位就是破除虚假报道，以正视听，大家一致推荐由你担任栏目主编。"

令飐傻眼了，愣在原地不知道说什么。台领导拍拍她的肩膀，这一次是真正的语重心长，沉声道："令飐，我一直看好你，你知道的。干咱们这一行久了，深知蓄意歪曲事实的报道对一个人的伤害有多大，用你的信念去捍卫事实本身吧。"

台领导给了令飐几把备用钥匙，一份红头文件，附上一句："我给你充分的自主性，人员、队伍，挑你喜欢的，自己组建，别让我失望！"

令飐几乎是晕晕乎乎地从台领导的办公室离开的。

她离开后，就犯了难，做栏目可以，但做主编？拜托！一个团队少说要三至五人，她上哪儿去拉队伍？

"嘿，飐姐，飐姐！看到我高举的小手了吗？"

令飐目不斜视，从手舞足蹈的邵明明旁边经过。

"姐！我亲姐！"邵明明一把拽住了她的胳膊，恨不能声泪俱下，"你看不到我真挚的眼神吗？里面全是对你的崇拜和哀求啊！我求求你，给我个机会吧！我已经连续一个多月没有上稿了，长此以往，我必死无疑啊！"

令飐确实听说了邵明明的"骄人"战绩，但她实在是好奇，就主动请教："你都做了些什么选题？"能做到篇篇被毙，难度系数也挺大的啊。

邵明明挠了挠头，笑得羞涩，忸怩道："就……就古怪美人啊……"

令飐花了将近半分钟去思考什么是古怪美人，恍然大悟后顿觉不妙，于是她二话不说，扭头就走。身后传来邵明明犹不死心的喊声："姐！亲姐！给我个机会啊！今天你给我一个机会，明天我必将还你一座新闻奖杯！"

令飐如同脚下踩了风火轮，头也不回地走远了。

那天回到 902 房，令飏接上君致去给每一位客户归还作业。上了车，她说的第一句话就是："你手里还有钱吗？没钱就告诉我。"

君致怔了怔，不明所以。

令飏生怕他误解，索性掏出几张不同颜色的的纸币，现场教学："我说的是这种钱。还有吗？以及你最近代写作业是怎么跟人交易的？是用它吧？"

君致乖乖地点了点头。

"好样的。"令飏朝他竖了一下大拇指。

君致有些懵懂，关于钱的事她曾经提过一次，他谨记在心，不敢忘怀，为何突然又要强调一遍？

"哦……"令飏的神情一时间有些复杂，"就是有个人……对你念念不忘……怕是做梦都想再见到你一次……算了，你就听我的，衣食住行都用人民币，保管没一点儿问题。"

君致似懂非懂，却习惯性地不再追问。

令飏没想到的是，还作业的时候，她居然会接到司霆想应聘上岗的电话。

"听说你高升了？"他的消息倒是灵通，打来电话毛遂自荐，"栏目里还缺人吧，你看我怎么样？"

令飏嘴角一抽，还没来得及说不怎么样，几步开外，正跟小学生交接作业的君致倏然回过头，用一种厌恶又警惕的眼神注视着这里。

令飏愣了愣，心想：不能吧？隔那么远他都能听得出打来电话的是曾经诬蔑过他的主儿？

她只顾惊奇，一分神，电话那头的司霆却当作她默许了："行吧，那我明天就去报到了啊。"

令飏正感叹这人的厚脸皮，又看了看君致莫名越发难看的脸色，于是真挚诚恳地说："对不起，我这里人才济济、人潮汹涌、人满为患，就不劳您大驾了。"

司霆"嘿"地一下笑出声，不死心道："首席创意记者，你那里也有吗？"

令飓想都没想就点头道："有。"

"专业摄像、内容审核、后期制作，这些岗位总不能也都安排好了吧？"

令飓连眼皮都没有眨一下，语气斩钉截铁："没错。"

"哎哟，我说——"司霆顿时就乐了，"你爷爷明明让你好好招待我来着，结果摩天轮你不坐，冰激凌你不吃，就连电玩你都不肯跟我一起打，现在更是连职务之便都不愿意为了我稍微使用一下，这绝对算得上是阳奉阴违、敷衍塞责了吧？"

令飓没有理会滔滔不绝发出谴责的司霆，一双黑白分明的大眼睛只觑着归还完作业朝她走过来的君致，不知道是不是错觉，他的脸色似乎比方才好了许多。

司霆全然不在乎是否有人与他互动，一个人在那边自说自话："你不喜欢我，没关系，但问题咱们总是要解决的吧？你爷爷在你家的霸主地位是否牢固我不清楚，但我爷爷的可是绝对撼动不了的，事已至此，咱们至少也要先接触熟悉一下，才好对症下药，找准破解逼婚的方法。"

令飓一怔，没想到他跟自己不谋而合，君致却是不易察觉地眯了眯眼——他也不同意这门婚事？

司霆直言不讳，却似乎又一语双关："而且天下美女千千万，我干吗要娶个傻的？"

令飓翻了个白眼，心道：收回我的话，鬼才跟他不谋而合！

一旁的君致却没有动怒，他双眸如潭，幽深莫测地眯了眯眼，他不娶她？这可是跟上一世大相径庭啊……

究竟……是因什么起了变数？

不管司霆究竟是有意还是无心，不可否认的是，自从他表明了抵制逼婚的立场，令飐对他的排斥，便无形中削弱了许多。

这不，两天后，君致看到神墨在宣纸上写："她真的招他去当助手了！！！"

神墨连用了三个叹号，可见情绪是十分激动的，君致盯着那行字看了足足有半分钟，没作声。

他一言不发地低头看了看掌心里放着的一沓人民币，它们是令飐今早临出门时给的，忍不住有一些怔忡——她招司霆和她一起工作，却把工作赚来的钱给他花，这……是因为什么？

"因为她不舍得你受累啊。"这世上就没有令晖不懂的事，他一面爱不释手地摩挲着终于得以一窥究竟的瓷器，一面头头是道帮君致解惑，"没听过那句话吗？真心对一个人好，就忍不住想要为她花钱。呃……你和飐小姐这情况有些特殊，属于女的给男的钱花，但道理都是相通的！"

君致认真品了品这一番话，猛然问了一句："我应当怎么花？"

"嗯？"令晖愣了愣。

"我也赚了一点儿钱，"君致笑了笑，俊雅眉眼间依稀有一点儿掩饰不住的羞涩，"应该怎么花给她？"

……

于是，那一天，令飐收到了一束硕大无比的花。

花束里是各色零食，应有尽有，众目睽睽下，一屋子暂时没有采访任务因而闲得慌的人瞬间就沸腾了。令飐当时正在开采编会，邵明明抱着巨大的花束敲敲门，风风火火地冲进来，咋咋呼呼道："飐姐，快看！

有人向你表白！"

　　他跑得太快没看路，被桌子腿绊住了，花束里五颜六色的零食刹那间飞扑而出——也真是巧，简直就如宿命般的缘分，有将近三分之二的零食不偏不倚地砸在了正把一支笔转出花儿来的司霆脑袋上。

　　横生此变，始作俑者邵明明整个人都吓傻了，房间里静得落针可闻，包括令飏在内，一屋子人都愣愣地看向司霆——

　　一个邪魅英俊的大帅哥，脑门上挂了各色缤纷的零食，那情形怎么看怎么滑稽……

　　司霆面无表情，竟毫无狼狈之色，他动作很慢地抬起头，弧度漂亮的桃花眼凉凉一瞥，正正看到一张卡片飘飘悠悠地落下来，他只一眼便看清了，上面写着三个字——我养你。

　　应景似的，卡片飘然落地，恰恰落在一张银行卡上，形成了完美的注解与诠释。

　　司霆没看那张卡，一双眼只死死地盯着那三个字。

　　那一瞬间，他不由自主地愣了愣，不知怎么，竟觉得那字迹无比熟悉，仿佛在哪里见过千万次。

　　他没动，屋子里的所有人自然也都没有动，时间无声而逝，过了一秒、两秒、三秒、五秒、十秒……他低下头，面前桌上信手做的策划记录赫然映入眼帘，他浑身一僵，总算知道问题出在了哪里。

　　难怪会熟悉。

　　那是……他自己的字！

　　可他敢发誓从来不曾写过这么肉麻的话，更没有授意任何人把它裹挟进零食堆送到这里，这……又是怎么一回事？

第八章

会解梦吗

你好像无所不能，

令飓又做梦了。

梦里还是这许久以来一成不变的场景，却再次有了更新——这一回，视野的尽头如同着了墨的画笔，又轻描淡写地向远处拓展，她终于看清了，离血泊中的她不远的，是一只手臂。

仅凭手臂无法准确判断出男女，但手中的东西依稀可辨：是一片被锐器划破了的绣品，上面沾的血迹已经干涸凝固。梦里的令飓只来得及仓促看上一眼，隐隐觉得那片刺绣的图案像是一只鹤，仿佛在哪里见过，却不及细看，闹铃声响，梦戛然而止。

晨起梳洗，她恍恍惚惚，满脑子想的都是云遮雾罩的事。

这个梦，究竟有什么寓意？

为什么最近的内容突然发生了变化？

是偶然，还是……因为什么神秘莫测的外力？

最重要的是！怎么还好端端地从惊悚默剧变成了连续剧？！

也是突然之间，令飓猝不及防想起了君致曾亲手交给她的"软肋"，那个一看就上了年头的古木锦盒……里面真的是她瞎猜的房产、地契吗？

这还是相识以来的第一次，她产生了想要一探究竟的念头，可锦盒没钥匙，打不开，她又不舍得拿东西撬，更不可能像君致说的那样"用火烧"。她翻来覆去地看了好一会儿，纵然满腹疑窦，却无计可施，只得作罢。

收拾妥帖，她来到餐厅，君致一如既往提早出门，已经给她买回了早餐。

香气四溢的各色美食映入眼帘，令飓的脚步忍不住一停。

从宁家寨回来之后，君致摇身一变成了"田螺姑娘"——只要令飓在 902 房过夜，次日清晨，他铁定在她起床之前悉心备好早餐。中西式应有尽有，品类多元任她挑选，并且风雨无阻，无论她怎么说"我早上一般不吃饭的，你其实不用这么麻烦"，都不肯听。

令飐一开始没往深处想，只当他是生性温柔体贴，可这一刻，脑海里猝不及防地忆起了那张好巧不巧被摔在司霆脸上写着"我养你"的卡片，她乍然间如醍醐灌顶，先是站在原地愣了几秒，然后脸颊遏制不住地开始升温。

"怎么了？"君致无意间抬头看到了她，却迟迟不见她过去吃东西，不由得有些迷惑。

令飐飞快地看了君致一眼，她的脸有一点儿烫，心跳也有些罕见的不正常，暗自深呼吸了几次，竭力调整好状态，这才没事人似的走过去，朝君致说了声："早。"

君致心思无邪，不疑有他，回之一笑。

令飐故作镇定地坐下，喝了一口温热的牛奶，这才装作漫不经心地随口问了句："你哪儿来的钱？"

她说的当然不只是眼前这些美食，最重要的是那张卡。

君致怔了怔，转瞬就明白了，他抿了抿唇，顿了几秒才答："画画。"

令飐这下是真的感觉惊奇了，脱口而出道："你还会画画？！"

她瞪圆了眼睛的模样很可爱，君致的眉眼忍不住弯了弯。

令飐也是直到这个时候才知道，原来君致拓展的业务不只是帮小学生代写作业，还有帮中学生辅导课外难题，帮大学生撰写论文，帮略有成就且怀风雅之心的有为人士刻印章、写书法以及临摹大家名画……

"这么多才多艺！"令飐听得叹为观止，"有什么是你不会的？"

君致看着她崇拜的眼神，几乎有些害羞了。

令飐看着君致一被夸就泛红的耳朵尖儿，心想他怎么这么可爱，但她还记着正事，索性直言不讳地问："卡里有多少钱？"

君致闻声垂了垂眼睫，轻声回答："不多。"

令飐自从拿到卡还没有去查过，又想起他之前代她还债时曾出现的一堆零钱，她斟酌了几秒，信以为真了。

成，她默默地在心底盘算，不管他给的那张卡里的钱是多少，她都不能再硬还回去了——万一伤到他的自尊了呢？为今之计还是她替他先保管着，以后再一并物归原主吧。

令飐不是个爱纠结的人，这事既然她已经做好了决定，就果断翻篇儿。她一口气喝光了牛奶，随口问了句："你今天要忙工作吗？"

她指的是写论文或画画什么的。

君致一怔，第一反应是她有事，二话不说便摇了摇头。

"哦，没什么事，就是正好今天我休息，如果你不忙的话，咱们就一起过个周末。"

君致很慢很慢地眨了一下眼睛，他早习惯了她一早起来就去上班，前一刻还暖意融融，下一瞬就人去屋空的落寞，冷不防听到她休息，并且还主动提议和他一起度过，漆黑澄澈的眼瞳顿时一亮，轻声笑道："好啊。"

令飐过周末的方式简单又粗暴——先吃，吃饱了就躺，躺着刷新番动漫，刷到眼睛累了，爬起来搞卫生、洗衣服，搞完这一切差不多就可以开始新一轮的"吃、躺、刷动漫"循环了。

然而，今天的令飐在"吃"这个步骤上居然出师不利，无法顺畅地往下进行了。

为什么？

哦，因为君致不吃。

扪心自问，令飐确实鲜少亲眼见到君致吃东西，但她认为那是他为了保护她的自尊心，不忍心泄露他餐餐都是顶级珍馐的天机，再加上她实在不能相信这世上竟然有人会不喜欢零食，于是当她邀请他一同品鉴心头瑰宝却惨遭拒绝的时候，她满脸都是大写黑体加粗初号字的问号。

为什么？

为什么不吃？

零食宝宝那么可爱，你怎么忍心这么冷落它们？！

带着一腔难以置信的心情，她先是看了看铺了几乎满满一桌子的各类心头宝，又看了看君致，忍不住问出牵挂在心头许久的谜题："你是不吃东西还是不吃我买的东西，又或者是不吃我的东西？"

这话问得实在是"崎岖"，连她自己都快要被绕进去了，更不要说君致。

君致心想：我清清白白一张纸，为什么要吃东西？然而他又不能这么说——怕把她吓哭。

踟蹰了片刻，他艰难地组织了好半天语言，才开口道："我……挑……食。"

令飏闻声愣了愣，满桌子都没他喜欢的？这么挑？难不成……这就是传说中的万里挑一？

君致喟叹一声，黯然敛睫，一脸的歉意。

"哦……那倒也不用觉得抱歉……"令飏向来见不得他委屈的样子，便适时转移了话题，"那你喜欢吃什么？"她心想：即便是对食物再挑剔的人，也至少有一两样爱吃的吧。行，就算他吃的东西都很贵，她努力一把，再咬咬牙，总还是可以买到的吧。

然后君致陷入了新一轮的斟字酌句："我……呃……"

他怎么看都像难以启齿，令飏一脸迷茫地看着他，疑惑地问："怎么？"

君致几番挣扎，终于从唇齿间挤出了字："就……新鲜的空气……适当的光照……如果可以……能远离水火就最好了……"

令飓缓慢地眨了眨眼，花了将近半分钟去理解这个答案，他的意思是说——要纯天然、无加工、最好也不用水煮和火烹？

这一秒，她脑海里毫无预兆地浮现出不久前那句"沾了水会皱"，顿时百感交集。令飓注视着君致那张白皙无瑕的脸，感觉自己似乎、好像、大概找到了他比女孩子还要精致漂亮的原因……

果然，想要美就得管住嘴啊！各种她看过就当实施过了的励志美容贴诚不我欺！

强扭的瓜不甜，令飓不用看也知道自己那一堆宝贝没一样符合要求，索性不再硬拉着君致陪她一起吃，但她躺着，他坐着，躺椅摇摇晃晃，她独自享受觉得有些不好意思，便主动找了话题攀谈。

"你通常……都扮演哪些角色？"

君致很明显地怔了怔。

令飓顿时笑了起来，她眉毛一挑，不无得意地说："很意外？哎，真是抱歉，虽然你一直没有明说，但我还是凭借聪明才智早早就猜到了。我对你们这个行业虽然关注不多，但多少也知道一点儿，你都长这么好看了，还对身材皮肤管理得这么严格，莫非……扮演的全是惊为天人的神仙小姐姐？"

君致越听越蒙，整个人显得有些茫然无措。

令飓却误以为他是不好意思，连忙抓过手机找出了一大堆美男扮美女的图片，强行安慰了一番，善解人意地道："男扮女怎么了？哎，你不要误会，我没有别的意思，纯粹是好奇……再说了，能扮女的说明你颜值极高啊！"

君致听了这半天，总算搞明白了她说的似乎是当今社会的一个特色文化产业，并且连他的具体主攻方向都设定好了。他默然无言几秒，心道幸亏我没有泪，不然就哭了。

令飏却浑然不知他欲哭无泪的心声，甚至有些兴致勃勃："有照片吧？我看你们这个圈子里的不少人经常在微博上更新作品动态什么的，你呢？ID 是什么？我关注一下。"

君致简直要疯了，可迎着令飏期待满满的眼神，他又实在说不出不字，唯有从自己唯一能理解的词汇上下手："照片，哦，有……有的。"

他几乎是有些落荒而逃地站起身，丢下一句："稍等，我去拿。"

令飏看着君致进了书房，关上门，然后好半天没出来。

他当然出不来，因为他要临时造照片。

"造照片！真亏你想得出来！"神墨悬在半空中义愤填膺地写啊写，"我是谁？一朝天子亲自用我批阅过奏折！你把我当什么啦？当什么啦？嗯？"

君致就知道会这样，他以手抚额，轻叹了一声。

神墨扭动着身体，整支笔都写得停不下来："是！没错！我后来被一个受宠的混账小子不小心折断了！外貌受损、寓意不佳，陛下只得忍痛抛弃了我，可这也不能抹杀我曾经无比尊崇的地位啊！"

君致简直被这支"话痨笔"搞得没脾气，但他毕竟又急需它帮忙，只得说："对，无人能够抹杀。"

"哼。"神墨心情好了点儿，但还是记仇，"那你还让我画什么照片？！不对，突然画什么照片啊？不会是上次月黑风高咱们去贴代写小广告时看到的那些丑八怪吧？"

神墨说的丑八怪是君致带它出门时见到的海报——当然他们俩都不知道那叫作海报——上面画的是一群化了妖艳妆容的奇怪男人，神墨欣赏不来，一直嫌他们丑来着。

"不画他们。"君致向它保证。

"那画谁？"神墨还是警惕得很，整支笔都充满了不放心。

"我。"

"啥？"神墨傻眼了。

于是那一天，君致对镜而坐，手持神墨，一笔一画地勾勒自己的面容。

"哎？"画着画着，神墨突然发现了一个奇怪的地方，"你怎么画姑娘家的头饰啊？"

君致没作声，心里想：因为我是一个热衷扮演姑娘的爱好者。

话痨神墨还想啧啧感叹几句，奈何君致没给它再往附近纸上写字的机会，行云流水、一气呵成地画起来了。

一幅画毕，君致的脸，姑娘的身，活脱脱一个绝艳倾城的美人儿。神墨却禁不住愣了愣，讶道："这，这人怎么感觉有点儿眼熟啊？"

君致抿唇不言。

神墨说："我不是说这张脸，我是说这衣服、这发饰、这气质……不对啊！"它突然间意识到一件事，"这次又不是临摹，你却画得这么娴熟流畅，简直下笔如有神，难不成，你……你把这姑娘的模样刻进了心里？！"

这支傻笔简直是一针见血，君致的耳朵可疑地红了红，他本来就话少，现在更不可能回答它了，又等了一会儿，墨迹干了，拎起画头也不回地走了。

"嘁。"神墨在他身后雷打不动地坚守着吐槽这一岗位，"我还不知道你了？单相思了几百年，我一支笔都替你着急！"

无独有偶，在阳台晒太阳的令飔也着急了。她等了大半天，都没见君致出来，正想着"如果这么难找的话就不麻烦了吧"的时候，君致拎着一幅卷轴姗姗而至。

画卷展开，令飔只看了一眼，整个人都惊叹了："好漂亮！你的女装扮相也太美了吧！"

君致心情复杂地接受了这个夸奖。

"我的天，太好看了……"令飔简直是爱不释手，"这才叫真女装大佬！请问我可以拍照留念吗？！"

君致向来不愿看到令飔失望，所以哪怕他觉得自己这副不伦不类的模样有一点儿羞耻，但还是勉为其难地答应了："嗯……"

获得了当事人的批准，令飔立刻拿出手机来了个三连拍，并珍而重之地加以备注：女神。备注完再点开图片回味欣赏，这才注意到画上的衣服——她起先只顾看君致的脸，瞥了一眼后，莫名其妙就浑身一震，直愣愣地盯着再移不开视线。

君致敏锐地察觉到了她的异样，不由得有些紧张，他眼睛一眨不眨地注视着她，既盼望她能想起什么，又生怕她想到会难过，一时间竟不知该如何是好，五味杂陈。

"你……"好一会儿，令飔终于发出了声音，"从哪儿买的这件衣服？"

君致注视着她的眼睛，她眼圈红了。

令飔动了动嘴唇，想说话，又停下。君致的目光下移，看到她纤细嫩白的指尖在动——是发抖，乐事黄瓜味儿的薯片撒了一地。

那一瞬间，君致很想轻轻触碰一下她颤抖的手，却听到她短促地笑了一声，很快又破了功，尾音里带着一丝掩饰不掉的惧意："我……以前常做一个梦，梦里……就穿着这件衣服。一模一样的款式、颜色、暗纹，包括袖口和衣角的刺绣，都分毫不差……挺……挺巧的哦？"

她嘴上说着挺巧，其实眼泪都快下来了，君致每一秒都在挣扎着要不要伸出手去拥抱她。

令飓深吸了一口气，竟奇异地又把那股泪意压下去了，她突然毫无预兆地说："你好像无所不能，会解梦吗？"

君致怔了怔。

看见一件一样的衣服就想哭，令飓觉得自己肯定是快要疯了，但她实在管不了那么多——昨夜的梦，今天的画，还有眼前这个身份云遮雾罩、谜团重重、像是怎么也看不清的人……她真的有太多太多的疑窦了。

君致眼瞳漆黑，神色莫测，他没有说会不会，却以一个倾听者的姿态，缄默无言地凝视着她。

令飓于是生平第二次向别人讲述了自己的梦。

"很无稽吧？"讲完她自己率先笑了，"反反复复地梦到自己的死状，并且场景鲜少有变化，我真的要怀疑是不是上天格外关照我，特意用梦的形式来点拨喻示了。"

君致目光沉沉地望着她，没有接话。

令飓自嘲地摊了摊手，无奈道："所以我才问你衣服在哪儿买的。我不太懂，这种衣服很常见吗？你们圈子里不会人手一件吧？啊，如果是的话，那就麻烦了……毕竟梦里也看不出这衣服究竟是不是我穿的那件，万一不是……那可真的就有点儿难办了。"

君致垂了垂眼睫，俊美的面容分明有一点儿哀伤，他轻声开口："不会。"

什么不会？令飓也不知怎么，几乎是瞬间就懂了——他说不会人手一件。

他凭什么这么笃定？令飓无从得知，但说来奇怪，这一秒，他这么说，她毫无理由地就相信了。

"要睡会儿吗？"君致微微低头，注视着令飏。深秋的阳光灿烂又和煦，晒得人懒洋洋的，的确很适合睡觉。

令飏仰起一张俏脸看君致，语气有一点儿委屈巴巴："睡着了就会得到解答？"

君致回视着她的眼睛，心软得一塌糊涂，他沉默了一瞬，措辞谨慎："也许。"

君致确实拥有令人信服的气质，令飏思考了片刻，最终决定采纳这个建议："好吧。"她打了个哈欠，解铃还须系铃人，解梦没准儿也是一样的，既然醒着想不通，索性让梦来昭示一切吧。

说来也真是邪门，不知是心理作用起了效果，还是君致真的知道些什么，这一次，令飏的梦境居然有了实质性的变化。

梦里，她虽然没有清楚地看到那只手臂的主人长什么样，画面却向另一侧大幅扩展延伸，触目惊心地勾勒出了仿似人间地狱般的场景。

令飏在那一瞬间将眼睛瞪到了最大。

她目瞪口呆地看着满地的尸体和血水，因为实在是太过震惊，梦境里与现实中的她同时浑身巨震，醒了。

令飏近乎惊惶地睁开了眼，猝不及防地与君致温柔的双目相撞。他没有走开，始终沉静无声地坐在原地，那姿态怎么看都像是无声地守候着她，窗外已经是暮色四合了。

骤然从噩梦中惊醒，毫无预兆地四目相对，令飏和君致的瞳孔上都只映照着对方，每一丝极力隐匿的情意都纤毫毕现——不是错觉，她清晰地看到，他的眼底是浓得化不开、藏都藏不住的关切。

乍然触碰到这样深情的眼神，令飏忍不住有一丝怔忡，他……怎么会这样看着她？莫名其妙地，她的心跳又开始变得有一点儿快了。这怦然悸动的感觉与方才可怖的梦境交织，形成诡异又鲜明的强烈反差，她哪里再敢深思，近乎狼狈地闭了闭眼，内心突然涌上一阵铺天盖地的难过。一根微凉的手指轻轻触碰了一下她的脸颊，温柔地替她拭去泪水。她这才发现，自己又哭了。

那些人是谁？

为什么都死了？

她竟然无师自通——是她的家人。因为她。

可这个梦到底是什么意思？她睁开泪眼，茫然无助地看向君致。那一刻，她的内心充满了祈求，多希望他能告诉自己这只是个梦，荒诞无稽，不必在意，仿佛他这样说了，就能将一切不祥与悲伤统统冲抵。

可是君致什么都没有说。

他看着令飏，眼睛里是一片哀伤的神色。

令飏突然想起了她十岁那年做过的梦。

梦里，一贯疼爱她的奶奶疾步朝外走，年幼的她在身后拼了命地追，可就是追不上。就这么急匆匆地走了一大段路，突然凭空出现两个面容模糊的人，他们伸手把奶奶的双臂架起，强行将年迈的奶奶放上了一辆车，继而扬长而去。

时隔多年，令飏至今记得梦境里的无措与醒来后的伤心——她把这个梦讲述给父母听，抱着一种近乎可笑幼稚的心理，祈盼他们能让这不祥的梦境改写。可父母是怎么回应她的？既没有安慰，更不曾当真，他们痛斥了令飏，认为那是无稽之谈、胡言乱语……直到三天后，向来身体康健的奶奶毫无征兆地去世。

从那后，令飏便对自己的梦满怀惊惧，因为她实在分不清：究竟梦是即将发生的事的前兆，还是说，根本就是梦导致了事情的发生？

她不知道，于是为自己做过的这个梦愧疚了许多年。

如今，她做了一个全新的、更加不祥的梦，这个梦一开始只涉及她自己，所以她焦虑的程度尚且可控，可现在范围扩大，波及了许多对她而言无比重要的人，她真的不知道该持什么样的态度了。

窗外的暮色越来越深。

令飔深吸了一口气，抬手抹了一下脸，沾了一手的泪。她脑海中君致方才看向她时的深情眼神怎么都挥之不去，忍了又忍，还是问出了口："你……家在黄沟，却跑来 A 市，就是为了你所说的保护我吧。可你是怎么知道我会遇到危险的呢？"

君致沉默了。

令飔这次却没打算轻易放过他。

她从躺椅上坐直身体，整个人忽然逼近了君致，黑白分明的双眼直视着他的眼睛，一字一顿地说："坦诚是最基本的尊重。我不知道该怎么准确界定你和我的关系，但既然同住一室，又相处了这一阵子，怎么也能算作是朋友了吧？朋友之间理当坦诚相待。"

君致神色温和地看着她凑近了的俏脸，他抿了抿唇，像是想说些什么，最终却没说。

令飔倒也不催他，她自顾自地往下说："你那个软肋盒子，在我手里，但我什么都不会做。君致，我能感觉到你希望我信任你，我也很乐意这么做，但前提是——你愿意给我了解你的机会。"

君致抬头看她，眸色清澄。

"我不为难你。"令飔伸出三根手指，干脆利落地提议，"我提三个对我而言很重要的问题，你挑选一个愿意回答的回答，一个就行。怎么样，还算公平吧？"

君致注视着令飔的眼睛，他看起来真的是很认真地在考虑，然后，点了点头。

"一，"令飔迫不及待地开始了提问，"你的身份是什么？"

君致弧形漂亮的薄唇抿了抿。

"二，你和我的关系是什么？"

君致眼神微动。

"三，这么说可能有点儿傻，但我就是有这种感觉，你……是不是知道跟我的梦有关的事？"

君致一直沉默地听完了所有的提问，终于找到了可以作答的题目，他没有犹豫，清晰地"嗯"了一声。

几乎是君致刚应声，令飏立刻就展开了追击，她焦灼到一秒都不能等："梦里的我确实是死了吧？"说来也怪，她也不知道自己怎么会对他的话那么深信不疑——无论他说什么，无论一开始听起来有多么的无稽乃至荒谬，她最终都会选择相信，完全不会再刻意去考虑和分辨他给出的答案的真实性。

君致瞳色微黯，眼神遗憾，点了下头。

"旁边的是我家人？"

他再次点了下头。

"是……因为我？"

"不。"君致终于出声，短促清冷，却不容置疑。

令飏怔了怔。

梦境里，她清楚地感受到了难以遏制的愧疚，所以下意识地把造成惨况的原因归结于自身，却原来……不是？

君致凝视着她，用笃定的眼神再一次强调了一遍：不是你。

令飏沉默了。

良久后，她再一次出声，语气明显带着几分连自己都觉得即便问了也不会得到回答的徒劳无力："我如果问你那只手臂的主人是谁，你应该不会告诉我吧？"

君致的回答不出所料："对不起……"

令飓有些遗憾地笑了笑。

大约是见她情绪实在低落，君致想了想，罕见主动地给出了解释："该知道的，你自然都会知道，我无权逾越告知，最重要的是……我希望你做出的每一个决定都是遵从本心，而不是受外界因素干扰后的抉择。"

令飓看着他的脸，觉得自己仿佛明白了，喃喃道："你是想说天机不可泄露？泄露了有可能会引起偏离命定轨道的改变？"

君致沉吟一下，轻轻颔首，算是赞同了她的想法："也可以这么理解。"

令飓又不明白了，她不解地问："照你这逻辑，明明就是听天由命、顺其自然嘛，那说好的保护我呢？说好的守护者呢？这根本就没有体现你的主观能动性好吗？"

君致没有任何犹豫地回道："我会一直陪着你，与你共同承担你的抉择造成的任何结果。"

他的眼神是那么的真挚，真挚到甚至有些令人暗自心惊的虔诚，令飓微微仰头看着他，一时间竟不知道该说什么了。

天色很快彻底暗了下去，远处隐隐传来雷声，越来越近，挟着狂风，眼看一场瓢泼大雨即将降临。

令飓突然发现，一贯沉着稳重的君致很明显地变得有些坐立难安起来。

她怔了怔——以前就知道他不喜欢下雨，但，不想被雨淋可以理解，没必要连待在屋里都觉得不舒服吧？

这一晚，她一留心，还真是发现了不少细节。

雨滴稀里哗啦落下来，君致冷着一张脸，如临大敌，快步把家里所有的窗都关严了。

深秋 A 市的天气干燥得要命，令飒买了一个龙猫模样的加湿器，她一在家就会打开，这会儿君致也躲得远远的。

"轰隆"一声巨响，又是一道惊雷，雨势很大，如注的雨水凶狠地砸在窗户上，令飒眼睁睁看着君致又拿出一件她给他买的运动服外套穿上了。

令飒无言，他究竟是冷还是怕雨？

没等搞明白他和雨水之间复杂纠葛的关系，窗外白光一闪，令飒心道不好，果不其然，一道比先前力度还要惊人的雷声犹如在耳边炸裂。三秒后，头顶的吸顶灯忙中添乱地灭了。

令飒和君致两两沉默地在一片漆黑里坐了一会儿，令飒伸了伸手，不见五指，她摸索着走到窗边，环顾了一圈，整个小区犹如一片深海，被黑暗笼罩。

手机不在身边，家里她看不出价位的瓶瓶罐罐又多，她不太敢随意走动，便问君致："有蜡烛吗？"

君致寂静了至少有十秒，才出声答道："没。"

"打火机？"

那是什么？君致愣了愣，不明所以，但他敏锐地注意到了"火"字，果断地道："没。"

"手电筒总有吧？"

君致沉默，他有点儿不好意思再说出"没"这个字了。

一问三没有，令飒差一点儿就脱口而出：你到底有啥？想了想，停电又不怪他，再说了，他好像对下雨还有阴影呢，还是温柔一点儿吧，便柔声说："那你把手机屏幕点亮。"没记错的话，她的手机这一整天压根儿没充过电，鬼知道这电什么时候能恢复正常，还是下楼去买几根蜡烛备着为好。

万万没想到的是，君致静默了片刻，声如蚊蚋地答："没。"

令飑花了将近半分钟才搞明白他说的这个没是什么意思，她张了张嘴，闭上，又张了张，愣是没找出恰当的词儿来形容自己的感受。

君致的感受倒是很鲜明——内心充满了懊恼和颓丧。他不喜欢这种她需要帮助自己却毫无援手之力的感觉——就像是千百年前。

令飑却注意到了一个很现实的问题，诧异地问："你连手机都没有，前几天是怎么接单的？"

君致怔了怔才明白她所谓的接单是指代写作业，如非无奈，他不会隐瞒她任何事，便不假思索，如实作答："面对面。"

令飑无言，难怪令点点会知道他的地址。顺便庆幸他居然没被学生家长当场抓包暴揍，这还真的是太令人意外了……

令飑内心唏嘘，忽听君致没头没脑地说："你希望我买吗？"

"什么？"令飑正走神，闻声不由得愣了愣。

"手机。"

"呃……"令飑一噎，"那倒也没有。"她没有干涉别人生活方式的习惯，只是觉得，当今社会，没有手机，未免也太不方便了吧。

君致对手机这一大多数人认为离了就无法生存的必需品的态度却是淡淡的，他平静地陈述事实："我用不上。"

顿了一下，他掀开眼睑，温柔地看了一眼令飑，轻声说道："我有办法找到你。"

"什么办法啊？"令飑忍不住好奇地问道。

君致眉头一跳，自知失言，又闭上嘴了。

这个人总是这样，每次一说到关键处就变成锯了嘴的葫芦，令飑简直拿他没办法，便嗔怪地说了一声："喊……"

不管怎么说，蜡烛还是要买的，令飓深吸了一口气，豪气干云地起身，不忘给自己加油："祝我好运！"

话音刚落，她迈步向前，然后一头撞在了屏风上。

"呃……"出师不利，令飓骂人的心都有了。

这时候，君致骤然出声："你怎么下楼？"

令飓一顿，这才后知后觉地意识到——对哦！没有电，电梯自然也是使用不了的，她难道要走楼梯下去？

大晚上的，外面狂风暴雨又打雷闪电，再联想到楼梯那幽暗逼仄的环境，令飓顿感自己身上的鸡皮疙瘩都纷纷摇旗呐喊了起来，她忍不住犯了难。

"为什么一定要买蜡烛？""好奇宝宝"君致再一次在黑暗中提问。

"你以为是为了谁？"令飓没好气地呛了他一句，语气里却并没有抱怨的成分，"你不是怕下雨吗？我猜应该也怕黑。我手机电量不多，照明的话撑不了多久，现在不去买，再晚我估计更没胆儿下楼。"

君致在一片漆黑中静默了许久，终于再次发出了声音："不用。"

令飓感觉自己一定是听错了，因为她依稀察觉到他尾音里像是带了一点儿笑："有你在，我不怕黑。"

令飓心想这是什么逻辑？你以为我就不怕黑了吗？！但她转念又一想，这么没志气的话说出口未免太打击士气，便硬生生咽下去了。

"你的头……"黑暗里的君致似乎谈兴甚浓，"还好吗？"

令飓抬手摸了摸，她起身太猛，那一下确实撞得不轻，但所幸没肿，她回答："还成。"

君致的声线里明显有愧疚的成分："都怪我。"

"哎——"令飓满不在乎地摆了摆手，本来姿态很潇洒，没料想竟差一点儿把一个茶盏打翻，连忙手忙脚乱地摸黑儿扶稳了，这才恢复漫不经心状，宽慰他，"你又不知道我要干吗，怎么能怪你？"

君致说："如果我不把屏风放在那里就好了。"

令飐语塞，心道：嘿！你别说，好像……还真是这个理儿！

说起屏风，令飐对这一屋子的陈设真的是有一肚子的疑问："你说这些东西都是我的，原因我暂时就不问了，反正你肯定也不会说，但我实在是有一事不明——这么多东西你是从哪儿运来的？黄沟吗？可屏风、书柜、桌子、椅子的都是大件儿，得用多大的车啊？"

君致一时不知道怎么解释，他暗自庆幸黑暗给了他最佳的伪装，让他能够脸红心跳却不被发现地睁着一双漂亮的眼睛胡说八道："车……不大，胜在次数多。"

令飐一愣，惊异地问："你运了好久？"

君致轻轻地"嗯"了一声。

他没有说出口的是，从她死后，到如今，所有属于她的东西，他都竭尽所能地维护并珍藏，而后跨越苍茫寂寥的时光之海，跋涉千年，呈送到她的面前。

令飐一无所知，却依旧有些感慨，她顺手摸了摸刚放好的茶盏，喃喃："如果你说的都是真的话，那我可就太有钱了……可我怎么一丁点儿印象都没有呢，我看我爷爷、爸爸他们也不像是坐拥过亿资产却能为了锻炼我而刻意沉得住气瞒着不让我知道的主儿啊？"

君致在心里答：因为那些东西只是你的，与他们无关。

令飐没有窃听别人心声的本领，自然被蒙在鼓里，她安静地坐在无边的黑暗里，情绪因为提及家人突然变得低落下来，缓缓道："那个梦……如果终有一日会成真的话，爷爷和爸爸他们……"说到这里，她哽咽着字不成句了。

关于这个梦的问题，并不是那么绝口不能提，君致动了动唇，刚准备说些什么，就听令飔带着哭腔小声地说："死就死呗，为什么非要牵扯家人？有事就冲着我来啊。不过也真是奇了怪了，我为什么会穿你的衣服？角色扮演？还是演戏？先不说这两样我都不会，爷爷、老爸他们更是和这事八竿子都打不着啊！"

越念叨越觉得疑窦丛生，令飔吸了吸鼻子，抬起头："喂！到底是怎么回事啊？是你把衣服借给我穿，还是我抢去穿的？总……总不能是爷爷最终逼婚成功，我拿去做了敬酒服吧？！"

她的思路一直在跑偏，君致本已做好了出声打断和辟谣的准备，忽地听她提到了逼婚成功，他顿了一下，就听令飔发散思维将故事延续了下去："这么想的话，好像就勉强能说得通了——我要结婚，全家自然都在场，然后席间横生变故，坏人将我们一网打尽。啊！"她现在用词简直有令晖的风范了，连忙"呸"了几声，正想打嘴巴赶走晦气，脑子里却忽地灵光一闪，"我结婚……跟谁结婚？司霆吗？那这么看，那只手臂的主人……是司霆？！"

令飔说到这里，窗外忽地又是一阵电闪雷鸣，一道雪白的电光骤然劈开黑暗，将屋内照得如白昼般明亮，令飔愣在原地，君致也怔住了。

令飔愣是因为她突然发现——如果照这个思路去分析的话，很多事情都可以得到解释了，这个"很多事情"包括且不限于君致对司霆的敌意、君致那句"你可能会跟一个危险的人成婚"。

君致怔却纯粹是因为他充满了好奇——令飔是怎么做到在大前提统统错误的背景下推算出正确答案的？！

他想不通。

但令飔想得很彻底，一场狂风暴雨和暗中长谈意外地令她茅塞顿开、豁然开朗、如获新生，她一拍桌子又站了起来，大声宣布："我完全明白了！这个梦其实就是在警示我，不能结婚，不能结婚，绝对不能跟司霆结婚！否则就是个死。我一定会阻止悲剧发生的！"

如有感应一般，几乎是她刚刚喊完这一番不婚宣言，下一秒，头顶的吸顶灯闪了闪，亮了，放眼望去，整个小区各处的灯火也此起彼伏地被点燃。

令飓站着，君致坐着，她攥着拳，他也不着痕迹地暗暗掐了掐自己的掌心——千算万算，没料到她会以这样一种方式悟了出来……

是阴差阳错？还是误打误撞？

不管如何，他终究没有违逆天命、泄露天机，从此往后，便可以毫无顾忌地帮助她了。

902 里，令飓斗志昂扬，君致摩拳擦掌，两个并没有完全做到信息互通的人做好了准备，去改写梦境预示的剧情。

殊不知，旁人竟也参透了秘密，试图拨云见日。

第九章

你不喜欢我，
我就再想想办法

什么敌人最可怕？

想象中的。

一旦把逻辑理清了，令飐对那个梦的恐惧顿时降低了至少三成，她现在就一个念头——不结婚，不结婚，坚决不结婚！

以及务必抓紧时间让司霆滚。

是的，先前不是说他在日本留学吗？是奉爷爷之命被迫与她相亲。那么现在，只要想出办法把这尊大佛，啊呸，瘟神送走，一切肯定就能回到正常轨道上来。

说来还真是，如果没有这小子，她可不就是一直在正常的轨道上吗？如果不是他，爷爷肯定不会跟她吵架，不吵架她就不会被赶出家门，不赶出家门就不会住 902 房，不住 902 房就不会遇到君致——

哦，不，君致人还是不错的。

虽然他身份疑点重重，习性不敢苟同，偶尔神神道道，说话意思从不明朗，但遇到他，令飐不后悔。

这不，来电了，令飐临去洗澡前，再一遍向君致确认："你不是说梦的事可以告诉我吗？那你给我个痛快，那个人，我猜得对不对？"

君致看着她，她也看着他，良久，他慢慢地点了下头。

目标确认！令飐抬手比了一个"收到"的手势，握了握拳，踌躇满志地进浴室了。

第二天一大早，令飐就向司霆发出了邀约："中午一起吃饭？"

"啊？"司霆毫不掩饰自己的震惊之情，"我没有听错吧？之前好像一直躲我如洪水猛兽的人……不是你？"

令飐言简意赅："你去不去？"

司霆立马抬起一只手，开始讲条件："吃完饭我要去打电玩！上次你不肯去，害我到现在都没有完成这项任务打卡。"

令飐对此嗤之以鼻，心想：我不陪你去你就不能凭借自己的双腿坚强地走到电玩城？再说了，你之前在我心目中只是"烦人"，现在却成了"仇人"，有着血海深仇的货还有脸跟我讲条件？

她按捺住情绪回过神，看了看台里一有新闻就鸡飞狗跳的场景，心知这里绝对不是开诚布公、促膝长谈的好地点，就咬着牙点了点头——去就去，电玩城里那么多人，我还怕你从哪儿变出那件红衣服套我头上不成？再说了，那衣服明明在君致手中！

于是好不容易挨到中午，两人一前一后地往外走。

"霆哥！"身后传来邵明明殷切的呼唤，"哥，你去哪儿呀？"

司霆回头傲娇一笑，朗声道："约会。"

令飐没想到他会这么说，噎了一下。

出门觅食的一大帮同事听了这话也顿了一下。

"那咱们一起走呗。"邵明明的建议是那么诚恳，"我就跟着你们走到吃饭的地儿，然后你们吃，我汇报，关于咱俩商议的那个选题，我有了一点儿新思路——"

他话没说完，被司霆打断："不要。"

"为什么啊？"

"我出门没有带白炽灯的习惯。"

一旁的同事"轰"地一下笑开来。

邵明明一张小脸红了红，有些羞窘，他凑近司霆，压低声音说："我这几个月的工资被扣得连温饱都达不到了，哥，你就行行好吧……"

司霆二话不说抽出钱夹塞给他，薄唇轻启："滚——"

邵明明撒开腿跑得比兔子还快。

电梯到一楼，乌泱泱一大堆人往电梯外面走，令飐若有所思，问身旁那人："你和邵明明关系挺好？"

正护着她不被人挤到的司霆闻声扬眉一笑，反问道："谁跟我关系不好？"

令飏抽了抽嘴角。算了，当她没问。

两人到了吃饭的地儿，为了确保交谈环境相对清幽，令飏特意提前订了一家西餐厅，司霆进门就笑了："不知道的绝对以为我在追求你。"

令飏没理会他的调侃，落了座，开门见山道："咱们谈谈。"

"谈什么？"司霆帅气不羁地脑袋一歪，"恋爱？"

令飏在心里翻了个大大的白眼，真不知道区区几天这人是怎么变得鬼话连篇的，她勉力按捺住极想要抽动的嘴角，尽可能心平气和地说："咱们既然都抗拒包办婚姻这种封建糟粕，就不必再开这种玩笑了吧。"

"那要看你怎么想了。"司霆却是长眉一挑，笑意盎然，"玩笑之所以是玩笑，只是因为没有人当真，假如当了真，也就不再是玩笑了。"

令飏盯着司霆，她不傻，听得出他的弦外之音："我记得你说过，你讨厌被人安排，更不打算娶我这种——"说到这里，她咬了咬后槽牙，忍辱负重，"蠢、女、人。"

司霆大笑着一摊手，一脸狡猾地说："我改主意了。都说世事变幻、日新月异，还真是诚不我欺，怎么样，意不意外？"

意外！这绝对是个车祸级的意外！令飏恨不得拿法棍把他的嘴巴堵上，这个出尔反尔的浑蛋！

浑蛋却是自有一番道理。

他刚要说话，服务生把牛排呈上，司霆再自然也不过地接了过去，自觉主动地为令飏代劳，娴熟地分切着牛排，嘴里侃侃而谈："我之前对你说过，从小我就被爷爷规划好了人生，几乎没有自主决定的权利，这让我的骨子里时刻潜藏着逆反的意识。等到老爷子不准我继续攻读自己喜爱的学科，必须在国内找到个女人火速成婚时，这种逆反心理到达了极点，并合情合理地将这种掺杂了敌对、抗拒和一定要破坏的心理顺延到了这个女人身上，具体表现就是——看她行事不顺眼、故意跟她唱对台戏，以及怎么让她讨厌自己怎么来。"

他说得头头是道，令飐冷冷地看着他，不予置评。

司霆嘴角的笑意不减，看起来心情很好的样子，自顾自往下说："无疑，我一开始是死也不想和一个素昧平生、家长指定的人结婚的，但后来发现，这个女人好像也没有想象中的那么讨厌，于是就想着多接触一点儿又何妨？这才提议要一起工作共事。"

令飐对他的心路历程并不感兴趣，她清晰明了地为自己的行为正名："我招你来没有任何私人方面的意思，纯粹是因为《谜底》是新开创的栏目，定位又是破除偏见、还原事实，我认为有必要求同存异。"

"巧了不是？"司霆打了一个响指，笑容越发灿烂，"刚好我这里也有一个急需解开的谜题，你昨天不在，我就把方案递给台长看了。"

令飐愣了愣，她提及工作只是为了撇清私人关系，没想到这人竟真的打蛇随棍上，开始一本正经地跟她聊选题了。

只是，即便交选题也应该是交给她这个直属负责人，递给台长算几个意思？

"哦。"司霆意味深长地看着她，笑得别有深意，"我坚信你会对这个选题充满兴趣，不用看也如此。"

令飐总觉得哪里有些不对劲儿，又说不上来，司霆已经不着痕迹地把话题转开了："咦，说到哪儿了？你今天叫我出来是？"

令飐叫他出来当然是想赶走他的——既赶走相亲对象，也赶走临时工作伙伴，毕竟，想要确保人身安全，首要前提还是不要接触。只是，如今看来，他默不作声地把选题递给了台长，又一副信心满满的样子，想要在工作上彻底不再产生交集，怕是有些难度。

令飐想了想，行差一步，悔之晚矣，只得简单粗暴地表态："你不必勉强自己扭转对我的态度，因为我绝对不会同意这件事。"

司霆摇头笑了笑，一副并不赞同但不想再争论的样子。

令飐盯着他，一字一顿地说："我死都不会嫁给你。"

司霆怔了怔，转瞬便喷笑出声："喂，用不用这么严肃？你不喜欢我，我就再想想办法，干吗发这么毒的誓？多不吉利！再说了，我哪里舍得让你死？"

令飐在心头冷笑，你何止是舍得，简直是丧心病狂杀一附送全家，我告诉你，你休想如愿！

一顿饭吃得不欢而散，令飐从西餐厅里出来，司霆在她身后懒洋洋地跟着。"叮"的一声，令飐手机响起，她低头看，是一条短信，空白的。

令飐仔细看了看，确实没内容，并且来自一个陌生的号码——发错了？她摇摇头，没当回事，直接点了删除。

没走两步，手机又响了一声，令飐心想今天短信业务可真繁忙，无奈地点开瞄了一眼，这回直接愣住了。

只见短信里写："是我。你几点回家？我去接你。"

说起来也真是没道理，她看到短信内容的第一反应就是——君致？转念又一想，不由得哑然失笑，做什么白日梦，他连手机都没有，怎么可能发短信。

令飐从小接受的教育就是陌生人的搭讪不要理，她也一直谨记这个教导，所以她一鼓作气地删除，将手机扔回口袋，然后回台里继续工作去了。

工作的同时，她没忘记司霆那个越过她直接上报给台长的选题。

整整一下午的工夫，她隔三岔五就往台长的办公室里张望，奈何他真的是名副其实的日理万机，可谓是以实际行动诠释了什么叫宾客盈门、人来人往，她压根儿没找着进去打听的机会。

说来也怪，前阵子缠着令飐哭着闹着要抱大腿的邵明明近几天也消停了不少，令飐在忙碌到人仰马翻的采编部搜寻他的身影，屡屡见他一脸笑容地围着司霆打转，也不知什么事笑得那么开心。

偌大的开放式办公区域里，每个人都在忙自己的事情。令飐实在是找不到合适的人去打探消息，再加上她近段时间刚开始筹办新栏目，一切从零开始，简直到了忙哭都没空擦眼泪的地步，也就更没有多余的心神和精力去挖掘司霆究竟在搞什么鬼，只能把希望寄托在比她还要忙碌的台长身上。

令飐的桌案上堆了厚厚一大摞材料，全部是为拟订《谜底》栏目报道方案而做的前期调研报告，她翻开几本看了看，不知不觉就到了下班时间。

"糟了！"从浩瀚材料里悚然回神，她的第一反应就是看台长办公室，没想到已是人去屋空——去向牌上显示的是参会，显然是临时又接到什么紧急会议通知，提前走了。

令飐暗自懊恼，她低下头看了看手机，想给台长打个电话，又记起他之前曾在大会上明确说过不提倡加班，更不鼓励为工作而占用休息时间，哪敢因为选题的事叨扰他？只得把疑问咽下，等着明天见他再当面求证。

刚下班人潮汹涌，令飐没去挤电梯，又在办公室里加了一会儿班。深秋的夜色降临得早，等她下了楼，出了大厦，天色已然是浓墨般的黑。

A市近几年着力向东发展，开辟了主打高新科技和文化创意产业的东城新区，令飐上班所在的文博大厦正位于这一区域。新开发的地段发展前景广阔，周边空闲待规划的荒地也很广阔，托周围荒凉景色的福，令飐每每来上班，总有一种到了荒郊野外的错觉。

这不，夜风吹来，沁骨的凉，冬天已经在奔往 A 市的路上。令飐合起手掌哈了口热气，正准备往几百米开外的地铁口走，忽然瞥到大厦的一角似乎有一抹身影。她脚下一顿，心跳骤然加快的同时，手直接伸进包里，攥住了令晖送给她的防狼利器。

令晖的原话是这么说的："知道你能文善武很能打了！但是女孩子家，还是不能托大，万一哪一天你遇到危险时穿的是裙子呢？不妨借助一下小工具，充分保障自身安全。"

令飐确实文武双全，也做好了在大厦保安赶来前尽可能将歹徒揍趴下的准备。歹徒的身影一步步靠近，她攥紧了利器，刚准备一个箭步跨出先发制人，孰料绰约光影中慢慢露出了一张温雅俊美的脸。

令飐脚下急刹车，一句话脱口而出："你……你怎么来了？"

"歹徒"君致无辜又茫然。

他看了看令飐的脸，又看了看她的动作，最终视线落在她手中发出"噼啪"声响的武器上，因为不明所以，所以下意识地后退了半步，与此同时还不忘回答她："我来接你……"

令飐一愣，接她？这话听着怎么有一点儿耳熟？

君致比她更奇怪，疑惑地问："你为什么不回信息？"

令飐惊了……原来她的直觉没有错，那条短信还真是他发的！

"可是——"令飐踟蹰了一下，"我记得你没有手机……"

"今天有了。"

轻飘飘的四个字，把他是怎么艰难地下定决心，不惜暴露自己没有身份证件，以临摹王羲之一幅字为交换说服令晖拿自己的身份证替他办了一张新卡的过程一语带过。君致垂了垂头，直到此刻还清晰地记得令晖听闻他的请求时的反应——

"你居然没有手机？这也太不可思议了吧！"

"咦，稍等片刻！你怎么不拿自己的身份证去办？极其简单、方便快捷的啊！"

"哦哦哦——不必多言，我恍然大悟了！一定是……你身价昂贵不想泄露自己的个人信息吧？哎，你还真别说，现在骚扰电话什么的确实烦不胜烦！"

话痨不愧是话痨，令晖一个人自说自话，就"解开"了所有不合常理的谜题，真的是……

谢天谢地。

"你跑去新买的？"令飚怎么也不会想到君致为了这件看起来再简单不过的小事经历了种种"艰辛"，她颇为惊奇，只顾沉浸在意外里，"不是说用不上，有办法找到我吗？"

君致静了静，半晌才答："我怕你找不到我。"

令飚眨巴了一下眼睛——他担心她找他不方便，所以特意跑去买了个对他而言可有可无东西？也不知怎么，她的脸颊竟鬼使神差地有一点点泛热了。

君致却没她那么复杂的心理活动，他上前从令飚手中抽走了防狼利器，握在手中端详片刻，没搞懂，眼瞅着伸出手指摁了唯一那个按钮就准备往自己身上戳。

"哎，别！"令飚吓了一跳，手忙脚乱地去拦，险象环生地把防狼利器从他胸前一寸处抢下。

君致看她这副架势，不用想也知道这东西危险了，他不好意思地笑了笑。

令飚看见他笑顿时更加没好气，气恼地道："你知不知道这是什么东西就往自己身上戳？！探索精神未免也太强烈了吧！"

她训他如同训小孩儿，君致微微低头，耳朵根儿都要红了。

令飐冷着脸把防狼利器没收，一把拽住他就往外走，声音里却漾出了笑："回家！"

晚上的地铁里人依然很多，但好歹能找到位子，两个人并肩坐下，令飐冷不丁问君致："什么时候来的？"

君致想了想，含糊其词地答："下午。"

下午这个时间段可太宽泛了，令飐的第一反应就是眯了眯眼，他不会是发完那条短信没收到回复就过来了吧？

事实证明，令飐猜得没错，君致确实等了她好几个小时。他在家闲着没事，觉得还是离她近一点儿更安心，买完手机就直接来了。

本想着看她吃午饭——是的，他不吃，看着就挺开心。谁想到他刚来就看到她和司霆一前一后地进了西餐厅，两人刚好又坐的靠窗位置，他清晰地看见令飐不怎么开心地同司霆交谈，神墨则尽职尽责地利用"王八贴"将他们的每一句交谈如实呈现到他的面前。

君致静静地看完了"连环画"，目光久久地盘桓在令飐那句"我死也不会嫁给你"上，神墨却不甘寂寞地开始了吐槽："姓司的要搞什么鬼？"它已经知道了司霆就是撅折它的罪魁祸首，一腔愤恨之情根本克制不住，"他过去造了那么大的孽，现在还不放过令飐，究竟是什么仇什么怨？"

君致没理它，眼瞅着令飐结束了午餐从西餐厅里快步走出，他想了想，低头给她发了一条短信。

初次接触科技产物，君致用得很不熟练，第一条发了个空白的过去，好不容易把第二条编辑好，点击发送，又眼睁睁地看着令飐拿出手机看了一眼，手指也戳了下屏幕，他这边却完全没动静。他忍不住愣了愣。

"发了吗？"神墨按捺不住地在纸上提问。

"嗯。"

"那她怎么不理你？"

君致怔怔地盯着手机，他也不明白。

"我早说什么来着？"神墨开始耀武扬威瞎嘚瑟，"手机有什么稀罕？我给你画个就是。你倒好，非要买，买回来不还是跟我画的一样不能用？"

君致抿了抿唇，想反驳，却发现无言以对——在耍嘴皮子功夫领域，他总是比不过神墨。

神墨念叨着非要给他画个手机，君致摇摇头，婉拒了。他目送着令飑重新回了大厦，摁亮屏幕看了看，时间还早，不知道她什么时候下班，便随意进了大厦对面的一家咖啡厅，从善如流地点了服务生推荐的那一款新品咖啡，然后开始了漫长的等待。

公众场合，神墨不便大展身手，所幸君致坐的位置在角落，也算是一个视线死角，它暗暗地在纸上啊写："你不会是打算以后每天都来接她吧？"

君致碰都没碰那杯热气腾腾的咖啡，点了点头。

自从令飑确认了司霆的"敌人"身份，他总是隐隐有些担心，生怕她会做出什么惊人的举措，进而再受到伤害，还是离她近一点儿，他才不会心神不宁。

神墨写啊写："干脆把事实真相告诉她吧？时代不同了，据说现在是法治社会，司霆绝对不敢再像之前那么肆意妄为。"

君致低着头沉默。

神墨突然间意识到什么，字里行间有着大惊失色之态："你……你不会还没告诉她她那个梦是过去的事情吧？！"

君致没应声，算是默认了。

"你怎么回事？！"神墨开始奋笔疾书，显而易见情绪十分激动，"看不出她对那个梦很介意吗？为什么要藏着掖着？我就想不通了，司霆之前害得她家破人亡，如今又幻想娶她，这不是欺负人吗？你……你干吗不把实情都告诉她？"

君致这次没沉默，他眼瞳漆黑，声线沉沉："她说过不会嫁给他。"

"她说了你就信？现在她只是不喜欢他这个人，万一之后发现他的闪光点了呢？都说人类是最善变的，你就不怕她出尔反尔？"

君致沉默了将近一分钟，面前的咖啡渐渐冷掉，他终于出声，声线有着轻微的沙哑："告诉她实情，就等于把我的身份也和盘托出，你觉得……会怎样？"

"能怎样啊？"神墨不假思索，"你又没有害她！"

君致笑了笑，有一点儿自嘲，声音比窗外的风还要轻："我是什么？你知道的。我不想吓到她。"

君致说这句话时的语气充满了厌弃和自卑，神墨突然想到他找了她那么多年，全凭一腔作茧自缚的内疚，自然会患得患失，一时间连它这个话痨都不知道该说什么好了。

于是他俩无言地枯坐了一个下午，等到大厦里终于有人往外走，君致这才起身，离开了咖啡厅。

……

令飑上下打量着君致，眼看他薄唇紧抿，分明是不打算向她汇报这一下午的行踪，只得叹了口气，强行换了个话题："你买的什么手机？我看看。"

君致乖乖地从令飑买给他的运动服外套口袋里拿出手机，递给她。

令飑看了一眼，没屏保，没密码，没照片，甚至连日常会用到的应用程序都完全没下载，就孤零零地存了一个手机号。

她的。

那一瞬，令飒突然觉得心脏某处像是被什么击中了，刹那间竟然有点儿疼，她怔怔地看着掌心这部屏幕空荡荡的手机，好像她一个人便是他的整个世界，心头禁不住又酸又涩，怎么都觉得不是滋味。

天哪，用脚指头想也猜得出他买手机纯粹是为了她，她却把他发来的短信当成了骚扰信息，想到这里，她恨不得掐自己一把！

地铁平稳行驶，君致和令飒并肩坐着，对面一排座位上坐了两个女孩。左边的女孩撞了撞右边女孩的胳膊，凑近耳朵小声地说了句什么，右边的女孩立即朝他们这边看过来。两人先是不约而同地红了脸，继而相视一笑，不到一分钟，左边的女孩又若无其事地举起了手机，一副随意摆弄的样子，手指眼看着正要往屏幕上点。

这时，令飒漫不经心地靠近君致，再自然不过地伸手碰了碰他的脸，柔声问："这里沾的什么？"

君致应声侧了侧头。

对面传来一声哀叹，令飒心不在焉地看过去，恰恰与女孩充满遗憾和愤怒的眼神撞了个正着。令飒心平气和地笑了笑。

"喊……"两个女孩都不大高兴，这种不高兴不知道是因为偷拍未遂，还是因为令飒那个近乎无声宣示主权的举动。两个人"哼"了一声，起身去车门处了。

君致浑然不知一场没有硝烟的战争刚刚结束，他摸了一下自己的脸，懵懂地看向令飒。她每次看他一脸呆萌的样子就心情舒畅，忍着笑点了点头，声线不由得更加温软了几分："好了。"

地铁到站，君致细心地护着令飒下车，人潮汹涌中，她无意间发现，一路上不少人会往君致那张俊美秀气的脸上瞟，尤其以女生居多。

令飒都不知道自己是怎么了，内心深处凭空升起了一股烦躁的感觉。

出站，地铁站口果不其然有售卖帽子手套口罩之类的小摊，令飑抬头看了看天，用意外的语气说："啊，天气真是冷了……"她顺理成章地问君致，"给你买一顶帽子怎么样？"

说是买帽子，实际上除了帽子，令飑还凑齐了口罩、围巾、耳暖、手套等一整套装备。小摊上有微信二维码，她正要扫码支付，老板却伸手拦住了她。

令飑抬头，这才发现老板是一个大学生模样的女孩。

女孩时不时偷瞄君致一眼，一本正经地胡说八道："姐，让这位帅哥付吧，我们今天有活动，男生付钱打八折。"

令飑面无表情地看着这个叫自己姐却叫君致帅哥的女孩，心想：你存心的吧？打八折？我还打骨折呢！真是信了你的邪。

她抬臂挡住君致要给钱的手，坚持用自己的手机扫了码，朝美女老板嫣然一笑："不用，我们有的是钱。"

美女老板定在原地，一时间竟无言以对了。

往回走的路上，君致看了看令飑新买给他的一大堆东西，又看了看她，迟疑地问："你……不冷吗？"

他真的以为她买这些东西给他是为了御寒。

令飑今天穿的是薄款风衣和黑色长靴，整个人高挑又漂亮，就是怎么看也没有君致穿得多，但她还是摇了摇头，十分果断地说："我不用。"

下一句她没说出口——我没你那张招蜂引蝶的脸。

君致却没把她的话听进去，他沉默了几秒，不由分说地拆开了手套包装袋，取出来一只，径直戴在了自己的手上，然后二话不说牵起她的手，轻轻把她的手放进他的掌心，五指收拢，温柔地将她的手整个包裹住了。

令飑愣了愣，呆呆地仰头看向他，果不其然看到——他白皙的耳朵又红透了。这个人明明害羞得不得了，却坚持握着她的手不肯放。她盯着他故作镇定的样子，直勾勾地看了一阵，忍不住笑起来。

两个人终于到家了，令飑觉得自己现在饿得可以吃下一头牛。君致拿钥匙开门时，她低头翻看外卖软件，正指点江山准备叫个大餐，耳畔忽地传来一道沉稳的男声："回来了？"

令飑第一反应是愣了愣，等到眼角余光瞥到自家门口右侧赫然站着一个人，她"啊"的一声尖叫，想也没想就抱住了君致。

君致那一刻的反应犹如侠客一般迅捷，他一面伸手揽住令飑，呵护心头至宝似的迅速把她挡在自己身后，一面严阵以待地盯着那道隐匿在昏暗楼道灯光里的身影。

那男人叹了口气，语气简直称得上痛心疾首："几天没见就把我当鬼了？令女侠，别来无恙，我是你爹。"

……

把爹请进门，上座、烧水、煮茶。

君致别的不多，精美绝伦的瓷器一抓一大把，他取出了一套天青色的茶具，壶身勾勒的远山碧水、血色残阳惹得令修木爱不释手，不住眼地看。

令飑站在一旁，忍不住多瞟了自家老爹几眼，她现在就两个念头。首先是，为什么在文博大厦她见到陌生人影的第一反应是英勇迎战，而刚刚却是惊慌失措地往君致的怀里钻？然后是，楼道那个坏了三天的灯是真的该报修了！

老爹令修木一声低咳，唤回了令飑飘远了的思绪，她这才后知后觉地意识到：哦，娘兮兮和灯要修都不是问题，真正的问题在这儿呢！

大晚上的，天都黑透了，家长却毫无预兆地不请自来，怎么看都带着点儿兴师问罪的意思。令飐悄无声息地给君致使了个眼色，示意他先回房间。令修木却未卜先知地预料到了，他不急不慢地抿了口茶，淡然开口，一句话打破了她的幻想——

"都坐吧。"

令飐的嘴角抽了抽，眼皮也跟着跳了跳，她心想：还真是……来者不善啊。

但爹来都来了，躲又躲不掉，令飐只好硬着头皮，磨磨蹭蹭地跟着君致先后落了座。

两个人终于坐定，令修木重点打量了一番君致，然后朝令飐点了点头，沉声道："你小婶都告诉我了。"

令飐面色不动，一派镇定，心里却忍不住有些紧张和忐忑，暗暗地想：小婶都……说了啥？

令修木看向君致，开口说道："这孩子……"他突然颇有几分伤感爱怜地叹了口气，"有点儿自闭？哎，这……这个倒也不是什么大问题，只要你们两个聊得来、对脾气，愿意互相信任、彼此扶持，爸也不会非要怎么样。"

老爹一口气说了这么一大串，令飐却有一点儿怀疑自己的听力——谁？谁自闭？

令修木想了想，有些难为情，但还是伸出手，轻轻地在君致的手背上拍了拍，宽慰道："叔叔查过了，自闭不是什么大问题，无非言语和人际交往上有些障碍，你也不用太往心里去……只要你和飐飐相处着开心，这才是最重要的。"

这是令飐第二次听到"自闭"这两个字，她忍不住了，偷偷地给小婶发微信："仙女，在？你给我爹说什么了？"

"仙女"几乎是秒回："就如实说了你男朋友的情况啊！哎，飐飐，你不用瞒小婶，他那不善言辞的状况我一看就明白，自闭，肯定是自闭。但他又很听你的话，看你时的眼神绝对骗不了人，小婶没猜错的话，一定是你用自己的善良热情温暖了他冰冻封闭的心吧？"

令飏无语凝噎，心道：婶儿，我就说你脑回路曲折清奇了……怕是电视剧看多了吧？

小婶对令家上下的说辞更加离谱。

"飏飏，你和他是高中同学？爸爸怎么从来没有听你提起过？哎，你也真是，如果你早一点儿把自己用热情善良温暖了一个自闭症少年并帮助他成功考取 P 大考古专业，而他学业有成后又千里迢迢回到 A 市与你同甘共苦的事迹告诉爸爸，爸爸又怎么会让你爷爷牛不喝水强按头给你乱点鸳鸯谱呢？"

令飏彻底没话说了，在内心疯狂地吐槽：爸！爸你还好吧！你一口气说了这么长一段话，连标点符号都不怎么用你真的不累吗？！

君致慢慢地眨了眨眼，如画眉目俊秀文雅，却一脸茫然。他没有令飏那么强的领悟能力，此时此刻已经完全是在听天书了。

令飏不知道该怎么解释，因为小婶给出的说辞实在是逻辑太严谨了，她甚至连君致上大学念的专业都安排好了！

——考古学？亏她想得出来，是看到了满屋子的瓷器和画吗？！

经过好几天的消化，令修木对小婶回家后转述的种种"事实"已然接受并深信不疑。他看了看一脸复杂神色的女儿，眼见她的脸色一会儿白，一会儿又青，只当她是脸皮薄，被他当场堵个正着又当面戳穿恋情而感到不好意思。他轻叹一声，强压下为宝贝女儿高兴却又万般不舍的心情，终于露出了进屋以后的第一个笑容，善解人意地宽慰她："不用为难，既然你心里有他，爸爸是不会赞成你另嫁他人的……哦，对，说起这个，你爷爷也听说了这件事，非要你带他回家一趟，我想了想，还是先来当面见一见，咱们商讨出一个万全之策。"

老爸所说的万全之策实在是太难想了，原因如下——

他问君致："你家在哪儿？是 A 市本地人吗？"

君致看了令飐一眼，不由得有些纠结，心想我到底是说皇宫还是黄沟？好在，没等纠结完，令飐已经替他抢答了。

"嗯——"令修木怔了怔，"这地方我倒是没听过……"祖国山川广袤，没听说过的地方多了。他没把这点儿事放在心上，接着问，"你父母都是做什么的？"

这一回，君致是实实在在地呆住了。

令飐眼皮一跳，骤然想起他曾经对自己说过的那句"我没有父母"，连忙惊天动地地咳了一声，成功地引起了老爸的注意。

令修木察言观色的能力还行，愣了一下就明白过来了，他歉疚地摸了摸鼻子，小声说："哦……哦，是叔叔冒昧了。"

接下来令修木又问了问君致对未来的打算，这个板块就比较世俗了——诸如在哪里上班、职业远景规划，以及将来计划在哪里置办房产之类。

君致毕竟是一个有自闭症的人，所以再怎么不善言辞都是可以被理解的，因此令飐代他回答，甚至多次十分明显地抢答，也就显得不那么令人侧目了。

"工作啊……有时候在外面，有时候在家，就……就没有什么固定的场所……爸你知道的，考古嘛。"

"职业啊……可能再做个几年就辞职回来专心做研究？他……他自闭嘛，对闭门搞学术还挺感兴趣的……"

"房子啊，应该会买河滨那一片？风景好，推窗见水，抬头是山，我俩前阵子刚去看过呢！哈哈哈！"

天地良心，令飐一会儿的工夫快把她一辈子的瞎话全说光了，她的脸上是硬挤出来的笑，手心是心虚冒出来的汗，简直不知道该给小婶送去一面锦旗还是找她去理论了。

皇天不负有心人，令飐说谎说得走心，令修木自然信了，只是还有一点他觉得不太好对老爷子交代："你们俩住在一起……这个，爷爷怕是不太能接受。"

令飐想了想，心知老爸的担心不无道理——爷爷生性固执，脾气里还有一点点顽固的守旧和迂腐，怕是压根儿不能接受两个未婚男女合住在一起，甭管他俩到底是不是住在一个屋、睡在一张床上……思及此，刚才还对答如流的她也卡壳了。

三个人面对面地坐着，空气里萦绕着袅袅的茶香，君致早已被令家父女的几番对话搞迷糊了，完全无法给出具有参考价值的建议。父女俩抱头苦思了半晌，令修木灵光一闪，喜道："有了！"

夜晚十一点，令修木从 902 房离开，临出门前再一次向令飐交代："记清了，明天一大早我就来你们这儿，先带爷爷实地看一看，再回家。"

"嗯。"令飐点头，表示自己记住了。

令修木一只脚迈出门，突然想到一件事，问道："你们下班怎么回来这么晚？打车还是坐的地铁？哎，你这倔丫头，不在家住就算了，自己的车也不肯开？算了，刚好我的车要送去保养了，明天我开你的来。"

令飐知道老爸是担心她上下班不方便，所以特意要给她送车，她心里暖暖的，点了点头。

令修木又往屋里看了一眼，君致为了不打扰父女俩告别，特意站得有一点儿远。他放低了声音，撞了撞自家闺女的胳膊，强忍着一腔不舍，大义凛然地说："小伙子长得不错，性格也挺持重，只要对你好，爸……

是绝对支持的！"

令飐感动地想，您支持就好，只要不让我嫁给司霆，回头您说什么我听什么。

令修木看着令飐，心里颇有几分"女大不中留"的酸楚，他的眼眶有点儿潮，生怕被女儿发现，连忙摆了摆手，坚持不让令飐送，头也不回地走了。

令飐在楼上目送着老爸的车启动、开走，这才回家，进门就看到君致目不转睛地看着她。

"呃……"想到刚才那一场谎言连篇的对话，令飐摸了摸鼻子，心虚地觉得它一定长长了不少。她犹豫了几秒，还是觉得有必要向被安排得毫无还手之力的君致解释一下。

"我爸他们……把你误会成我男朋友了。"

君致看着她，没说话。

"呃……我知道于情于理我都应该跟他们解释清楚，但……但我这不是被逼婚吗？情况紧急，就……就想着麻烦你配合我演一场戏……"

君致安静地听着，还是没出声。

他这是不高兴了吧？令飐倒是能够体谅君致的心情，毕竟没有人愿意被人误会身份，还被冠以自闭症这一莫须有的病。推己及人，她顿时有一点儿着急，连忙信誓旦旦地保证："你别担心，事成之后我一定会为你辟谣的！绝对会还你清白！"

君致还是一副若有所思的样子，没说话。

令飐这下是真的欲哭无泪了。她心想：不会吧？这人一向是很够意思的啊，今天还为了我新买了手机！连号码都只存我一个人的！见死不救不符合他的性格设定啊。

令飐在这边百思不得其解，那边的君致也是求知欲满满，他微蹙着眉头，终于等到她把话说完，这才温声问出困惑了他大半个晚上的疑问。

"河滨的房子……贵吗？"他小扇子般浓密的长睫轻敛，整个人既跃跃欲试，又有几分担忧和忐忑，"我……大概需要写多少作业？"

令飏没想到他会来这么一句，整个人哭笑不得，搞了半天他是在思考这个问题啊！哦，不对——他还真的准备买河滨的房子啊？那是她随口瞎说的好吗！

第十章

不过，傻归傻，
还是可爱更胜一筹啊

那一晚，令飐费了九牛二虎之力，终于让君致相信了她并不是真的想要买河滨的房子，保险起见，她再一次对他耳提面命："写什么作业？说好了不许写作业，你这么快就忘了？再说了，我做社会新闻这么多年，还真没听说过有谁靠代写小学生作业成功买房的，你就高抬贵手不要再涉足这个领域了吧。"

　　君致想了想，郑重其事地点了点头，看样子是把她的话听进去了。令飐眉眼一弯，正想表扬他真乖，忽听他又虚心请教了一句："画画呢？"

　　令飐愣了愣，一时间没弄明白他何出此言，君致略显腼腆地笑了笑。他温声细语道："我画的画，比作业能多赚一点儿。"

　　令飐万万没想到会等来这么一句，险些一跟头摔倒，她心想：你就跟这房子杠上了是吧？想到他代写作业那闻者伤心见者落泪的可怜薪酬，她实在是很难对他的收费水平抱什么期待，就双臂环胸、满不在乎地问："你画一幅画需要多久？"

　　君致思考了一下，答道："快则两天，慢则一周。"

　　"行，就按五天。"令飐伸出手指头开始给他算，"A市现在的房价均价是每平方米两万一，河滨区域更贵一点儿，接近三万，你画一幅画平均需要五天，每天也就能赚……"说到这里她顿了一下，看在他那张确实价值不菲的俊脸的分上，她不忍心把他的作品定价太低，咬牙给他顶格算了个一千，"两百，你要画五个月才能买一平方米，明白？"

　　君致蹙了一下眉，显然是不太明白，他澄澈双眸黑白分明，茫然懵懂地望着令飐，充分发扬了不懂就问的求知精神，虚心请教："为什么是这么算？按照这个算法，应当是我画一幅就可以买一平方米还富余一点儿。"

　　他说的话像闹着玩，令飐当时就笑了，不以为然地说："怎么可能？你的意思是你画一幅画可以赚高于三万？"她觉得他一定是在开玩笑。

"嗯。"没想到君致却一本正经地点头，点完了还不答反问，"我那天送给你的那张卡，你没看？"

令飏当然记得君致送了她一张卡，但扪心自问，她彻头彻尾把那句"我养你"当成了玩笑话，所以也压根儿没把卡里有多少钱的事放在心上，直接把它塞进了钱包里最不显眼的角落。

君致一看令飏的表情就明白了，他嘴角微翘，善解人意地说："里面有三幅画的酬劳，"他估算了一下，"大约十七万。"

"多少？！"令飏腾地一下从椅子上弹了起来。

君致看着她手忙脚乱地去找银行卡，有点儿忍俊不禁，煦暖的目光追随着满屋子乱跑的她，如画的眉目温柔得不得了。

令飏却百忙之中不忘批评他："你真是心大！那么多钱你都不提前跟我说一声，万一送花小哥把卡弄丢了怎么办？啊？不！这个根本就不是重点！重点是……你干吗把那么多钱送给我啊？"

君致眉眼弯弯地笑了笑，只说："我喜欢。"

喜欢给认识的女生撒钱？令飏简直跪服，她终于翻出了卡，登上账号，点击查询，整个人目瞪口呆——何止是十七万？明明是二十一万！

令飏如同握了一块烫手山芋，忙不迭把卡还给他，语气充满了拒绝："你快拿回去，我不能要！"

君致只是笑，并不接。

令飏坚持要把不属于自己的东西塞还给他，义正词严道："你赚得多是你的本领高，自己留着就行，干吗都给我啊？年纪轻轻的，正是消费娱乐广交朋友的好时光，多的是花钱的地方。"

君致并不赞同地蹙了下眉，脱口而出："不要。"

"不要什么？"这个人向来温温软软好说话，却罕见地在这件事上叛逆得一如小孩儿。令飏好气又好笑，她刚想说少卖萌，这卡你不要也得要，就听他语气清冷冷地开了口："朋友。"

他注视着令飐，眼瞳清澄明亮，态度却是油盐不进，又一本正经地强调了一遍："不要朋友，有你就好。"

令飐眨了眨眼，下一秒，她的脸再一次腾地红了。

她的心脏又开始不争气地怦怦乱跳，她心想：你一口一句"我养你"，手机里只存我的号，所有收入全送我，连新朋友都不肯交，这……这到底是什么节奏啊？

令飐这厢脸红心跳很失常，君致却在独自黯然神伤——她不肯要他的钱，这让他倍感失落和沮丧。于是他默不作声地垂了垂长睫，完美无瑕的俊脸看起来有些许伤怀，从令飐的角度看去，几乎是有些泫然欲泣、我见犹怜了。

"那个……"令飐向来见不得他这副模样，当即一颗心就软了，美色当前，她顿时把原则与坚持抛到了九霄云外，再开口时不自觉地就改了风向，"如果你非要给我，我倒也不是不能接……你这副样子一看就不会理财，呃，其实我也不会……不过帮你存个款什么的还是能代劳。"

"不要存款。"君致抬头看她，猝不及防地打断。

令飐一愣，脱口而出："那干什么？买房？"金融意识差如她，只知道这两种理财方式，完全是脱口而出。

"嗯。"君致点头，很高兴她与自己心有灵犀，粲然一笑如云开雨霁，"买河滨的。"

"呃……"令飐真的是哭笑不得，说了这么大半天，绕来绕去还是回到了原点啊！

不过任凭她怎么劝，君致都铁了心要买房，并且必须买河滨的。令飐静下心来认真想了想，也是，想他一位集书法、绘画等多项技艺于一身的俊美艺术家，屈居她这两居室的一隅，的确不是长久之计啊，这么看来，好像确实有必要帮他买一套属于他自己的房。

思来想去，令飏攥紧了那张卡，终于做了决定——河滨就河滨吧。那里风景好、环境棒、地段佳，确实是一个很不错的选择，暂且不提要不要徇私舞弊地拿它去糊弄爷爷，只从为君致考虑这一点出发，买房也完全可以将其列为首选了。

规划好了钱的用途，令飏总算不觉得那张卡拿在手里硌得慌了，第二天还有一场硬仗要打，她不敢掉以轻心，去洗了个澡，准备睡觉。她从浴室里出来，恰好看到君致独自一人安静地坐着，周身披着窗外照射进来的皎洁月光，手里拿着她今晚新买给他的帽子围巾，唇边噙着一抹愉悦满足的笑。

令飏脚下步子一顿，心里没来由地骤然一软的同时，嘴上忍不住嘟囔了一句："这么点东西就把你收买了？二十一万能买几大车好吗，你傻不傻……"

有一句话在她心中徘徊，没说出口——不过，傻归傻，还是可爱更胜一筹啊。

这个时候的令飏，只顾沉溺在君致的可爱里不可自拔，完全没有分神去多想：他这么年轻，为什么笔下的一幅画就能卖出数万元的高价？

第二天很快就到了。

早上七点，令飏和君致一起下楼，站在单元门口恭迎老爷子大驾。十多分钟后，令修木驱车而来，缓缓减速，平稳地把车子停好。令飏第一反应就是往车后座看——老爷子安坐如山，面色沉沉地大驾光临了。

令修木把车窗落下，露出老爷子整张威严的脸，他瞥了令飏和站在她身旁的君致一眼，眉目分毫不动，面部表情活生生就是严肃他妈给严肃开门——严肃到家了。

多日不见，老爷子的气场依旧霸道冷峻，令飐想起前阵子他俩剑拔弩张的场面，其实心里有点儿怵，便有些干巴巴地咧了咧嘴角："爷爷。"

令延年从鼻子里"哼"了一声，语气不怎么好："我交代给你的事你统统不做，心里还有我这个爷爷？"

令飐心说：哦，司霆那孙子又去打小报告了。

令延年瞥向君致，后者如松竹一般颀长而立，面孔俊秀，不卑不亢地向他致意："您来了。"

令延年眯了眯眼。君致的外貌、气度远远超出了他的想象，老爷子暗自在心里琢磨：嗯？不是说有自闭症吗？看起来挺不错的啊，估计……病情不算严重？

想归这么想，态度还是不能太热络，令延年没什么表情，不冷不热地"嗯"了一声，算是打过招呼了。

令飐看老爷子这姿态也不算太排斥，就趁热打铁地对老爸说："中午不用回老宅了吧？爷爷不是最爱吃锦溪路上那家粤菜吗？我请……呃……我和君致请大家吃饭。"

君致忙在一旁点头附和。

令修木当然知道令飐这是在主动向老爷子示好，正准备帮腔几句，就听老爷子不怒自威地下达了命令："饭不急着吃，先上楼去坐坐。"

嘴上说是坐坐，其实就是想亲眼看看小婶说的同居究竟是怎么回事。令飐偷偷地朝老爸吐了吐舌，心想爷爷还真是顽固啊。

往单元楼里走，老爷子不甘寂寞，开始与君致交谈。

"黄沟人？"

君致看了一眼令飐，迟疑了一秒，神情复杂地"嗯"了一声。

"做考古这行不容易吧？需要克服寂寞，沉下心。"

君致从善如流，乖巧地点头道："您说得对。"

令飐看了老爷子一眼，心想老爸都问过的问题怎么还要再问一遍？她正犯嘀咕，突然从自家爷爷眼底捕捉到了一丝没隐藏好的关切，她怔了怔，瞬间就明白了——爷爷和老爸一样，对她不放心。

既希望她能找到一个可信可托的人，又怕她被骗、被伤害，所以忍不住一遍遍确认。

意识到这一点，令飐抿了抿唇，这段日子以来对爷爷专制逼婚的抗议和不满，瞬间就消散了大半。

电梯正停在一楼，君致按下上行键，门开了，他绅士地用手虚挡了挡，示意老爷子先行。

老爷子迈步进去，突然往他身上瞥了一眼，没头没脑地说了一句："衣服不错。"

君致愣了愣，站在他身后的令飐闻声也愣了愣，还是令修木阅读理解能力最强，他压低了声，凑近自家女儿，打趣道："可以啊，飐小姐，情侣装都穿上了？"

令飐这才注意到，今天她和君致不约而同穿的都是薄款短羽绒服、套头衫、牛仔裤、帆布鞋，并且还好巧不巧是同一个色系的。

天地皆可作证！她当初买这两套衣服的时候真的只是懒得挑、图方便来着！

一个走神的瞬间，令飐再抬头，正正看到，电梯里，她的爷爷、她的爸爸以及她的"男朋友"，三个人并肩而立，齐齐地注视着她。

老爷子和老父亲的目光就不说了，一个赛一个的难以言表，充满了"自家白菜被别家猪拱了"的复杂情绪，再说她的"男朋友"，白皙如玉的耳朵尖儿又红了的同时，那双漆黑漂亮的眼眸里分明闪烁着晶亮愉悦的光芒。他心思无邪，不懂掩饰，就差在俊脸上明晃晃地写着"原来你给我们买的衣服是情侣装呀"。令飔张了张嘴，想说话，可迎着那样的目光又实在说不出口，但一声不吭又显得挺不礼貌，并且容易造成冷场，就没过脑子顺嘴来了一句："爷爷您挺懂行的啊！"

令延年愣了愣，万万没想到这丫头还能倒打一耙，当即冷了脸，又瞪了她一眼，整个轿厢里都寂静了。

进了902房，老爷子巡山似的开始了视察，君致有礼有节，寸步不离地陪着他，遇到老爷子提问，他就温声作答。

看到他们相处得挺和谐，令修木一把将令飔扯到了一边，没好气地训道："怎么跟爷爷说话呢？！"

令飔撇了撇嘴，自知理亏，没吱声。

"不对啊……"令修木按捺不住地问出了内心的困惑，"我怎么记得你早些年最是看不惯满大街穿情侣装的，怎么现在开始身体力行了？"

令飔想了想，不答反问："我要是说我只是懒得挑，所以顺手同款买了两套您信吗？"

令修木看了她一眼，冷嘲热讽道："呵呵，你怎么不给咱们家隔壁你孙叔顺手也买一套？"

令飔张嘴就想反驳：君致和隔壁孙叔能一样吗？转念一想，她又僵住了——怎么就不一样了？老爸不知道，她自己可是知道的，别说买衣服的时候了，就连现在，她和君致的男女朋友关系都是假冒伪劣的，既然同样都是住得近的两个人，为什么，她会潜意识里觉得君致和其他邻居截然不同？

令飔陷入了深思。

令修木却还没有说完，他看了一下不远处正在陪着老爷子看茶具的君致，刻意将声音放低，小声地询问宝贝女儿："飔飔啊……你……你觉得君致对你怎么样啊？"

令飐愣了愣，一时间没明白他怎么会这么问。

令修木叹了口气，索性把话说得更直白一点儿："你年纪虽然不小了，但毕竟从来没谈过恋爱，我和你妈当然是不放心的。爷爷说的那个司霆，我和你妈之所以不反对，就因为知根知底。这个君致……你觉得，怎么样啊？"

令飐听懂了，老爸这是依旧对无父无母的君致是何秉性存疑呢。

令飐回头看了一眼，正看到君致温润秀逸的侧脸，他专心致志地陪着爷爷，没分神注意这里，那副认真倾听的模样有股令人心折的魅力。那一瞬，也不知究竟是怎么了，隔着几步之遥，她凝望着他的侧影，脑海里突然间闪现出一幕场景。

——绰约的路灯光影下，他看着她，面孔白皙俊美，声线沉郁温柔。

他对她说："我不是坏人。"

令飐安静地站着，没动，也没出声，她眼睛一眨不眨地凝视着君致，终于慢慢地笑了起来。

是啊，虽然你神秘，有时候又很怪，但我真的相信，你不是坏人。

"嗯？你笑什么？"令修木好奇地道。

令飐又看了君致一眼，清丽的眉眼又弯了一点儿，她斩钉截铁地答："很好。"

"什么？"

"他对我很好。"

有几个字紧跟着这句话一并涌到了舌尖，令飐强压着，却怎么都没拦住，脱口而出——

"我挺喜欢他的。"

她的声音不高，仅够自己和老爸听到，可说完以后，连她自己都愣住了。

与此同时，如有灵犀一般，君致无意间往这边看过来，四目相对。令飔明明可以笃定他绝不会听到自己方才说了什么，一张脸还是刹那间就红了个彻底——那一瞬，天晓得，她说出的那六个字，究竟是撒谎演戏，还是情之所至。

那一天，令延年"成功地"把令飔和君致的关系挖了个底儿掉。

他老人家往沙发上一坐，一口"坦白从宽，抗拒从严"的语气："说说吧！"

令飔看了看君致，他也看了看她——老爷子自打进屋后，就被满屋子的摆设吸引了全部注意力，压根儿就没问过任何一个和他俩感情有关的问题，现在看来，这是要从头说起吧？

论讲故事，令飔是当仁不让，于是便立刻开始了她的表演："我和君……呃，小致情投意合，自愿走到一起，并一直保持着纯洁无瑕、相互尊重的男女关系。为什么一直没带他回老宅给家长过目？哦……是……是因为他对自身条件不够满意！唉，说起这个我就心疼，他明明已经很好了，却总觉得没真正站稳脚跟，不能给我优渥的物质生活，所以我才不想进展太快，以免给他过度的压力……"

令延年看了君致一眼，想了想，也确实是，看他一副秀气文弱的样子，居然一面从事考古相关工作，一面利用业余时间辅导小学生课后作业，真的可以说是上进心非常强了。

"其实……"令飔从包里摸出一张银行卡，面带害羞之色，"这是他的工资卡……早就交给我了，里面是他的全部积蓄。爷爷，他对我很好，关怀呵护、无微不至，我也特别喜——"说到这里，她倏然一停，原本想演戏演全套地说"我也特别喜欢他"的，可脑海里猝不及防闪现出方才自己脱口而出的那六个字，她莫名脸一烫，总觉得拿它开玩笑不妥当，硬生生改了口，"我也特别珍惜他……嗯，事情就是这样。"

令延年听完，久久地沉默。

令飏看着老爷子，耐心地等了片刻，还是忍不住，直奔主题："爷爷，您……亏欠司老先生的，咱们……就不能用其他方式还吗？"

老爷子半晌没吭声，久到令飏以为他不会再回答了的时候，他终于说了坐上沙发后的第二句话："你确定，就是他了？"

令飏怔忡了一秒，也就一秒而已，迅速地回过了神，她重重地点头："嗯！"

爷爷紧盯着令飏的眼睛，像是想要从她的神色中辨别出真假，她不躲不避，用尽了毕生的演技，坦坦荡荡地迎视着他探究的目光。

"好吧……"四目相对良久，爷爷沉沉地叹了口气，分明是有些为难，但最终还是屈服了。他抬起手捏了捏自己的额角，"老司也快被他家孙子气死了……算了，这种事强求不得，我去跟他说。"

胜利来得太过轻而易举，令飏的一颗心都要飞起来了，她回头，第一反应就是去看君致，想跟他分享自己成功摆脱逼婚的喜悦，谁料却意外地撞上了他一闪而过的错愕眼神。

令飏愣了愣，怀疑自己眼花看错了——他，怎么了？

然而她没能去深究君致那一闪即逝的眼神究竟是为什么，因为她紧接着就高兴不起来了——令老爷子不知道从哪里拿出了一张纸，神情严肃地递给她。

"这是什么？"令飏茫然地接过来。

老爷子抿了口茶，淡淡地答："调查问卷。"

令飏一听这四个字就没兴趣看，她顺口就说："街上发的？您不爱做就说'不用，谢谢'，给我做什么？"

老爷子依旧淡淡地说："不是街上，你妈发的。"

令飏花了将近半分钟的时间去思考什么叫"你妈发的"，然后突然就有种不祥的预感，她低下头，展开问卷，预感成真，瞬间就傻眼了。

调查问卷上写的什么？

哦，题目倒也不多，三句话就概括完了：一，你们准备什么时候结婚？二，婚房打算买在哪个小区？三，我希望退休后就可以帮你们照看孩子，这要求不过分吧？

令飏眨了眨眼，又眨了眨，三秒钟后，她猛然回神，手忙脚乱、羞窘交加地把问卷折了起来。好险，幸好没被君致看到——阿弥陀佛，这都是些什么问题？也太丢人了好吗！

人都说"道高一尺，魔高一丈"，真的是诚不我欺啊，她真的是万万没有想到——爷爷这座逼她和司霆结婚的大山刚刚被挪走，老妈这一座逼她和君致结婚的巨塔就无缝衔接地压下来了……

那一天，令飏最终也没能请爷爷和老爸去吃粤菜，原因很简单，老爷子急着赶回家赴和邻居王爷爷下棋的约，老爸刚好也接到了学校教务处紧急开会的通知，两个人一个比一个着急走，压根儿就没空赏她脸让她请客。

老爸打车去学校了，他们开车把老爷子送回老宅，再原路返回。一路上，君致坐在副驾驶座，一直是一副恍惚出神的样子，不知道在想些什么。

令飏虽然被凭空杀出的老妈搞得有一点焦虑，但毕竟还记得君致先前那个一闪而过的奇怪眼神，就关切地问："你……怎么了？"

君致确实有心事。

但他的心事不能说。

从老爷子答应不再逼令飐和司霆结婚后，他就心神恍惚，内心波澜起伏——变了……他心想。过去的令飐迫于家族利益不得不做了命运的傀儡，最终一步步走向凄惨的结局。而今生，宿命的齿轮数次发生了偏移，必将指向截然不同的结局。

君致长睫低垂，第一次开始认真地思索，令飐变了，司霆变了，就连过往岁月里坚持促成他们婚事的令家当家也做了与之前不同的选择，那么，是否意味着，即便他不跨越千年、殚精竭虑地寻觅她，她的命运，也终将会被自己改写？

想到这里，君致修长莹润的指尖轻轻地颤了颤。倘若真的这样，那因她而生的他，他的存在、到来和至死执着，究竟又有什么意义？

生平第一次，君致陷入前所未有的自我怀疑和巨大迷惘之中。

令飐看得出君致心不在焉，却看不透他究竟是怎么了，再加上她自己也心烦意乱，就没再追问，只简单粗暴地宽慰他："好啦！没有什么不开心是一顿暴饮暴食不能解决的。咱们去吃烤肉吧？要么火锅？叫上我哥。刚好我发工资了，把钱还他。"

君致没说话。

令飐打方向盘右转，自顾自地念叨："不知道海底捞现在人多不多……"突然她一顿，一脸失言了的懊恼，面色尴尬，"对不起……我忘了。"

她忘了君致从不跟她一起吃饭。

君致确实从来不跟她一起用餐，但他很喜欢看令飐吃。每一次他给她买了好吃的，都端坐着目不转睛地看她品尝，若她能够流露出满足享受的神情，那真是再没有比这更让他觉得开心的事了。

可令飐偏偏是个有福同享的人，每次都自己吃独食，怎么想怎么觉得内疚，连入口的美味都像是打了折扣，相对应的，愉悦度和满足感也被迫骤降了一半。

当然君致倒不是不想陪她，实在是心中有顾虑——他不知道吃了会怎样……更担心会吓到她。

扪心自问，令飚也确实对上一次的惊魂场面记忆犹新——那时他们一起去宁家寨，她看君致总是一副食欲不振的样子，担心他饿出什么毛病来，就各种喂他东西吃，他拗不过，尝了几口巧克力，又喝了点水，然后便突然像当机一样昏倒了两次……

想到先前的惨烈战绩，令飚虽心有不甘，但也只得作罢——大千世界，无奇不有，每个人都有自己的饮食习惯，兴许君致的习惯就是奇异又独特的，她可不想他吃完了再出什么事，所以不吃就不吃吧。

塞上蓝牙耳机，她准备约一下令晖，看他有空没，没空的话就微信还账，然后回 902 房泡个桶面凑合吃算了。

这边令飚已经自动自发地把大餐降格成了泡面，谁料想君致却破天荒地问了一句："火锅……好吃吗？"

令飚愣了愣。

她怀疑自己听错了，忍不住盯着君致深深地看了几眼，奈何对方的表情怎么看都是一副认真的样子，一点儿都不像是在开玩笑。她想了想，只得说："还好……看个人喜好吧？我个人觉得是人间珍品，但令晖觉得和麻辣烫、冒菜差不多。"

君致听完令晖二字之前的部分就点了头，果断地道："去吃。"

令飚张了张嘴，又合上，呆住了。

"怎么？"注意到她惊疑的神色，君致不动声色地问。

"呃……"令飚是真的很担心，"你……确定可以吃吗？"

君致答得行云流水般笃定："嗯。"

令飚半信半疑地看着他，想再问，又一想，也对，有谁比他更清楚自己的习惯？也没准儿，他只是对巧克力过敏。

令飕终于说服了自己放下不必要的担心，谁能想到君致顶着一张绝代风华的脸，内心却是一片枯槁？他蹲在内心的荒原上一遍又一遍地画圈圈——既然对她而言我的存在是可有可无、毫无意义的，那我吃点东西又何妨？晕倒了又何妨？

不，光吃算什么英雄好汉？他还要借酒浇愁，一醉方休！

于是两个心境截然相反的人一起来到了海底捞，这家店离令晖上班的公司不远，他已经早早地到了，并选好了位置，看到他们两个便挥了挥手。

"哟，男神真的也来了！"令晖看到君致简直像哈巴狗看到了肉骨头，高兴得就差摇尾巴了，他眉飞色舞地朝服务员打了个响指，"美女，麻烦开三瓶1982年的啤酒！"

令飕嘴角抽了抽，第一反应是，喝酒？还是不了吧？她径直摇了摇头，否定了令晖的提议："你自己畅饮，君致不会，我开着车呢。"

一旁已经被令飕自作主张谢绝了饮酒邀约的某人却出了声："我会。"

令飕和令晖都震惊了，齐刷刷地看向君致。

令晖愣了几秒就回过了神，他撞了一下令飕的胳膊，一脸"你真是长本事了"，揶揄道："行啊，飕小姐，还学会怜香惜玉了？哎哟，我真是天真懵懂了，一个大男人，喝一杯啤酒，能怎样？难不成还能一醉不复醒，在人家店里睡着了不肯走？"

令晖说出这句话的时候，是真的没想到自己能一语成谶，如果他有未卜先知的本事，说什么都会紧紧地闭上嘴。

这不，令飕和令晖挨着坐，对面是君致。这个贵气逼人的美男子压根儿就没有动筷子，像是食欲不怎么好，一言不发地握着自己的杯子，眼睛不时瞥向来来往往的服务员，像是眼巴巴地在等酒。

"吃啊！"令晖无事献殷勤，巴巴地给他夹了好几次鲜香四溢的各种肉。君致礼貌地笑了笑，却没动，眉眼间掩饰不住地漾着几分"我什么也不想吃"的颓丧。

"你吃你的。"令飏指了指令晖，明显是对自家堂哥的举措不赞同，当然，最重要的是，她对君致今天的反常表现有一点儿摸不着头脑，还有一点儿生气——哼，你会？真把自己当酒仙还是酒圣？她就不明白了，啤酒有什么好喝的，味道又怪又涩又苦！真想喝的话，她可以给他买果汁、酸奶和汽水啊。

令飏心里不高兴，有一点儿食不知味，也懒得看面前沸腾翻滚的锅里都煮的什么，随手给自己夹了一块，放在了面前的碟子里。

令飏没心情，连看都没看，夹起来就要往嘴巴里送，眼角余光却突然瞥到，坐在对面的男人眼瞳漆黑、睫毛纤长，正目不转睛地盯着她。

她愣了一下，张嘴要吃的动作瞬间顿住，然后就听到他毫无预兆地开了口。

"土豆。"

令飏眨巴了一下眼睛，有点儿蒙，她不明白这个端坐着一动不动，视满桌美食为无物，仿佛只对酒感兴趣的主儿为什么会突然冒出这两个字，就愣愣地看着他，手上动作无意识地选择了暂停。

"呀！"还是令晖及时发现了异状，"飏飏，你怎么夹了土豆？不是最不爱吃这个吗？"

令飏确实很奇怪，爱吃薯片，但不爱吃土豆，这个习惯自小和她一起长大的令晖知道很正常，但她曾经只是随口对君致提起过一次，没想到他竟然记住了。

鬼使神差地，令飏看了君致一眼，有一点儿意外，还有一点儿脸红。

她压根没过脑子，直接把筷子上的土豆片往对面一递，完全没意识到自己近乎撒娇的语气："喏，你吃。"

君致和令晖齐齐看着她。

君致的眼神显然有一些意外，令晖则是一脸的"我的老天爷啊！飏小姐，你这是要间接接吻的节奏"。

令飏故作镇定地保持着递土豆片的动作，其实她已经意识到这个举动的暧昧和不妥了，她的眼睫毛直颤，连带得手臂也有一点儿不稳。她正想着该怎么把筷子收回来才能显得不那么生硬和尴尬，却听君致"嗯"了一声。他眉眼一弯，身体往前略略一倾，唇微启，竟然就着她的筷子，不失优雅地把土豆片衔住了！

令飏看着君致，君致也看着她，四目相对，二人的目光如有实质，在半空中沉默地纠缠、胶着。她看到他不疾不徐地把土豆片嚼完了、咽下去，继而露出"原来是这种味道"的表情。

"好吃。"

令飏听到他说。

也不知究竟是怎么回事，君致说的"好吃"这两个字如同按下了某一个开关，让令飏的脸腾地一下就熟了。

令晖却是看得目瞪口呆——嗯，什么情况？他们两个人的关系已经亲近到可以共用一双筷子了吗？并且是在大庭广众、众目睽睽、自家堂哥的眼皮子底下！他们的关系这可真是一日千里、突飞猛进、士别三日当刮目相看啊！

令晖正满腹唏嘘感慨，服务员刚好把酒送来了，他一把接过，直接给君致满上，嘴里豪气干云地说："喝！我今儿下午调休，咱哥俩儿喝个尽兴！"

君致长睫微敛，点了点头。

令飓脸上余温未消，她默不作声地看了君致一眼，总觉得他今天的表现有些奇怪，又说不出究竟哪里奇怪，然后就眼睁睁地看着只吃了一片土豆的他喉结轻滚，把满满一大杯冰镇啤酒一饮而尽。

第十一章

如果吓到了她，
我就永远消失吧

活了二十七年，这一天，令飚总算是见了世面。

扪心自问，她以前不是没有见过喝酒的人，但从来没见过像君致这么喝的人。明明长了一张精致秀气的俊俏脸，喝起酒来却利落干脆到可怕——手腕微抬，杯不沾唇，须臾间偌大一杯酒已经尽皆入了口。

令飚看得目瞪口呆，令晖也傻了眼，兄妹俩一脸错愕地看着君致面不改色，甚至连眼睛都不眨地喝了一杯又一杯。令晖先回过神来，他目瞪口呆地赞叹道："哇！小致致深藏不露啊！"转头对着服务生又打了一个响指，"美女！麻烦再来半打啤酒！"

"来你个头，不许喝了！"令飚眼皮直跳，慌忙拦着，君致却笑了笑。他明明喝了好多酒，却无半分醺然迷醉的意味，俊秀的眉眼依旧清澈生动，手中的杯子与令晖的轻轻一碰，唇微启："干杯。"

干你个头的杯啊！

令飚算是看明白了，这小子今天不对劲，非常、十分不对劲！

她开始胡思乱想，怎么回事？送爷爷回老宅的时候不是好好的吗？是哪里出了问题？难道他……触景伤情，想起了自己早逝的父母？

想到君致的身世，令飚也觉得他实在是孤单，但孤单就是他这么豪气干云地喝酒的理由吗？啤酒有多难喝且不说了，他难道就不怕头疼和伤胃？！

眼看着君致素白修长的手举起满满一杯酒又往唇边送，令飚无名火起，劈手把杯子夺了过来。她往面前的桌子上瞥了一眼，没合适的地方倒，正有些犹豫不决，眼角余光瞥见君致似乎是想伸手取回酒杯，她眼皮直跳，毫不犹豫，仰头就把酒全部灌进了自己嘴里。

这下令晖又傻眼了，他张了张嘴，又闭上，最后还是忍无可忍地开口："也不用这样吧，飚小姐？"

天地良心，他忍半天了！此时此刻完全控制不住自己熊熊燃烧的吐槽之魂！

"你今天究竟是何居心？！故意喊我来显摆是吧？秀亲密是吧？你们两个不用一双筷子、一个杯子食不下咽、味同嚼蜡是吧？"

君致语塞，侧了侧脸，看令飐，她一张脸红红的，眼睛也红红的。令飐没说话，神情古怪地摆了摆手。

令晖却还没控诉尽兴，他"啪"的一声把杯子搁在桌子上，喋喋不休："以为我消息闭塞是吧？对你们的动向一无所知是吧？嗬，据可靠人士提供的线报，你们两个已于昨晚和今天先后见了两次家长，我掐指一算，你们突如其来约我出来吃饭……怕是要通知我你们的婚讯了吧？！"

令晖越说越离谱，令飐彻底忍不住了，她"噗"地一下喷出了半口酒，惊天动地地咳嗽起来。

君致瞬间紧张起来，他的第一反应是抬手给令飐拍背，然后细心地扯了干净的纸巾替她擦拭酒迹，同时不忘斥责地轻瞥令晖一眼。令晖却是一脸无辜，不服气地道："我……我说错了吗？"

君致对着外人向来寡言，自然不可能对他解释什么，还是令飐咳嗽完了，喘匀了气，恨恨地瞪向自家堂哥，怒道："你电视剧看多了吧？！"她从包里掏出一个信封，"啪"地拍在桌子上，"知道你不爱取钱，我特意还你现金，你倒好，以为我是来收你份子钱的？"

令晖低下头看了看信封，一脸难以置信地道："不是啊？"遭到了当事人的亲口否认，他叹了口气，分明是充满了不甘心，"唉……我还心想着你总算是嫁出去了。"

令飐立马反唇相讥："你比我还大两岁呢，你娶了吗？！"

兄妹俩针锋相对、互不相让，君致眼看着令飐中气十足、神态正常、思路清晰地同令晖吵架，不由得暗暗松了口气。

然后，下一秒，他就突然发现自己有一点儿头晕了。

都说人全靠精气神撑着，真的是诚不我欺，担心令飐会不会难受的时候，君致的神经绷着，整个人清醒又冷静，然而一旦确定她没任何事，心神不由得一松，自身的感受便后知后觉地浮现出来。

察觉到头晕的那一瞬间，君致觉得很意外——毕竟他从来没有喝过酒，所以这种体验是完全陌生的。他讶异地摇了摇头，比先前更加强烈的眩晕感如同浪潮般一股股地涌来，他恍如置身于云端，整个人飘飘忽忽，又茫茫然，浑然不知这种状态就叫作醉了。

而托他那张俊美无俦、面色如常的脸的福，令飐也没看出来……

令飐教训完自家堂哥，转回视线，正好看到酒量似乎极佳的某人眼睛眨也不眨地注视着自己。忆起他先前一杯一杯复一杯的豪勇，她没好气，索性冷着脸一股脑儿地倒满了两个杯子，然后把其中一个推给他："喝。"

君致很慢很慢地眨了一下眼，没明白。

令飐绷着一张俏脸，不吝解释："你不是千杯不醉、酒量惊人吗？我实名表示不服，来，较量一下。"

君致当时就慌了。

如果说他之前从来没喝过酒，对酒一无所知倒还罢了，可他现在正拜酒所赐极不舒服地晕乎着，又听闻她要跟他较量酒量，他怎么舍得？

如同被电打了一般，君致一把把酒杯揽到自己身边，连带着原本属于令飐那杯，也抢了过来。他的动作太猛，酒水在杯子里剧烈晃动，顿时溅出了不少，弄湿了他的衣袖，他却全然没有理会，只看着令飐，语气前所未有的强硬："不。"

什么？令飐以为他是不想跟女孩子比，就抬起手，竖起大拇指，向内指了指自己，一脸骄傲地说："我，令飐，酒品好、酒量佳，综合素质顶呱呱，实不相瞒，我跟李白只差了两点。一，我不是男的；二，我不会写诗。怎么着，你看不起我在饮酒作乐领域的造诣？"

君致没想到他就说了个不字，令飐居然有这么长一串话等着他，一时间愣了愣，有点儿蒙，不知道该怎么回答了。

"到底喝不喝？"令飐哼了声，追问了一句。

君致想也不想便说："我喝。"

令飐呆了一秒才明白，哦哦哦，合着他不是不想跟她喝，而是不想让她喝啊？！

确定了这一点，令飐心情大好，这一刻，她莫名有一种自己罩了许久的萌小孩终于长大突然开始关怀自己的成就感，按捺不住地笑了。

但笑归笑，令飐的原则性还是很强的，她迅速把愉悦的表情掩饰好，一本正经地摇了摇头，正色道："要比就公平一点儿，我不需要你迁就。"

君致瞬间就急了，脱口而出："你不能喝！"说这几句话的工夫，他的头越来越晕，天晓得这酒到底是怎么回事，他说什么也不同意令飐碰它。

"好啊。"令飐完全没反驳，接得无比自然，"那你也别喝。"

君致一怔，又想了想，这确实符合公平的应有之义，便一脸郑重地点了点头。

令飐无声地呼出一口气，心想：我容易吗？为了不让他喝酒，真的是在用生命演出了！她兀自感叹完，注意到君致一双漂亮的眼睛直勾勾地盯着自己，不由得失笑："看我干吗？吃东西啊！"

君致一动不动，目光清澈却又缱绻，仿佛黏在她身上了。

令飐哑然一秒，然后乐了，有些好笑地问："你什么情况？一顿饭几乎没动筷子，这么大一桌子也没一样你喜欢的啊？"

君致脑袋晕乎乎，一只手托着腮，像个小孩儿，在心里说：有啊——你。

可惜他没能说出口，甚至连再看自己喜欢的人一眼都没做到，"砰"

的一声，一脑袋砸在桌子上，晕了。

令飖立马触电般弹起来，去确认君致的呼吸，得到肯定的答案，她很明显地松了口气，一颗心瞬间放回肚子里。

令晖默默围观了这一整场戏，嘴巴张了张，目瞪口呆地感叹："不……不是，你们这是什么相处模式啊？还有他，"他伸出手指戳了戳君致侧趴着的俊脸，语气里充满了惊奇，"睡着啦？哈哈哈！他这酒品……挺逗的啊，喝的时候豪气干云，醉的时候悄无声息，我欣赏他！"

令飖没好气地拍掉令晖的手，不准他揩"睡美人"的油，与此同时，不忘冷冷地发出警告："再让我发现你灌他酒试试。"

令晖大喊冤枉："少爷明鉴！那是我灌他吗？明明是他自己开怀畅饮好不好！哎，我说，他到底是怎么了？我怎么觉得他今时同往日相比，有一点儿反常啊？"

令飖没说话。

令晖絮絮叨叨："抽刀断水水更流，举杯销愁愁更愁，他这有点儿像是借酒消愁的感觉啊……"

君致在愁什么令飖不懂，她自己倒是也挺愁的——君致醉了，她不可能让他独自一个人在家，可台长刚发来微信通知，下午要开一个策划碰头会，说是要最终敲定一下《谜底》第一期节目的报道主题和细节。她隐隐预感到了，这个选题，一定就是司霆报上去的那个。

令飖又不傻，当然看得出，司霆嘴上说是她没空，所以直接就给台长递上去了，但事实是，他不想让她看到。

——栏目是她负责的，交选题却避着她，这意味着什么？

司霆分明是有私心。

世事真是艰难啊，一边是不喝醉时就不怎么让人放心，何况又喝醉了的君致，一边是绝对有猫腻实在需要去看一看的工作，令飖一时之间陷入了两难的境地。

"要不我把他带去我们公司？"令晖临时接到通知，调休取消了，一会儿还要滚回去加班，是真的没有时间亲自把君致送回 902 房，更不可能像令飐希望的那样——陪着他，直到他睡醒了。

令飐低头看了看睡着后眼睫浓密、宁静乖巧的君致，他的睡容漂亮到让人沦陷，美色当前，她的工作责任心再一次缴械投降了。

先送他！送他回家再说。

令飐也喝了一杯酒，车是开不了了，她叫了个代驾，驱车回到 902 房。车子停好，代驾小哥见她正要扶君致下车，便问她是否需要帮忙，她刚想点头说谢谢，一只手扶了扶君致，骤然发现他的身体竟然比自己想象中的要轻许多！

令飐愣了愣，脑海里鬼使神差地冒出来三个字——纸片人！

天晓得她到底是怎么了，那一瞬间，曾经风靡网络的某游戏主人公充斥在她的脑海，她紧接着就摇了摇头，暗笑自己不着调，内心深处却匪夷所思地拿君致和网游里的角色比较了一下：他们一样帅气好看，一样英俊矜贵，一样具有常人难以企及的奇异能力，一样暖心忠犬……

啊啊啊，她是不是疯了？怎么会把君致跟几个压根儿没有生命的游戏角色相比较？！

令飐用力地摇了一下头，把无厘头的念头彻底甩出了脑海，她从代驾小哥手中接过车钥匙，笑了笑："谢谢，您可以走了。"

代驾小哥看她一副文秀瘦弱的样子，却扶着一个身材颀长、酒醉了的男人，有一点儿不放心，善意地问："你住几楼啊，一个人能行吗？"

"可以。"令飐自信满满地点头，一脸真挚诚恳地说，"您可能没看出来，我练举重的。"

代驾小哥打量了她一番，然后点点头，抱了抱拳，一脸钦佩地告辞了。

令飓目送小哥走远，又观察了一下四周，确定没有同住这栋单元楼的住户出现，这才轻松地扶抱起君致，往电梯口走去。

她一面走一面想，他也太轻了！怎么会这么轻呢？可他看起来并没有过分清瘦啊！明明腰是腰，腿是腿的。难不成……从事他们角色扮演这一行的都这样？穿衣有肉、脱衣显瘦？可他还能把令晖拎起来"啪"地一下拍墙上呢！这又是为什么？他怎么做到的？简直玄幻了。

令飓就这么一边感慨一边进了家门，然后二次犯了难——如果她没看错的话，属于君致的那间房里除了桌案书柜，就只有一张宽度仅够一人平躺的软榻。毫无疑问，他每天晚上都是在那上面睡的，可想想就觉得很不舒服啊！就那一丁点儿空间，根本施展不开，稍一翻身就会和地板来个亲密接触吧……

令飓一贯怜香惜玉，这次也不例外，她只犹豫了一秒，然后就干脆利落地把君致扛到自己屋里去了。

温香软床，美人横卧，君致长醉不醒，睡梦香甜，睫毛如同整齐有序的小扇，一动不动，唯有平稳清浅的呼吸证明他还活着。

令飓蹲在床前，盯着他看了半天，忍不住抬手摸了摸他的额头，还好，不热。

她喃喃："真是出息了……上一次喝水还昏倒呢，这次喝了那么多酒居然只是睡着？他之前说从来不喝水，不会是暗指他一直靠喝酒来解渴吧？"

安顿好了君致，令飓却仍不敢放心离开，她想了想，去阳台上给台长打了个电话。

台长一听她下午家里有事，十分关切地问道："怎么回事？小令，你没有要紧事是很少请假的，需要帮忙你就及时告诉我啊！"

令飐支支吾吾："也……也没什么大事……就是我家……猫,病了。"

"猫?"台长大为惊奇,"你什么时候养猫了?哎,养的什么?布偶、折耳还是美短?我的天,你不知道我是咱们台动物保护协会会长吗?有空记得把小宝贝带来给我撸一下!"

令飐看了一眼睡在她床上的"小宝贝",心想,对不起,这一只还真的不能让您撸,我怕他一巴掌把您摁到墙上抠不下来……

令飐因爱宠生病无法参会,台长网开一面,主动提议说:"你是不是在场倒无所谓,主要是想让你听一听记者们的思路,把把关。这样吧,待会儿开会时咱俩接通语音聊天,小宝贝闹得不厉害的话你就听一下?"

小宝贝一点儿都不闹,甚至还安静得有些过分,令飐心想这真是一个两全其美的办法,就答应了。

半个小时后,会议开始,令飐抱着保温杯,坐在既能清楚看到君致但又不会吵到他的地方,接通了台长发来的语音聊天邀请。

然后她就听到台长说:"司霆,说一说你对'神秘美男'专题报道的想法吧。"

令飐通过手机准确无误地听清了这句话,却怀疑自己的耳朵是不是出问题了。什么选题?神秘美男?她的身体不由自主地坐直了。

令飐今年二十七岁,不算年轻,在台里也绝对算不上资历老,不过她毕竟从事新闻行业数年,该有的敏锐度都有,要说她一点儿没察觉到司霆在搞鬼是不可能的,却也没料到他竟然会这么直接出击,明晃晃地把矛头指向了君致……

哦,想到一件不起眼的小事,令飐简直想要冷笑——难怪邵明明最近都不缠着她了,合着是抱上司霆的大腿了啊。两个人的关系看起来应该不错,毕竟司霆都把钱包随手丢给邵明明去花了……也难怪,邵明明可是一门心思地记挂着神秘美男这事，连遭遇了几个月的退稿返工都不长记性，司霆这么一插手，算是帮他完成夙愿了吧。

令飐越想越觉得自己真的是没有识人之明，好家伙，她统共招来了三个人组建团队，其中两个背着她暗度陈仓暂且先不说了，定的选题居然还是爆她的人？令飐觉得这种程度的内讧还是有必要正面刚一下的。

"台长。"语音聊天开着，令飐径直出了声，"方便先给我讲一下选题的基本资料吗？"

令飐问得也没错，如果她的记忆没有错乱的话，当初台里决定要开新栏目的初衷是澄清谣言、破除虚假新闻造成的不良社会影响，从一开始就不是所有的新闻都能被拿来深度挖掘背后真相的。神秘美男这事从根本上来看就是一个没有多少新闻价值的小资讯，充其量也就逗人一笑罢了，否则邵明明也不会一次次提交，一次次被毙，怎么现在突如其来地就要拿来深挖了？

"正好，我也一直想找个时间跟你聊聊呢。"接腔的不是台长，是司霆，算他识相，主动现身说法了。

令飐一点儿表情都没有，漠然疏离地道："愿闻其详。"

"邵明明说之前跟你多次提起过，有一个身穿奇装异服的男人，用银票和金叶子结账，但你对这个新闻并不感冒。"

令飐点头，说："纠正一下，不仅是之前，我现在依然不觉得这件事有继续报道的必要。"

司霆嗤笑："为什么？总该给个理由吧？"

理由令飐还真的有，她不紧不慢道："我昨天闲着没事看了看日历，已经是 2019 年了，穿什么、做什么，只要在法度许可的范围内，并且不给其他人带来任何困扰，应该都有不被恶意窥探隐私的权利吧。"

"恶意……"司霆忍俊不禁地笑了起来，"令飐，记者的首要原则是客观，你会说出这个词真的是让我惊讶。行，就算我是恶意，那你倒是说说，怎么着就算是恶意了？"

"侵犯他人自由，不请自来追根溯源，不算吗？"

"嗯。"司霆想了想，点头，"是挺烦人的。但如果我要报道的重点根本不是这个呢？"

不是这个？那能是哪个？令飐有点儿出乎意料，她是知道邵明明之前那些报道的大致内容的，无非就是这个男的长这么好看，怎么穿成这样，还用银票埋单。可司霆说他要报道的不是这些，那……是哪些？

"还记得前阵子你收到的那束花吗？装满了各种零食的。"司霆没头没脑地问了这么一句。

令飐当然记得。

"谁送给你的，你也心知肚明吧？"

令飐隐隐觉得有些不对劲，无声地皱了皱眉。

司霆静了静，像是也整理了一下自己的情绪，然后才慢慢地说："那束花里有张银行卡，还有一张卡片。卡片上写了三个字。"

令飐也不知道是怎么了，自己都没有意识到，她的指尖难以察觉地在微微发抖。

司霆卖够了关子，终于把最要紧的那句话说出口："那张卡片上的字，我找专业人士鉴定过了。你猜怎么着？"

令飐屏住了呼吸，听到他说："字迹是我的。"

她的指甲掐进了肉里，一双眼睛瞬间瞪到了最大。

令飐不懂字迹鉴定，但也大概知道，每个人书写所形成的笔迹，如同人的指纹，都有其固有的特征，不是那么容易就能仿冒的。更何况司霆说了，他已经找过专业人士加以鉴定，她不认为他会开这种低级的玩笑。

只是，那张卡片确实是君致写的啊！不仅是因为里面有张可以用来佐证的银行卡，更因为……他写的根本就是曾经对她亲口说过的话！

所以，到底是什么地方出了错？为什么明明是君致写的字，却被鉴定出是司霆的笔迹这么匪夷所思的结果？！

"会不会……"令飔实在是太过震惊了，以至于过了几秒才想到另一种可能，"鉴定出了错？我不太懂，一会儿查一下，这个鉴定的准确率能够高达百分之百吗？"

司霆冷冷的一句话打消了她的幻想："五次。"

什么五次？

"相信我，出现这种事，我比任何人都不希望看到，从那天开始，我累计去不同的机构做过五次鉴定了。"

令飔呼吸一顿，彻底无话。

"咯——"台长咳嗽了一声，终于出面表态了，"小令，我和你一样，一开始也觉得邵明明这个选题没有价值可言，所以一次次毫不留情地拒绝了他，可后来经司霆提供了这么一个诡异的论据，我第一次觉得……有必要深入调查一下。"

令飔还在消化这个怎么想怎么都不可能的事，没应声。

语音聊天里传来邵明明的声音："飔姐，对不起啊……没有提前跟你说……我，我不是故意要瞒你，就是……就是担心你可能还是不赞同我去报道这个。"

邵明明真的是多虑了，司霆摆出了这样离奇又迷雾重重的素材，台长也说有必要深入调查了，她还有什么资格去阻拦他？

更何况，扪心自问，连令飔自己都好奇，究竟是怎么一回事。

接下来的时间里，司霆和邵明明又说了什么，令飔基本没有听进去，满脑子都想着：太怪了，真的是太诡异了，到底是怎么搞的，闹鬼吗？

她甚至不敢去看一看睡在自己床上的那位了。

"那个……"语音聊天里又传来邵明明弱弱的声音，"飖姐，你还在听吗？"

被点名了，令飖不得不定了定心神，淡淡地"嗯"了一声。

"好。"再出声的却是司霆，"既然大家都没有异议，那我们就按照刚才商定好的方案来报道吧。"

令飖蒙了一下，刚才商定的……什么？

"哦，我就猜你没有在听。"司霆似乎是不大满意令飖这么明显的走神，语气近乎生硬地重复一遍，"鉴于这件事对我个人的影响最大，所以我责无旁贷，自请承担采访任务的主责，邵明明辅助，你如果实在不能做到客观公正的话，选择不参与，大家也是可以理解的。"

令飖沉默了一秒，反问："你担心我会徇私？"

司霆意味不明地笑了一声。

令飖没搭理他，直接对话台长："看来您也知道了，这个报道的主人公和我确实有私交，请示一下，我必须要回避吗？"

台长有一点儿尴尬："也……也不用吧……他是有点儿奇怪没错，但我们的目的是发掘事实、还原真相，立意并不是要把他当成什么危险人物，更不该抱有敌对的态度。"

司霆又笑了一声，没说话。

令飖眯了眯眼，冷着声音提问："有问题吗？"

司霆当然听得出她是在问他，倒也不怵，直接正面回答："仿冒字迹，算得上是违法吧？商品经济社会，谁能担保他不会以我的名义做一些牟取私利的事？"

令飖简直要被气笑了，她深吸一口气，反问司霆："他仿冒你字迹去干吗？借高利贷吗？恕我愚昧，高利贷领域的借款程序有这么精简？借款只用签字不用按手印的？"

司霆笑了，老神在在地说："你看，这就是我最担心的——如果你一直持这种偏激、固执、护短至上的心理，我还是建议你不要参与为妙。"

"好了好了……"台长被他俩吵得一个头两个大，不得不出面做和事佬，"我看这样吧，既然一个是可能会护短的故交，一个是必须要给自己讨公道的受害者，索性你们两个配合，在互相监督中完成这个报道任务吧。"

令飐和司霆双双沉默了。

"行。"

先出声的是司霆，他心想：看我不把那个吃软饭的扒个底儿掉？！

令飐也点了头："我没问题。"

她在心里默默地补了句：我的人，我自己罩。

会议结束，令飐正要把手机扔到一边，忽然发现微信新增了一个好友申请。

她点开看，对方简单粗暴，微信名直接就叫司霆。

她想了几秒，个人恩怨归个人恩怨，公私还是要分明，她点了通过。

司霆立马发来消息："我实在是想不通，你从来没怀疑过他的身份？"

令飐眼神冷了冷，回了简明扼要的四个字："无可奉告。"

司霆嗤笑了一声："自欺欺人。拭目以待吧，我很快就会让你看清他的真面目。"

令飐盯着这句话看了将近半分钟，然后终于抬起头，缓缓看向床上那个依然熟睡的人。

真面目……

他呈现给她的模样，是假的吗？

令飐不信。

君致终于睡醒的时候，天已经完全黑了，因着他睡的时长的确是有些久，其间令飐每隔十分钟就要去仔细端详一遍他的睡容，生怕他出了什么问题而自己没有及时发现——跑的次数多了，他还没有醒，她自己倒是困了。

于是君致睁开眼睛看到的第一幕场景，就是令飐的睡颜——她把书房里的软榻挪了出来，正正放在抬头就能看到他的地方。他撩开眼皮，盯着她，眼睛一眨不眨地看了良久。

神墨不知道什么时候蹦蹦跳跳地跑了过来，扯着一张不离不弃的宣纸火急火燎地往上写："坏了！上一次你写的卡片被那个人看到了！"

君致神色淡淡，古井无波地"嗯"了一声。

神墨要继续笔走龙蛇，却被他打断："我都知道了。"

神墨心想，怎么可能？通过王八贴掌握的最新动向我还没来得及说呢！

君致没有解释，只是依旧一动不动地看着令飐，他看得太过入神，以至于神墨不自觉地也把话题转了，写下五个字："她……也知道了。"

"嗯。"

"嗯？你就一个'嗯'？拜托！你的身份马上就要暴露了好吗！能不能有一点儿生死关头的危机感？！"

君致轻轻地牵了一下嘴角，生死关头……

早在他把那个锦盒亲自交到她手里的那一刻，就已经决定任她处置，是生是死，他都认了。

神墨实名表示抗议："你死个屁！我就搞不明白了，你忘了自己费了多大的工夫才找到她？几百年啊！这么多年的心血难不成要眼看着付诸东流？"

神墨很激动，君致却挺平静的，他几不可闻地叹了一声，喃喃："几百年……可能是一场徒劳。即便没有我，她也不会再重蹈上一世的覆辙。"

神墨"唰唰唰"地正要写，突然间停住了。

君致自嘲又寥落地一笑："被她发现了也挺好，如果吓到了她……我就永远消失吧。"

既然，本来也没有存在的必要。

君致没再看神墨又准备写什么，轻手轻脚地起了身，下楼去给令飔买晚餐去了。

君致回来，令飔已经醒了。她睁眼不见睡美人的影儿，顿时吓得灵魂都要出窍了，打他电话又发现手机被遗落在家中，越发心神不宁，正准备夺门而出去找他，迎头撞见君致出了电梯。她第一反应是要发火，低头看到他手里拎着的东西，鼻子又是一酸，一句话脱口而出："你下次出门记得告诉我啊！"

令飔的声音里带了哭腔，语气又急又冲，甚至有些凶巴巴的。君致看着她泛红的眼圈，心里清楚她在担心什么，他动了动唇，本想说你不用怕，除了你，没有人能奈何得了我，最终却什么都没有说，乖乖地点了点头。

令飔伸手拉他，纤细手指攥得极紧，像是生怕他会凭空消失了一样，没好气地说："回家！"

进进家里，令飔看到君致给她买了一大堆吃的，显然是不知道她今晚想吃什么，索性多买了几样。她没去管这些，先是围着他上下左右看了一圈儿，一脸不放心地问："你还好吗？有没有哪里不舒服？头疼不疼？胃呢，难受吗？"

　　君致醒来的那一刻就意识到了，自己并没有任何不舒服的地方，看她着急，他没犹豫，连忙摇了摇头。

　　令飏的一颗心顿时放回了肚子里。她明显是松了口气，却仍是心事重重，坐在凳子上，想了想，忽然毫无预兆地说："不许再喝酒了。"

　　君致不假思索，点头，她不喜欢，他绝不再喝。

　　令飏指了指凳子，君致会意，在她右手边坐下。

　　令飏看着他的眼睛，再一次没头没脑地说了句："以后不管你去哪里，都要告诉我。"

　　君致不问缘由，径直点了头，说："好。"

　　令飏努力在脑海中搜索，思来想去，还是对他未知的饮食习惯不大放心，她担心这一点会给司霆大做文章的机会，只好违背自己一直以来不想冒犯他隐私的原则，近乎无礼地问了句："你……是不是有什么异于常人的习惯？"

　　君致没应声，眼睛一眨不眨地看着她。

　　令飏也觉得自己的想法大胆到简直离谱，但她又实在控制不住往无稽的方向胡思乱想，只好尽可能合理地组织着语言："你睡觉的时候我想了很久，你……你之前说过从来没喝过水……会不会……不是在开玩笑啊？"

　　君致看着她，一秒都不舍得移开视线，他默默地在心里答：是啊，我怎么会对你开玩笑呢。

　　令飏看样子真的是思考了很久，也是真的到了不能再得过且过、稀里糊涂的紧要关头，她凝视着君致俊美无双的眼睛，终于把她的疑窦和盘托出了："上一次你吃巧克力后昏倒，还有你说碰到水会皱，以及你几乎从来不和我一起吃饭……又是怎么回事呢？"

君致沉默良久。

久到令飏以为他不会再回答的时候，终于听到他开了口："我……不知道。"

君致是真的不知道。毕竟神墨不需要饮食，也从来没有人关心他渴不渴、饿不饿，还是找到令飏后，他才开始面临这个问题。

这世上有人会不知道自己的饮食习惯吗？应当不会有。可君致这样说了，明明不可理喻到荒谬，令飏仍无条件地信了。

他不知道怎么办？那就让她来想办法。令飏撑着额头冥思苦想，目光无意间瞥到了桌子上的一大堆外卖，有了。

她随手夹起一只奶黄包，当着君致的面吃下去，然后又夹了一只递给他："能试吗？不勉强。"

她记得上次他吃过巧克力后确实睡着了没有错，但也只是睡着，确定没有任何其他不良的反应——而假设只是睡着的话，这种"后果"她可以承受，也愿意一直陪着他，等他醒。

君致思考了一秒。

他并不担心自己会怎样，只是忧虑自己怎样了的话令飏是否会害怕，但抬头时触及她坚定无畏的神色，他也没再犹豫，微微向前倾低身子，把奶黄包吃了下去。

一秒钟，两秒钟，五秒钟……

一分钟后，君致后仰靠上椅背，再一次睡着了。

令飏第一时间跳了起来，确认他的状态，呼吸平稳、心跳正常，一切并无异状。她勉力按捺着一颗惴惴不安的心，开始掐着表计时，漫长的三十一分钟过后，他醒了过来。

"怎么样？"令飏立刻凑近了他，唯恐错过哪怕一丝异状，"有哪里不舒服吗？"

君致郑重地感知了一下，摇了摇头。

见他安然无恙，令飔紧绷的身体顿时松弛下来。掌心出了满满一层汗，她劫后余生般，缓缓地舒了一口气，若有所思地坐了下来。

"还吃吗？"提议的却是君致，他先是看了看堆了满满一桌子的各色美食，又看向令飔，"我没事。"

令飔有些心酸，更多的是心疼，可她又不想看到他一直就这么茫然懵懂到甚至无知地活着，就平复了一下情绪，努力硬下心来："继续……"

于是，那一天，君致生平第一次尝遍了诸多美食，也诡异地在吃过后一次次陷入沉睡，只是他睡的时长越来越短，从一开始的三十一分钟变成二十七分钟，再变成二十五分钟，然后变成十九分钟……终于一点一点地缩短到了个位数。

桌子上还剩最后一样小吃，是一串鲜艳可人的冰糖葫芦。令飔还记得，她第一次从902房夺路而逃，夜市摊上，正是吃着这个，被君致拉住了手，不由分说地要带她回家。

时间过得可真快啊……一眨眼就几个月了，令飔想起当时的她把君致当人贩子，不由得想笑，便勾了勾嘴角。君致不发一语，黑眸里却也漾起了晶莹的光，显然也忆起了那一幕。他看着与他并肩而坐的令飔，俊秀的眉目如画，眼眸水一样温柔，径直拿起那串红果子吃了一颗。

一秒钟，两秒钟，十秒钟，一分钟……足足十五分钟过去了，令飔安静地坐着，君致也坐着。

四目相对，他们互相注视着对方，既觉得不可思议，又感到顺理成章，二人相视一笑，紧张的气氛瞬间一扫而空。

夜晚十一点，令飔终于开始吃晚饭，没错，就是君致每一样都尝过的那些。她边吃边想，为什么他一开始吃东西会昏睡，渐渐地时间缩短，直至全然与常人无异呢？恐怕是因为他给了自己"我不需要或不能吃东西、喝东西"的心理暗示，这股暗示的力量强大到让他的身体产生条件反射，只要他一摄取食物或水分，应急防御机制自发启动，整个人迅速陷入昏睡状态，算是……对自身机能的一种保护？

事实证明，令飐的猜测是对的。

长达近千年来，君致一直以纸的生存姿态要求自己，凡是纸畏惧的统统不做，比如接触火、被利器划等；纸喜欢的大力推崇，例如保持干燥和明净整洁。数百年的习性沿袭下来，不只是心理暗示，连身体自身都形成了既有惯性，防御机制确实是建立起来了。

君致关注的却不是这些。

他闭了闭眼，脑海里自动浮现出自己躺在床上时听到的那些对话。令飐以为离得远、声音也小，绝对不会吵到他，所以没有戴耳机，殊不知他听力过人，从清醒的那一刻起，每个人说的每一字、每一句，都一丝不落地听到了。

想到令飐的同事们尤其是司霆对她说过的话，他以为她一定会满怀疑窦甚至再次开始惧怕他，这正是他今晚不厌其烦地尝试每一样食物的原因——只要她想，让他做什么，他都会照做。却没料到，她只是想验证他和食物的关系，丝毫没询问他的笔迹为何会与旁人一模一样。她吃饱了，便去洗漱了，现在洗漱完毕，眼看着是要回屋睡觉了。

君致愣了愣，不……拷问他吗？那一瞬间，他望着她纤细的身影，心绪复杂难言，仔细论来，该是三分茫然，六分困惑，隐隐还有一分虚惊一场后受宠若惊的快乐。

"哦，对了——"令飐临进卧室前突然站定了，回过头来。

君致指尖一颤，苦笑，何必自欺欺人？该来的总会来的。

他暗自深吸了一口气，已然做好向她知无不言和盘托出的准备，却猝不及防听到她说："我在网上新订了一张床，明天就会送来了，今晚你还要克服困难再坚持一下。"

君致呆住了。

令飐看他表情不大对劲，一怔，问道："怎么了？"

"你……"君致的指尖缩在袖子里，难以察觉地轻轻颤动，"没什么……要问我的吗？"

令飐皱了皱眉，不假思索道："刚才不是问过了？"

君致不发一语地看着她。

两人相对而立，令飐把君致眼底的困惑与挣扎看得一清二楚，突然之间，她顿悟他怎么会有此一问了。

"你……听到了？"她有些惊讶。转念又一想，那一觉他睡了好几个小时，也的确不符合他的"个人习惯"，顿时什么都明白了。

令飐想了想，不答反问："你希望我问什么？"

君致动了动唇，想说什么都行，谁料话没出口，就被令飐干脆利落的一句截断了："你身上确实有许多谜团，但重点是，我更关心你能不能吃饭、喝水、如所有人一样正常生活，其他的……对我而言没那么重要。"

君致轻颤的指尖僵住了。

"我明天可能要出门，"令飐朝他晃了晃手机，没再继续这个话题，"早点睡。"

说完，她就回屋了。

君致独自在原地站了很久，一动不动，像一座沉默的雕塑，又像是一缕孤单的影子。良久后，他终于轻轻地喟叹了一声，那叹息百转千回，似藏着万千不可言说的意味，漆黑如墨的眼眸里，却渐渐有了一丝劫后余生般庆幸的笑意。

第十二章

是我失职，
是我未能守护好你

第二天，令飔果真接到了司霆的消息。

司霆：中午一起约个饭？

令飔当然看得出这个"一起"不只是指他们两个，她心想，果然来了。她面无表情地抬指敲字：时间？

司霆马上就把时间和地点一起发了过来。令飔看了一眼，是家韩国烤肉店。这家店她去过，环境还行，不够幽静但也不算太吵，对于他们这种称不上朋友关系又十分奇特的人来说，约在此处，算是比较合适的地方了。

令飔随手发了个自带表情表示同意，抬头看向坐在对面的君致，问道："怎么样？"

此时，君致的表情严肃又认真，还有一些紧张，原来他一大早起床就在继续试吃。

"苹果、香蕉、芒果、芝士……"君致把嘴里正在喝的酸奶咽了下去，吐字清晰，"都没事。"

都没事等于都没晕，等于他好像彻底正常了，吃什么都不会再当场睡过去。

谢天谢地，民以食为天，能吃能喝还有什么算得上是事呢？

"漂亮。"令飔十分想得开，她再自然不过地伸出一根手指，熟稔地替君致把唇边残留的酸奶拭去，与此同时阻止了他继续试吃的举动，"快递小哥来了，咱们把床安置好，出去见个人。哦，对了，你见过……"

她和君致异口同声："累。"

"哟？"令飔挑了挑眉，笑了，"越来越心有灵犀了嘛。"

君致欣然接受了她的打趣，也笑了起来，原本担心自己出门赴约会出状况的紧张感消泯了大半。

令飔一副大姐大的架势，在他的手臂上轻轻地拍了拍，安慰道："别怕，有我呢。"

到了地方，令飐真的把君致照顾得十分周到——司霆要点酒，她说不喝，司霆把烤肉的夹子递给君致，示意君致也动手，她二话不说就接自己手里来了。

同样来参加聚餐的邵明明一脸不可思议地看着令飐，打趣道："飐姐，你……这也太呵护备至了吧？"

令飐随意地一摆手，谦虚道："哪里，哪里，见笑了。"

她把烤好的食材小心地放在君致面前的碟子里，怕他不能吃辣，又体贴地把蘸料挪远了点儿，司霆的脸色顿时就不怎么好看了。

午餐进行了不到十分钟，"蓄谋"好的提问就开始了，先上场的选手是邵明明："这位……哥，我可以叫你哥吧？"看到君致可有可无地点了下头，他立刻不失时机地问，"你为什么要用特殊的方式进行商品交易活动，是为了好玩，还是……炒作呢？"

君致面色自然地作答："都不是。"

邵明明一怔。

"大家只看到了我用银票结账，"君致不答反问，"却没发现摄像机吗？"

邵明明愣了："什么……摄像机？"

"录视频的。"君致比邵明明还要惊讶，"怎么，你不知道我是混二次元的？"

令飐也十分震惊——他昨晚临时抱佛脚突击学习了吧？一定是的吧？认识这么久，她还从来没听过他说这种话，感觉真的……挺违和的。

邵明明显然也没往这方面想，当时就愣了愣："这么说，你穿的衣服也是因为这个啊……"

君致矜持地抿了抿唇，算是默认了。

邵明明败下阵来，司霆当即接棒，他拿出一张卡片，毕竟这个才是他们真正关注的重点："这三个字，你一定不陌生吧？"

令飓和君致一起看了一眼，果然是那张写着"我养你"三个字的卡片。

君致没应声。

司霆的笑容有一点儿不加掩饰的冷，单刀直入："明明是你感人肺腑的深情告白，经鉴定却发现是我的笔迹，滑不滑稽？"他随手拨弄了一下放在桌子上的水杯，目光略沉了沉，"希望你也能像刚才一样，给我一个合理的解释。"

令飓没动，也没出声，她在心里想：这个很难合理吧……她正准备出面化解这室息般的尴尬，却听君致冷淡漠然地开了口。

"不是。"

令飓一愣，什么不是？

司霆的薄唇抿了一下。

君致抬头，直直地盯着司霆，一字一顿道："这三个字，不是我写的。"

所有人都愣住了。

令飓一把抓过卡片，上看下看、左看右看，确实和那天花束里的一模一样啊！

邵明明也挠了挠头，一脸茫然。

司霆看着君致，桃花眼里神色晦暗不明，半晌，他蓦地扬眉一笑，承认了："不错，这一张是我写的。"顿了一下，他颇为惊奇地虚心请教，"专业鉴定人士都会把你我的字迹混淆，你又是怎么分辨出来的？"

君致没有回答他的问题，他温润如玉地淡淡一笑，却莫名有种针锋相对的味道："心中坦荡自然分得清。"

司霆的脸色霎时一僵，被堵得哑口无言。

令飓其实有一点儿蒙，因为她确实也没搞懂分辨的办法，但君致方才那一句话实在是太给力了，她从昨天郁结到此刻的那口恶气总算得以释放，顿时觉得心情都好了许多。

变数，就是在这个时候发生的。

司霆阴沉着一张脸坐着，也不知道是有意还是无心，他的手臂毫无预兆地一抬，面前那满满一大杯水瞬间倾倒，尽数洒在了君致的手上。

君致今天穿的是烟灰色羊毛衫，牛仔裤，运动鞋，浑身上下只有脸、脖子和一双手露在外面。一大杯水的威力不可小觑，好在水温不算太烫，但他依旧瞬间变得面色惨白，连最正常的反应——擦拭，都顾不上，触电一般迅捷地把手臂藏到了身后。

那一瞬间，邵明明呆了呆，司霆意味不明地眯了眯眼，令飐本来条件反射地扯了纸巾要帮他擦，忽然间意识到了什么，拿纸的那只手停在了半空。

"哎。"气氛几近窒息，司霆突兀地笑了一声，双手合十，"对不住，我太不小心了。"

君致似乎也意识到了自己的反应有些过度，他的脸色仍旧泛白，却没有发作，只是先飞快地看了令飐一眼，而后没什么情绪地"嗯"了一声。

令飐没看他们两个的互动，因为她只顾着懊恼：昨天一门心思研究他究竟能不能正常吃喝，却忘了他说过的沾水会皱这茬儿……他刚才躲避的动作太快了，没看清，那只手……应该不要紧吧？

几个人各怀心思，吃了一顿食不知味的饭，这个过程中，君致的手一直刻意放在桌下，再没拿上来。令飐几次想看一眼他所谓的"皱"究竟是怎么回事，却碍于对面坐着两个虎视眈眈的人，生生地忍住了。

司霆主动结账，被君致拦住。司霆挑眉一笑："不用客气，之前令飐单独请过我一次，我该回请的。"

他特意强调了"单独"二字，也不知居心何在。君致看着他，俊美的脸上没有一丝表情，片刻后，才点了点头："也好，你欠她的。"

在场的所有人都不会知道，君致说的，并不是指这顿饭。

聚餐不欢而散，各回各家，司霆开车离开前深深地看了君致一眼，嘴角冷淡地一勾，语气里依稀有几分挑衅："我们还会再见的。"

君致眉目如画，面色寡淡，不卑不亢地道："随时恭候。"

令飔就算是瞎，也看出来了——一向对人彬彬有礼的君致，在面对司霆的时候，态度格外敌对。

他们两个……之前有过节吗？

驱车回家的路上，令飔犹豫了一阵，最终还是把这个困惑问出了口。她本以为以君致这一副神秘寡言的性子，怕是很可能会闭口不谈，谁料他几乎是立刻就给出了答案："嗯。"

"什么时候？"令飔好奇地问道，"你们两个之前就见过？"她指的，当然是服务区那次偶遇之前。

君致长睫微垂，模棱两可地又"嗯"了一声。

令飔啧啧感叹："之前总听别人说孽缘什么的，我还不信，现在我是真的跪服了。你跟我，我跟他，他跟你……你说，咱们三个是不是陷进了什么魔咒？"

君致沉默地抿了抿唇。

虽然令飔这句话是随口说的，但她心里惦记的事一直没有忘记，停在路口等红灯时，她从后视镜里看了刚才特意坐到车后座的君致一眼，总算等到了机会开口询问："你的手……还好吧？司霆也真是，毛手毛脚的。"

君致的眼皮难以察觉地跳了一下，他闻声沉默了半晌，就在令飔怀疑他不会再回答了的时候，却听他缓慢清晰地吐出了两个字："不好。"

令飔呆了呆。

君致抬头看她，他目光深邃，神色无比凝重，刚在烤肉店里一直被他刻意遮挡的手掌这会儿不加掩饰地抬了起来。令飐怔怔地看着他那只白皙莹润的手，听到他困惑的声音：“它……没有皱。”

令飐是真的愣住了。

如果说在烤肉店的时候，她就已经隐隐察觉自己先前认定他是爱美娇气的猜测是谬误的话，那么现在，她是彻底坚信君致所说的“皱”必然是有更深的寓意了……

令飐眼睛一眨不眨地看着那只漂亮的手掌，她虽然满脑袋疑问，却不敢再胡乱猜测了。

君致斟酌了一下用词，破釜沉舟般开了口：“我……一直不怎么敢碰水，必须要碰的时候，就熄了灯、闭上眼，眼不见为净。我……不想看到自己皱巴巴的丑态。”

“生理缘故，”他注视着令飐，话说得艰难，所以一字一顿，“我这种……人，遇水即皱方为常态，不皱才是反常，我……没想到会这样。”

什么人遇水就皱是常态？令飐虽然一脑袋问号，但重点倒是抓得精准：“你……是以前皱，现在不皱，还是一直认为自己会皱，但从来没有亲眼见过？”

君致慢慢地眨了眨眼，似乎没明白这二者之间的区别。

“这区别可就大了。”令飐条分缕析地帮他理清思绪，“如果说你以前碰到水会皱，而现在突然不皱了，那说明肯定是什么地方出了错。假若是后者，你有没有想过……或许……根本就是你的认知出了错？”

君致呆住了。

又遇红灯，令飐见路口处的车排起了长龙，索性拉起手刹，侧过身，鼓起勇气道：“我这么说可能有一点儿冒昧……但，我真的忍不住了！那个，沾水即皱也好，不吃东西也罢，请问你……一直以来把自己当什么？"

天地良心，令飐本来想说"什么东西"，但又觉得这样措辞像骂人，临到嘴边又硬生生把这个词儿咽下去了。

君致抬头，与她四目相对。

那一刹那，他既不惶恐，也不慌张，甚至有一些夙愿得偿的庆幸：终于……

她终于来问他了。

曾经想过要对她有问必答的心是真实的，君致毫不犹豫，脱口而出："纸。"

他顿了一下，又纠正："确切地说……是圣旨。"

车内瞬间寂静了。

他说的明明是中文，是博大精深又熟稔到骨子里的汉语，可令飐像是听到了天书，她茫然地皱紧眉头，张了张嘴："啊？"

君致发现，令飐生气了。

她生气的具体表现是，接下来回家的路途中，没再跟他说过一句话。

君致有些茫然，又有些难过，他想不明白究竟是哪里出了错——明明她提问，他作答，一切都衔接有序……难道，她是气他的真实身份？

可扪心自问，君致也并不想做一张纸，就算是圣旨他也不稀罕，但……但他没得选啊……

君致委屈，殊不知令飐比他还要委屈——什么玩意儿？纸？圣旨？他怎么不说自己是小猪佩奇粉红色夜光贴纸？！

令飐一直知道君致怪，也的确曾天马行空地想过他不是人，而是什么精怪类的，但……拜托！纸？纸也可以成精吗？你们这个领域会不会对成精的要求有点儿过分的低了？！

天地可鉴，令飐之前说的都是真心话，君致是什么身份、有什么故事，甚至究竟是不是人，对她而言都没有他能不能平安地生存、正常地活着重要，可她会抱有这种心态的前提是他没有骗她！

开玩笑，他说自己是纸，还不如说自己是外星人呢！

令飐心里带着怒气，一路无言地把车开到了家。君致以为她会一起上楼，就率先下了车，还巴巴地跑过去替她把车门打开了，眼角眉梢都带着小心翼翼的讨好。谁料她冷着脸看了他一眼，硬邦邦丢下一句："我去公司加班。"然后拉上车门，一踩油门，走了。

君致望着远去的车子，眼神黯了黯，整个人瞬间如霜打了的娇花，一分神采都没有了。

那之后的几天，两个人愣是没再见上面儿，因为令飐被惨无人道地抓壮丁了——市里开"两会"，各类报道任务密集且繁重，时政新闻组真的是把男记者当牲口用，女记者当陀螺用，即便这样，人手还是不够。令飐作为台里的骨干力量和业务拳头，那天好巧不巧地赌气回台里加班，刚进大厦就被强行抽调过去帮忙，一连好几天都通宵加班，别说回家了，连手机都没什么时间看。

两天后，正开大会的令飐忽然"啊"了一声，惹得周围众人纷纷侧目。她不好意思地低下头，点开外卖软件，挑了几样付了款，想了想又留了言，这才继续开会。

半个小时后，快递小哥打来电话："顾客您好，没人开门啊。"

令飐一边运笔如飞地做会议记录，一边"嗯"了一声，小声说："不是让你多敲几次吗？都没反应？"

小哥叹气："我敲得邻居大妈都出来看好几次了……"

"哦……"令飐咬了一下笔帽，皱着眉头，飞快地说，"那麻烦您把餐盒放在门口小柜上吧，我会给您好评的。"

挂了电话，令飐挣扎了几秒，终于拨了君致的号，谁料却显示关机。她登时如坐针毡：怎么关机了？为什么不开门？不在家？没听见？懒得开？还是……饿晕了？！

　　君致在令飐心目中的形象就是文秀、纤弱的贵公子，哪怕他单手就能轻而易举地制服她的堂哥，这样芝兰玉树的一个人，一想到他饿极晕倒的场景，她心里顿时就不太舒服，再扳着手指头一数，两人居然有两天三夜没见过面了。他……他还好吗……

　　越想越觉得坐不住，令飐抬头看了看台上正在发言的领导，那滔滔不绝的架势目测至少还要一个小时才能结束，她只好登上微信，找到令晖。

　　令飐先是试探性地简单问候："忙呢？"

　　令晖回复得很快："电脑正在重装，闲出鸟了。"

　　令飐："能不能带薪外出几分钟？"

　　令晖："为啥？你来我们公司了？啊！给哥哥送好吃的来了吗？！"

　　令飐："我三年前就发过誓不会再去你们公司了，你知道的。"

　　三年前，二十四岁的令飐身穿一袭长裙去令晖公司找他，被一个眼镜度数极高、脑回路极简单、情商极低的单身青年一见钟情，从此展开了为期一个月的奇葩疯狂追求，给她留下了严重的心理阴影。

　　令晖："你没来，那我去哪儿？"

　　令飐："我家。"

　　令晖："去你家干吗？二叔找我？"

　　令飐："我是说，我自己的家。"

　　令晖一顿，正想疑问三连，看到自家堂妹一鼓作气地发来一长串消息："我联系不上君致了。电话关机，敲门不应，我现在正在开会，一时半会儿走不开，想麻烦你去902房看一下。"

　　令飐说得简单明了，令晖顿时一脸惊讶地问："你们吵架了？匪夷所思！居然会有人跟谦谦君子完美无瑕的君致吵架？不对！飏小姐，你不会是得到了就不珍惜吧？我可听说你在老爷子面前信誓旦旦承诺非他不嫁的，怎么现在把他气得都离家出走了？"

这都什么跟什么？！君致现在状况不明，令飏没有心情跟他闲扯，她凶狠地磨了磨牙，敲字："你就说你去不去吧？！"

令晖再怎么话痨，对自家堂妹的指示还是相当唯命是从的，令飏骂完他，他立刻就去前台签了外出单，十五分钟后，便到了令飏家单元楼下。

"据我观察，你家阳台窗户完好，没有丝毫破窗而出的迹象，所以，放心，被你伤了心的男神应该没有采取跳楼这种极端的举措。"

令飏正担心君致会不会出什么事，压根没有玩笑的心思，当即就有点儿恼了："少废话，快点儿上楼！"

令晖为自己的男神打抱不平未遂，闭上了嘴巴，上去了。

令晖上去了，然后就没再下来，也没再给令飏回复过哪怕半条微信，更不要说一通电话。

苦等良久却毫无音信的令飏更着急了。

什么情况？

她家是网络受限还是磁场紊乱？怎么进去的人都没信儿了？！

一时之间，《走近科学》和《今日说法》两档节目轮番在令飏的脑海里上演，她一会儿提心吊胆地想君致是不是真的饿出什么好歹了，一会儿又琢磨着好像入室抢劫什么的可能性更大，就这么越想越乱，坐立不安。

专职负责摄像的李哥录够了镜头坐到她身边，第一句就是："小令你身上长虱子了？怎么看着坐不住似的。"

令飏确实心烦意乱，她想了想，拿出录音笔，递给李哥，又把自己记了满满两页内容的采访本也郑重其事地交给他："我家里出了点儿急事，需要我立刻回去处理一下，李哥，"她合掌求助，"拜托了。"

台里的年轻人不少，令飔却是少见谦虚礼貌又能力强、业务棒的，李哥知道若非有十分紧要的事，她是不会在采访途中早退的，难得遇到一次这种情况，他自然愿意帮忙。

　　令飔千恩万谢，然后弯下腰，低下头，尽可能不引人注意地退了出去。

　　令飔离开会场后又立刻给令晖拨了一个电话，响铃几十秒，直至自动挂断，依旧无人接听。她独自站在空无一人的走廊尽头，脑海里闪现的全是君致那张温雅无害的脸，她突然后悔极了跟他闹别扭，手指轻颤着，拨了110。

　　令飔今年二十七岁，早已过了年少轻狂、任性莽撞的年纪，不管哪一种情况，都是危急的情况，因此她没有再打电话，又没胆儿直接冲进家门，就在小区内的凉亭里心急如焚地坐着，等警察到来。

　　她万万没有想到，全副武装的几名警察破门而入，所有人的心都提到了嗓子眼，可门内没有血流成河，没有触目惊心，甚至连狼藉不堪都没有出现，只有寂静的空气。

　　所有人都沉默了。

　　令飔被好几个警察挡在身后，她怎么踮脚都看不到，就颤抖着声音问："什……什么情况？"

　　一个警察回答："没人。"

　　令飔一愣："一个人都没有？"

　　"对。"

　　令飔蒙了。

　　怎么会？她确实让令晖去家里，他也一定会去的啊！

　　成，就算不说令晖，那君致呢？这个人向来深居简出，极少出门，他又去哪儿了？

　　她的喃喃自语，被其中一个年轻点的警察听到了。那人看了令飔一眼，有点儿没好气地说："去哪儿？我还想问你呢！"

令飐一顿，转瞬才意识到自己身处什么情境——她可能有点儿小题大做、兴师动众了。

这次带队出警的是一个三四十岁的男人，他显然比刚刚那一位警察要沉着得多。即便见到屋内没人，他也还是十分负责地进屋转了一圈，仔细察看了一遍，确认没有任何犯罪的蛛丝马迹，这才走到令飐身边，似叹息，又似教育地说了一句："看样子，是您搞错了。"

闹了一个大乌龙，令飐真的是窘死了，她又羞又愧，发自肺腑地反复向每一位警察致谢加致歉，态度诚恳真挚，连之前那位脾气不太好的警察都忍不住说："好了，好了，知道你是紧张过度，谁也没说你报假警呀，不用一直说对不起了……"

警察做完记录，秩序井然地离开了，留下令飐在楼道里傻站着。有那么一瞬间，她莫名有一种感觉，君致没走，他还在这间房子里。

可为什么会有这种感觉呢？毫无根据，完全的无厘头，连她自己都觉得不可理喻。

那一天，令飐在楼道里站了五分钟，一阵风吹过，她回过神，不死心地又给君致和令晖分别打了一通电话，却依旧一个关机一个无人接听。那个瞬间，她忽然觉得浑身的力气一下子消失殆尽，一言不发地呆站了片刻，拎起小柜上已然没有什么温度的餐盒回了屋。她没胃口吃东西，扔了又浪费，就随手放在餐桌上，回房间了。

一连几天的忙碌加夜不归宿，令飐沾到床，几乎是一秒就睡着了。

不知道睡了多久之后，半梦半醒中的她突然听到炒菜的声音，鼻尖嗅到饭菜香。她微微皱了皱眉，艰难地睁开了眼，那一刹那，就像是一个巨大的、无形的、难以言说的屏障被谁有意识地抽走了一样，属于尘世的、喧闹的声音涌了进来，她发誓，那一瞬，她听到了君致的声音。

她立刻弹了起来，踩着拖鞋，冲出卧室，转过一扇小巧的屏风，映入眼帘的正是那抹几日未见却依然熟悉的身影。

她脚下一顿，闻到了饭菜的香味。

是他在热饭。

热她给他点的那份饭。

茶树菇的香味在空气里弥漫，令飏觉得有一丝不真实，又离奇地感觉踏实了，她一步一步走过去，眼睛一眨不眨地凝视着他挺拔的背影，努力控制着不断轻颤的手指尖儿，故作漫不经心地问了句："你……刚去哪儿了？"

正下厨的男人脊背微顿，翻炒的动作停了停，又继续，却没有回答她的问题。

令飏有点儿尴尬，又在原地站了几秒，眼瞅着他没理会自己的意思，她便不再自讨没趣，转身回房间了。

令飏再次给令晖打电话，这次终于接通了，也得知他确实来过自己家里。

"然后呢？"

"然后我就不知道了。"

"嗯？"

"我睡着了。醒过来就在公园里了。"

公园？令飏愣了愣："我家附近的这个吗？"

"嗯。"

令飏彻底摸不着头脑了。

令晖在电话那头沉默了片刻，忽然压低了声音，神神道道地说："飏飏啊，哥怎么觉得，君致他……他有点儿奇怪啊！"

不用他觉得，令飏比谁都清楚。

令晖接着给出了自己这么说的根据："我可以肯定我在睡着之前敲

开了你家的门，也确定见到他了。"

令飔蹙了下眉，没懂："什么意思？"

"所以有百分之八十的可能是他把我送到了公园长椅上，然后在我身上盖了一张薄毯，还在口袋里塞了一瓶纯净水和五十二块钱。"

令飔沉默了。

令晖又啰唆了几句，大致意思是他相信君致并非坏人，但今天的事实在是太邪门了，希望她多留心，刚上司催他回公司一趟，所以他不得不先赶去公司处理事情，如果她有需要可以随时再召唤他，然后就把电话挂了。

令飔独自在书桌前坐了一会儿，仍是觉得苦闷得很，于是她风风火火地拉开房门，冲了出去。

君致正端坐在桌前，面前是他热好的饭菜，纹丝未动。

"为什么是五十二块钱？"令飔好奇地问道。

君致抬头，眼瞳澄澈，黑白分明，孩童般没有一丝杂质。

令飔看着他，强调道："你给了令晖水，还有钱。"

君致似乎愣了愣，又好像没有，他直视着令飔，回答道："我想多给一点儿。"

但他没有。

令飔呆了呆，转瞬意识到：这个人的手里……确实没什么钱。

因为钱都给她了。

手机里也只存了她的号码。

娱乐活动和社交活动就更不要提了……

那他每天都在干什么？没有和她共处的那段时间里，他独自一人，又是怎么度过的？

第一次，令飔觉得，他们两个必须要好好谈一谈了。

那一天，桌子上的那份干锅茶树菇热了又凉，君致和令飔谁都没有动它，两个人面对面地坐着，相对无言。

"我……"半晌，两人异口同声地说出个"我"字。

令飔马上发扬谦让传统："你先说。"

君致抿了抿唇："对不起。"

"嗯？"

"让你担心了。"

令飔看着君致，突然觉得眼眶有点儿热，她竭力忍住了："你去哪儿了？"此时此刻，她只关心这个。

君致的回答看似无稽，又并不让她意外："家。"

他没有出门，一直在家。

前前后后经历了这么多事，令飔突然发现自己好像已经对稀奇古怪的事免疫了，她并没有太吃惊，只是充满了疑惑："那警察怎么没有发现你？"

君致沉默了许久，却答非所问："我没有骗你。"

令飔蹙了蹙眉，一开始没懂他这句话的意思，突然间醍醐灌顶——他是在说那天他惊世骇俗的言论不是骗她的……

他是张纸！

因为他是纸，所以有办法逃过别人的视线吗？令飔直勾勾地看着他，既觉得荒谬可笑，又怎么都笑不出来。她努力定了定心神，然后问："那……令晖呢，他是怎么跑到公园去的？"

君致垂了垂眼睫，声音很轻："我……催眠了他。"

君致是怎么催眠令晖的，细节一概没说，但令飔再一次毫无根据地相信了，她的关注点还在君致身上："为什么？你……不想见他？"

君致沉默了一会儿，才答："我不想牵连到他。"

令飔有听没有懂，但她的大脑如同条件反射："司霆又找你麻烦了？！"

君致没说话。

令飔顿时皱起眉，有些恼怒地说："他还阴魂不散了是吧？那天你不是当场分清你们两个的字了吗？可见是他的鉴定出了错。怎么，这是罔顾事实铁了心要碰瓷啊？"

君致静默了十几秒，启唇，说出口的话却像平地惊雷。

"他是对的。"

令飔一怔。

君致抬头，静静地看着她，声线前所未有的轻："还记得我对你说过的话吗？我……是圣旨。

"圣旨上的字，是他亲笔写的。

"简而言之，我和他字迹相同乃天经地义，毕竟……没有他，更枉谈我了。"

令飔瞠目结舌。君致今天终于肯袒露心扉，她觉得很高兴，但给出的信息太具有爆炸性，以致这会儿她完全找不到自己的声音了。

君致看着令飔，他知道自己狠下决心说出的这番话有多么的惊世骇俗，自然也并不意外她会有这样的反应，他无声又细致地将她的每一瞬神情都看在眼里，眼睫轻眨，缓声提议："梦境能够帮助你理解是吗？那……我们梦里见吧。"

令飔呆呆的，脑袋里蒙蒙地想：他要催眠我了？像对令晖那样？这个念头刚刚闪过，眼瞳里瞬间充斥了一个硕大无比的"梦"字。她的一双眼皮顿时如泰山压顶一般沉重，不由自主地就闭上了眼。

梦境如约而至，仍是那片血泊与刺眼的红。

令飔再一次以旁观者的身份进入梦境，场景一如往昔，满目狼藉不变，悲怆无力的心情不变，唯一的变化是——那只手臂的主人，终于露出了脸，现出了庐山真面目。

他穿一身锦衣，腰间玉带上绣着一条昂首傲然的龙，气度尊贵奢华，又带着几分几欲飞天的活灵活现。

君致没有骗人，虽然装扮完全不同，但令飐还是一眼就认了出来——那是司霆。

梦境里，古装打扮的司霆英俊邪气，却面无表情，他漠然英挺的眉目间隐隐泛着杀机与怒意，冷冰冰地盯着血泊中的女子。

令飐往下看，看到了他手中滴血的剑。

她顿时恍悟——果然是他……果然是他杀了自己！

脑海里却有一道声音骤然响起："令飐。"

谁？谁在说话？！令飐四下张望，一无所获，那声音似是轻叹一声，半晌才又出声："是我。"

是君致。

他在令飐——哦不，确切地说，是那位死了的红衣女子怀里。

梦境中死一般寂静，那些活着的、死去的人们，统统像是被点了暂停，凝固在原地。令飐如入无人之境，双脚浑然不受自己控制，自动自发地向前，踩过一地淋漓的鲜血，终于来到女子身边。一双手几经颤抖，她总算鼓足了勇气，从她已然冰冷的怀抱里取出了一幅完好无损的卷轴。

卷轴是明黄色的，有祥云暗饰，应该就是君致口中的圣旨。只是定睛看上面的内容，却并不像电视剧里曾看到过的那么长篇大论、繁文缛节，只挥斥方遒、张扬霸气地写了十六个字——

今日和离，各行嫁娶，天恩浩荡，赦尔不死。

令飐看得懂每一个字的意思，可合到一起，她又不明白了——这相当于免死金牌？既然有这玩意儿，怎么她还会一命呜呼？

君致的声音再一次缥缥缈缈地传了过来："是我……未能守护好你。"

令飔愣了愣，为这句话的含义，更为君致极度自责愧疚的语气。她隐隐觉得有什么地方怪怪的，没等仔细分辨，就听他怆然悲伤地说了下去。

"我不杀伯仁，伯仁却因我而死。身为一份免死诏书，却丝毫没有发挥护你周全的效力，仔细算来，害死你的不是他，而是我。"

令飔顿了一下，只觉得这逻辑真的是狗屁不通，她啼笑皆非地开了口："捅我的又不是你，这算哪门子的你害死了我？"

君致的声音里有着浓得化不开的悲伤与自责："是我失职。"

"你失个屁的职啊！"令飔简直服气了，"你又不是人，手无寸铁之力，拿什么救我的命？拜托，别什么罪名都胡乱往自己头上扣，这事跟你压根儿没关系。"

令飔的本意是宽慰君致，当然她确实也是这么想的——既然他说他是圣旨，那他显然不能以常人的行事标准来论，她死不死的自然也跟他扯不上关系。

只是，君致听到她直言不讳地说他不是人，又说他手无寸铁之力，本就自责不已的心瞬间跌落谷底，顿时整个人更沮丧了。

令飔看不到君致，未能及时准确捕捉到他的情绪，但有一件事一直挂在她心头，实在是不问不快："那个，你一直说圣旨、诏书什么的……莫非，这个梦里的事情……是发生在古代？"

君致静了静，底气不足地"嗯"了一声。

令飔迷惑了，完全是下意识地喃喃："这么说的话……这个梦……并不是对未来的喻示？"

君致又静了半晌，才说："是你的过去……"

"哦——"令飐顿时长长地舒了一口气，充满了劫后余生般的庆幸，"阿弥陀佛，谢天谢地，是过去！既然是过去，是不是说明我的家人这辈子并不会有事？哎，真的吓死我了，你知不知道我每一天都在提心吊胆，生怕我们全家会出什么事！"

君致默了默。

令飐也默了默，她眯了眯眼，盯着虚空，突然说："我这里有一个好消息和一个坏消息，你想先听哪个？"

君致长睫轻颤，怯怯地说："好消息。"

令飐从不拖泥带水，开口便说："不管你是怎么想的，又对我之前的死有多少不甘和自责，但我发誓，我根本就没有怪过你。"

君致颀长的身躯一震，他消化了片刻这句话，良久，总算鼓起勇气问："那……坏的呢？"

令飐这一次倒是有一点儿吞吞吐吐的了，因为她拿不准，只是充满了怀疑。

"你可能……那个……嗯……"

君致禁不住好奇，眉尖微蹙，追问了一句："什么？"

令飐一咬牙，眼一闭，一鼓作气把自己的揣测喊了出来："你可能既不是纸，也不是圣旨！"

君致先是怔了怔，等到回过神，真正品出这句话的意味，一向以这两个事物存在标准来严格要求自己的他，呆住了。

第十三章

她始终是他存在的
全部意义

令飐看着君致，君致也看着令飐。

令飐又视线微转看了看四周，902 房？

她愣了几秒就回了神——梦境没了？为什么？莫非……是引她入梦的君致情绪太过激动，以致幻境发生了崩塌？

很快，事实就验证了令飐猜测的正确性。

君致的情绪确实产生了极大的波动。他愣怔地坐着，白玉一般漂亮精致的脸上毫无血色。令飐觉得这情境她好像在哪里见过，又一想，还真是，她小学同桌胡乐突然得知自己并不是爸妈亲生的那刻也是这么一副茫然、震惊、天大地大我究竟是谁、来自哪里又何去何从的表情。

令飐清晰地记得当年的胡乐伤心欲绝地哭了整整一周，真的是见者伤心，闻者落泪，因而此刻看着君致，心下便格外不忍和心疼。她轻轻地拍了拍他修长莹润的手掌，低叹："你……看开一点儿。"

君致怎么可能看得开？

近千年来，他一直把自己划拨为纸类一族，时时刻刻事事处处以纸自居，并兼济天下地维护着视野范围内的同族们尽可能不被欺负，这种保护包括且不限于不让令飐撕购物小票、不让令飐用纸桶泡面、不让被他代写作业的小孩们浪费纸张乱涂乱画……

可现在突然告诉他，他压根儿就不是纸？

"那我是什么？"君致呆呆地问。

"嗯……这个嘛，"令飐艰难地斟酌着字句，"需要我们共同去探索一下。"

君致的眼神充分表明了他愿意配合。

令飐说："探索之前，麻烦你先帮我解答一个疑问。"

君致不解地掀睫看她。

令飐单刀直入："警察进屋搜寻的时候，你在哪儿？"

902房统共两居室，她实在想不到屋里有什么合适的藏身之处。

君致抿了抿唇，良久后才答："盒子。"

令飔愣了愣，转瞬就震惊了——他说的是那个古木锦盒？！

"那么小的盒子，你……你是怎么进去的？！"令飔简直目瞪口呆，尤其她想到那个盒子根本就没钥匙，越发觉得完成这个动作的难度系数太大了。

君致眉目平静："像这样。"

下一秒，毫无预兆地，他凭空消失了。

令飔如同见了鬼，杵在原地至少傻了十几秒，才骤然间回过神。她立刻跑到书房去找盒子，然后捧在手里上下左右地不住翻看，末了像个神经病一样，朝里头小声喊："君致？君致你在吗？"

锦盒内传来了略显沉闷的一声："嗯。"

令飔感觉自己真是"活久见"，心脏都要停跳，差一点儿就失手把锦盒摔了。她手忙脚乱地赶紧拿好了，一脑袋问号前仆后继地往外涌："里面是什么景象？能不能描述一下？"

君致清润的声线隔着盒子，有种近乎慵懒的低哑："不能。"

"为什么？"

"黑。"

盒子里逼仄又黑暗，君致如同坠入了永夜，一无所感，既不知道此刻的自己是何形态，更是什么也看不见。

令飔生怕他在里面待久了憋出什么毛病来，连忙说："行，我了解了，你快出来！"

就像是被施了魔法，一个眨眼的工夫，君致重新站在了令飔面前。

令飔是真的叹为观止，一时间什么话都说不出来了，她围着重见天日的君致转了一圈，仔仔细细把他浑身上下察看了一遍，直到确定他真的没有丝毫异状，这才缓缓地呼出了一口气。

君致没说话，无声注视着她的眼睛。他在等她的下一个指令。

令飐想了想，还特别好奇另外一件事："你为什么不让我哥进家门？这跟被牵连有什么关系？"

君致如画的眉目顿时一蹙。

他弧形好看的薄唇抿了抿，像是并不怎么想说，但又更不希望她的诉求落空，挣扎片刻，只得答道："司霆来过。"

令飐一时间没能明白，司霆来过和不让令晖进家门有什么关联？

君致眼睫低垂，牙一咬，飞快地说："他拿水枪喷我。"

令飐眨眨眼，花了将近半分钟去消化这区区六个字，然后整个人都无语了。

她简直想要掀桌，心里暗骂：司霆，你究竟是有多无聊？！

掐指一算，他今年少说也要奔三了吧，拿水枪喷人？他幼儿园是不是托了关系才毕的业？！

当然，下一瞬，令飐就回过味儿了——那天吃饭，司霆的一杯水好巧不巧地全泼在了君致手上，后来又上演了水枪戏码，可见这个人怕是知道了什么。

令飐皱眉思考，司霆知道了不要紧，毕竟君致说了，他现在遇水不蹙了，可司霆究竟是怎么知道的，这个就比较棘手了。

而这也正是君致不肯让令晖进家门的原因吧——他在明，司霆在暗，没人知道那个为了获取事实真相不惜罔顾方式的男人究竟准备了多少奇葩招数，还是不把令晖牵扯进来为妙。

只是，碰到这种不按常理出牌的神经病就只能自认倒霉了吗？令飐不服，她发誓一定要好好回敬他。

暂且撇开司霆不说，君致把她的疑问全部回答了，令飐也该为他答疑解惑了。在这之前，她先是把自己的包翻了个底儿掉，确定没有窃听之类的设备，这才对君致说："咱们先做个实验吧。"

君致愣了愣，没来得及发问，就眼睁睁地看着令飔进了洗手间，然后"哗啦啦"接了一盆清水出来，走到了他面前。

令飔把自己的一只手伸进盆里，沾了满满一手的清水，她眉眼认真地看着君致，一字一顿："你是最帅的。"

"我活了二十七年，见过成千上万的人，他们加起来，都没有你长得好看。所以，不管你遇到水会皱或不皱，又或者会产生任何其他的变化，在我看来，都不会丑。"

"别怕。"他听到她近乎宠溺地说。

君致原本怕吗？当然了。但令飔的声音莫名有一种安抚人心的魔力，就在她说完"别怕"这两个字后，他忽然觉得周身一轻，竟然就真的无畏了。

君致闭上眼睛，毫不设防地交出了自己，下一秒，他清晰地感觉到面庞上的凉意——是令飔的手指。

她的指尖沾了水，有些凉，她像是在描摹一幅画，更像是在爱抚一件珍宝。她轻而又轻地摩挲着他的眉目，从额头，到眉毛，再到眼睛，蜿蜒掠过他精雕细琢般的鼻，最后，定格在了唇上。

"别怕。"

君致再一次听到她这样说，尾音刚落，一双柔软微凉的手掌珍而重之地捧住了他的脸。水意氤氲，什么都没有发生，他缓缓地睁开了眼，瞬间就跌入令飔近在咫尺、无声含笑的眼眸中。

两个人离得太近，几乎是呼吸可闻，君致的眼睛一眨不眨地看着她明媚的笑靥，忍不住心跳加速、耳尖升温，不好意思地问道："笑、笑什么？"

令飏喜欢极了他因害羞腼腆而耳朵发红的模样，她吹了一声口哨，就像个女流氓一样脱口而出："笑你长得好看。"

君致在登徒子领域的造诣绝对无法和令飏相提并论，他眨了一下眼，一整张脸瞬间通红了。

逗够了美人儿，令飏做回了正经人，她先是拿毛巾把君致的脸和她湿淋淋的双手擦干，然后言归正传。

"我怀疑你对自己的认知出了错，主要基于以下几个原因：第一，你一直认为自己不能吃东西，但事实证明你可以；第二，你一直认为自己遇到水会皱，但事实证明你不会；第三，也是最最重要的一点，你一直认为是自己害死了梦境里的那个我，这个应该是最离谱的了吧？试想，一个人……呃……也可能不是人，为什么会不断产生认知偏差？恐怕只有一个原因——你从根本上就出了错。"

"你怕是连自己到底是什么都搞错了。"说到这里，令飏忽然又想到了一个发现，"如果，我是说如果，你真的是纸的话，应该是特别怕火的吧？"

她问得突兀，君致不明所以地点了点头。

令飏莞尔："可你刚才用火做饭了呢。"

君致狠狠地愣住了。

他张了张嘴，又合上，好半天才发出声音："我……没注意……"

他担心她饿，所以什么水啊火的，都忘记了。

君致愣愣的，他从来没想过这些问题。他一直觉得自己就是一纸诏书，这个怎么会错啊……

令飏想了想，问他："你说你是圣旨，又说字是司霆写的，所以司霆过去是个皇帝？"

君致却摇了头，说道："他是陛下最疼爱的皇太孙。"

令飐愣了愣，皇太孙写的也能叫圣旨？

君致点头，说道："陛下对他恩宠无限，加之他用的又是神墨，许的也非江山社稷，只是一位女子的生死，陛下当即便盖了玉玺。"

令飐举手，不懂就问："神墨是什么？"

"陛下派人远渡重洋从海外仙山求来的神笔。"

神笔？令飐心下莫名一动，她直勾勾地看着君致，大胆揣测："你……不会是……"

话没说完，君致已断然否认："不是。"

神墨被司霆不小心弄折一截后，遭到最是忌讳这种事情的帝王的无情厌弃，能轻易折断的笔还配叫神笔？帝王觉得晦气又不屑，随手便将辛苦得来的它丢到了角落蒙尘。这支神笔至今还对皇太孙满怀切齿痛恨，时不时还会在纸上骂街，君致还不至于把自己和它搞混。

"嗯……"令飐的脑洞开了，一时间有些收不住，她天马行空地开始猜测，"既然是神笔，一定很厉害吧？我记得小学课本里有个类似的故事，叫《神笔马良》，画什么就能出现什么，那……有没有可能是它创造出了你，而不是那份圣旨？"

君致愣了愣，令飐自己也愣了愣，然后她一双黑白分明的眼睛一下子就瞪大了。

"很……很有可能啊！"她坐不住，站起来在屋里来回踱步，嘴里念念叨叨，"司霆用神笔写了字，一国之君又盖了玉玺，内容还偏偏是许诺赦免我犯了事也不必死……所以你不由得认为自己是为了守护我而诞生的圣旨……殊不知让你诞生的机缘并不是'守护我'，而是……神笔？"

说到这里，她倏地定住了脚，电光石火间，脑海里闪过一个念头：

"我怎么突然觉得，你……你的名字不像是君子，也不像是纸，而是……执。执念啊？"

君致呆呆地听完了她这席话，突然回过神，二话不说抄起桌上一杯不知道放了多久的水倒在了自己的手上。他目不转睛地盯着，令飐也盯着，一分钟，两分钟，五分钟……整整十分钟过去了，手掌白皙依旧，漂亮依旧，和令飐方才用水触碰过后的他的脸一样，丝毫没有一丁点儿皱皱的迹象。

令飐还没来得及高兴，君致便一阵风似的起了身，冲进了厨房，取出了一样东西。她看清时他已经把那样东西点燃了，是蜡烛，他又二话不说就用手指去碰。她急忙去拦，他却已经碰到了，一声痛吟，蜡烛移开，他惊叹地发现自己的身体真的没有一触即燃，焚烧殆尽！

这两个发现实在是令君致太震撼了，以至于令飐根本拦不住他，眼睁睁看着他把各种以前潜意识里认为的禁忌都尝试了一遍，结果都安然无恙。他整个人都惊呆了。

"怎么会……"他有些惊奇，有些欣喜，又有些茫然，"我……我真的不是纸？"

他缓缓地转头看令飐，眉眼间充满了难以置信："那……我为何又能躲进盒子里？"

令飐别的不行，天马行空乱想的能力却是棒棒的，她稍加沉吟了一下，回答："万物有灵，你虽然不是那份诏书，也算是和它有些关系，我没猜错的话，锁着的锦盒里应该放着诏书？那你能躲进去也并不奇怪啊。"

君致一夕之间对自己的身份产生了怀疑，又在短短的时间内重新建立起了全新的认知，就如同令飐那位突然间认回了生父生母的同学一样，心里霎时间充满了感慨。

令飐看着他一会儿欣喜，一会儿又迷茫的神情，体谅地拍了拍他的肩，还是那句："你……看开一点儿。"

这句话她其实更想送给自己——他因为她的死生出执念变成了人，这该是多么深的执着？她内心巨震，骤然间彻底明白他那句"我是你的守护者"的分量了。

两个人各自消化了片刻，身份之谜揭开，君致虽然是执念所化，却与常人丝毫无异，再不怕司霆出奇招了。

令飐冷笑，好你个司霆，过去弄死我，现如今又来欺负他，你真当自己还是呼风唤雨的皇太孙啊？等着瞧，不给你点颜色看看我就不姓令！

那一天，托君致的福，令飐再次入了梦，以旁观者的姿态把过往纠葛终于搞清楚了。

梦里发生了什么？说来可真是话长了。

原来司霆的前世是最受宠的皇太孙，令飐的前世则是立下了赫赫战功的大将军的嫡女靖宁。为了稳固皇家政权，联姻在所难免，以出神入化的女工尤其是白鹤绣得栩栩如生而名动京城的将军嫡女被指婚给了皇太孙，奈何这位皇太孙性格张扬桀骜，最是厌恶被人强行规划人生，便把这份抗拒完完全全地转嫁到了靖宁身上。

将门无犬子，碰巧靖宁也是个性子烈的主儿，别说皇太孙自她入东宫后一直对她横挑鼻子竖挑眼了，便是他好声好气，她也未必会动心。两个性子倔强的人从一开始便互相看不上，虽不到水火不容的地步，但同床共枕是绝无可能的了。

两人就这么貌合神离、相互排斥地过了一天又一天，皇太孙既然不喜欢靖宁，自然不可能守身如玉，纳了一个又一个美艳的侧妃。直到三年后，靖宁满十六岁了，老皇帝龙体骤然染疾，性情大变，接连以酷刑重罚了朝中数位大臣。靖宁心下不安，不免为自己那常年驻守边境苦寒之地的父亲担心，便在皇太孙又来故意寻衅时没能控制住脾气，两人大打出手，心比天高的皇太孙如何能咽得下这口气？当即扬言要休了她。

靖宁也非寻常女子，对名存实亡的夫君没有什么留恋，她巴不得他早日将她赶出宫去，各自过逍遥日子。于是便以激将法撺掇皇太孙早日写下休书。

皇太孙以难为靖宁为乐久了，一会儿不捉弄她便浑身不适，他每每来她宫里找碴都会带着一众姬妾，以彰显自己的风流快意，这次自然也不例外。众目睽睽之下，皇家岂能有戏言？他虽不喜欢这个正妃，但日日与她针锋相对倒也别有一番乐趣，没想过要真的休了她，一时间有些骑虎难下。待到他看清她眼底不加掩饰的对宫外自由的渴望时，他暗自咬牙，发誓决不能让她如愿，便放出话来："你不是绣功了得吗？尤其是绣白鹤。那便为本宫绣七七四十九幅白鹤图吧！你何时绣成，本宫何时赏你休书。"

七七四十九幅可不是一个小数目，皇太孙心想这丫头怕是不敢应，谁想她不仅应了，还不眠不休，一连数日不曾合眼，用最短的时间把白鹤绣好了。

呈给皇太孙过目那一日，风和日丽，靖宁的脚步轻盈得像蝴蝶，皇太孙却气得几乎要呕血，他指着白鹤故意挑刺儿："这就是绣功了得？我看也不过尔尔。"

大殿里是一群等着看笑话的侧妃，靖宁站得笔直，不卑不亢："臣妾愚钝。但约定之时，殿下并未要求绣品质量如何。"

皇太孙哑口无言，想发火，又无从发起，一众侧妃早盼着不受宠的靖宁赶紧腾位置，自然是火上浇油。他骑虎难下，只得咬着牙去皇爷爷那里讨圣旨。

皇帝当时已经病得很重了，性情更是诡谲难测，只是他一如既往地对皇太孙偏宠有加，见他吞吞吐吐地说要请一道旨，却又为难地说不出究竟是请什么旨意，索性大手一挥，将一支通体墨黑的笔递给他："来，慕儿自己写。"

皇太孙的名讳是和慕。

自己写就自己写，皇太孙自小集万千宠爱于一身，骄纵惯了，不觉得自己写个旨意有什么，便潇洒地蘸了墨，要落笔，却连写了数份都不满意。

于是，地上的废纸团数量渐增，直到雕花窗外暮色四合，皇太孙才终于把那十六字的诏书拟好了，自己看到"赦尔不死"四字却又忍不住切齿——她心心念念着脱离苦海，他却百般挣扎最终还是诡异地添上了这句，这叫个什么事？

皇太孙心下不平，手上用力，"咔嚓"一声，神笔折了！

皇太孙无意间闯下了大祸，目瞪口呆地看向皇帝。皇帝怔了怔，心想果然是大限将至了吗？又一想，朕寿与天齐，岂有大限？于是他便认定了是寻笔人瞒天过海、以劣充好，犯了欺君大罪，决心要将一众人等统统抄斩，而对无辜的孙儿自然没有责罚的道理，爽快地盖上了玉玺。

靖宁得了圣旨，对言而有信的皇太孙刮目相看，她早已收拾好了包袱，就等这一刻，便接了旨千恩万谢地出宫了。

皇太孙毕竟是个男人，满脑子"直男思想"，他以为靖宁虽然面上从不怕他，一副侠女风范，但归根结底是个姑娘家，被人休了，势必要偷偷以泪洗面的。谁料派出去的暗卫传回的消息大大出乎了他的意料。

暗卫说："殿下，靖宁姑娘离开京城了！"

皇太孙心想她离开京城干吗？排解忧思吗？

暗卫说："好像是去游山玩水了！据暗卫五十七号传来的消息看，靖宁姑娘随身携带着您赏赐给她的休书，大婚的时候殿下不是带她游京城、祭太庙了吗？不少百姓都认得她，有人以为她微服私访，来打招呼，她都会特意把休书拿出来，明确澄清她已经被您休了。"

皇太孙险些被气死。

被他休了很值得骄傲吗？！这女的是不是有病？简直没心没肺，寡廉鲜耻！

皇太孙忘记了自己写过的话——和离后两不相干，日日就想着被他休的弃妇又恬不知耻地在哪儿潇洒了。

派出的暗卫越来越多，得到的关于她的消息也每日剧增，皇太孙亲耳听到她每天白天带着休书游玩、晚上搂着休书睡觉就气得心肝脾肺疼，他心想我娶你时的诏书怎么没见你这么宝贝啊？一纸破休书倒放你心尖儿上了！殊不知她心里的苦。

靖宁当然不是苦于被休弃，苦的是她家功高震主。她一路上不遗余力地向世人展示休书，自然不是因为她有被害倾诉欲，实在是她宁可自己家丢些颜面，也不希望朝中有心之人将大将军府视为下一个铲除目标。

可天不遂人愿，靖宁以为自己被休，东宫正妃之位易主，能让靖家暂时不会成为众矢之的，孰料该来的总会来。待她终于抵达父亲驻守的边境时，却得知父亲已于昨日接到陛下的密诏，快马回京。等她再折返京城，回到家中，见到的正是御林军血洗将军府的情景。

靖宁目眦欲裂，只呆愣了数秒，便抄起佩剑冲进了阵中。她身着绯红衣裙，流血不容易被看出，等到皇太孙拍马赶来，她已身中数剑，血流成河，已经无力回天了。

皇太孙手里提着剑，眼里是滔天的怒气。御林军奉圣旨行事，他虽然震惊皇爷爷怎么下这份暗旨，但又无从指摘，仔细想来，自己恼的竟是——她明知自己有一纸免死诏书，却至死都不肯拿出，是怕再跟他扯上任何干系？

皇太孙怒视着她，一口银牙几乎咬碎，那奄奄一息的红衣女子却朝着他虚弱一笑，喃喃地说了一句什么。

一群御林军护着皇太孙，生怕他遇袭，但其实大将军府已经满地狼藉，只剩一个殊死反抗后身受重伤的靖宁还吊着一口气。他看着她惨无人色的脸，明明不久前还明艳不可方物，他不由自主地想上前，却被一众御林军拦住。

靖宁又动了动唇，离得那么远，皇太孙自然没听清，他眉头拧成"川"字，还是暗卫五十七号有眼力见儿，凑近了听了听，她说疼。

皇太孙登时身躯一震，她为什么要对着他说疼？他见惯了她不屈不挠让他恨得牙痒却又无计可施的模样，此刻竟不敢相信她是在朝自己求救。谁料下一秒，就见她目光微转，眼睛一眨不眨地看向他手中提着的剑。那神情清晰明了，再也不会让人错认——她已无力自戕，想要保存将军府最后的尊严，唯有求他，这个未曾参与屠府、曾经的对手，给她一个痛快。

一片血泊中，靖宁面色如雪，朝他笑了一笑。

那是她第一次对他流露出这样的笑容。

没有厌恶，没有警惕，没有提防。她一介女子，力竭濒死，是心平气和地在拜托他结束她的生命。

皇太孙指尖一颤，眼圈不知怎的就泛了酸。往事一幕幕，在脑海里跑马灯似的过了一遍，他忆起从前诸多种种，突然发现她好像也并没有那么讨厌，可事已至此，无力回天。他的心绪复杂难言，手指几番颤抖，终于走上前，一剑封喉，偌大的府邸彻底陷入了死寂。

梦到这里就停了，君致不是人，至少当时并没有幻化成人，于是梦境里根本就没有他的哪怕半帧镜头。

至于君致是怎么因为她的死亡从而生出执念，又是如何跨越千年的时光锁而不舍地寻觅她，更是无从展现，令飐只是突然间意识到——梦境里的家人，与现实里的截然不同，生生世世在一起，是天大的缘分，家人尚且没有这样的缘，他却在追逐，可以说是对她执念很深了。

仔细想想，也确实奇妙，那个对她许下赦免不死诺言的人给了她终结一剑，反倒是诺言本身认为自己对她的死负有不可推卸的责任，变成了执念。

靖宁是人，死了也就死了，执念不是人，在广袤寂寥的天地间，盘桓流连，永不消逝，最终成了君致。

这份自责与愧疚也随之一脉相承，积淀日久，历久弥新，直到今天。

令飐回过神来的时候，发现自己不知何时已经满脸的泪水，君致立在一旁，一副不知所措的模样。他先前一直不肯告诉她真相，就是因为这样——一是太荒谬，觉得她未必会信。二也是最重要的，就是怕她会哭。

好在靖宁不是娇气柔弱的人，令飐也不是，她抹了把脸，把泪痕擦干，一开口关心的仍旧是君致："梦里只能看到诏书，根本就没有你，说说吧，你为了找到我费了多大力气？"

君致看着她红红的眼睛，心下都是不忍，哪有心情提自己那些不足道之的往事？他黯然地说："是我失职。"

令飐没想到事到如今他还是坚持着这个荒谬的念头，是真的见识到什么叫"执"了，她无奈地摇了摇头，索性换了个话题："梦里不管你是什么，总之不是人，难免会有心无力，现在你是人了，铁了心要保护我，不是吗？"

君致毫不犹豫地立刻点头。

令飐有意逗他："不会抛下我、背叛我、欺负我、伤害我？"

君致急了，忙道："绝不！"

令飐看着他，眼睛眨也不眨地看着，忽然就破涕为笑了。

她轻轻揉了一下眼睛，似咕哝，又似感慨："许诺的人自己都忘得一干二净，你倒好，自责了这么久不说还巴巴地找了几百年……真是傻。"

令飐从来没见过这么傻的人，又蓦地觉得，君致会把自己当成纸倒也正常——他的确，如纸一样洁白无瑕。

这一刻，令飐莫名想到了君致手机里那个孤零零的号码，她觉得心脏又暖又疼。

从一开始就因她而生，横亘千年，初心不负，她始终是他存在的全部意义。

窗外星河满天，令飐突然看到一抹光亮斜斜飞坠落下，一闪而逝，她不由自主地问："你看过流星吗？"

君致怔了怔。

他不知道话题怎么会转到星星上面。

令飐却回了身，朝他粲然一笑。窗外夜幕低垂，繁星近得仿佛触手可及。君致追随着她的目光，一同眺望着远处盛放在城市中的点点灯火，忽然听到她说："谢谢。"

君致一顿。

令飐侧过脸来，夜风吹得她发丝凌乱，却另有一种令人怦然心动、别样的美。君致无声注视着她的眼睛，迢远记忆长河中那个血色染了他满身的女子与面前这张脸完全重合。她的眼瞳清澈如水，盈满了明晃晃的怜惜和温柔，她低声问道："你来的这一路，是不是和盒子里一样黑？"

君致心头微震，瞳孔上映出她漾着泪光的笑容，他来不及作答，她又说："谢谢你，找了我那么久。

"只是，和无穷尽的漫长岁月相比，我的生命应该短暂得就像是流星，不管有多少痛苦、屈辱和煎熬，都将会随着生命的结束而一同消逝。所以，我希望你……放过自己，也能释怀。"

君致怔怔地看着令飓，她想了想，走过来，轻轻地牵起了他的手。他看到她仰着脸，眼泪汪汪的，微笑着劝他放下不甘："这世上有许多好玩的、好看的、好吃的，还有很多明媚的光和漂亮的景，君致，你要不要放下作茧自缚的愧疚，离开那团黑暗，跟我一起去探寻世界的美好？"

君致的神情有些触动，又有些茫然，他承认自己对令飓描绘出的情景心动了，却又有些无措，心想：倘若我真的是因执念而生，如今却要放下不甘，岂不是……

令飓像是洞悉了他内心的所思所想，她的眼睫上还挂着一滴泪，却乐不可支地笑了："你的执念是守护我、对我好，保护我不受伤，并不是要复仇，所以放下不甘又会怎么样？"

君致看着她，眼睛眨也不眨，良久，终于展颜笑了起来。

做好了君致的思想工作，令飓顿时觉得浑身轻松了许多，她心想自己现在一定是疯了，不然也不会轻而易举地就接受了这么无稽荒唐的事。无论如何，确定了家人不会再枉死，她心中的大石总算是落了地，接下来的任务，就是尽快把不知道通过什么途径掌握了一部分内情的司霆搞定，然后一切就能回归到正常的生活轨道上了。

司霆果然没有让她失望。

他也不知从哪里得知了君致可能怕水的弱点，在用水枪喷君致无效并被君致拒之门外后，毫不气馁地想出了邀令飓和君致一同去玩漂流的招儿。

令飓早已确定了，君致所谓的怕水只是司霆一厢情愿的臆想，正愁没机会打消他的疑虑，当即欣然答应，然后两人就在司霆一脸"看我怎么让你现出原形"的得意神情下痛痛快快地一起玩了一场漂流。不但她尽了兴，玩得不亦乐乎，就连一向喜怒不形于色的君致也流露出了愉悦的神情，这个比女孩还要美的年轻男人神采飞扬，漂亮到让人移不开视线。

司霆偷鸡不成蚀把米，简直气到吐血，再加上目睹君致在水流里安然无恙、风采夺目，他心里简直有一万头神兽奔腾而过。漂流结束后，他就劈头盖脸地把邵明明骂了一通。

"你到底是从哪儿搞来的小道消息？我就想问你脸痛不痛？啊？"

邵明明也是一肚子的委屈，茫然不解地道："我……我花高价买来的内部资讯啊……也真是奇了怪了，上次咱们一起吃饭，他明明表现得对水很敏感啊！"

司霆也迷惑了。君致那一次被他用水试探后的反应不像作假，但今天漂流的实况表现更不可能作假，这到底是怎么回事？

"霆哥……"邵明明弱弱地给出建议，"我还买了另一个小道消息，说是君致异于常人，绝对不能在月圆之夜喝酒，一旦喝了，必然露出端倪，您看……咱们要不要再试试？"

司霆沉吟了片刻，他倒不是对君致有多么关注，也不是非要弄清楚他的真实身份好发表一条新闻不可，纯粹是那种发自内心的、毫无缘由、说不清道不明的不喜欢，看不惯，且并不仅仅因为他的字被鉴定成了君致的笔迹。

闲着也是闲着，司霆决定再试一下，只是有个问题："你说这些消息都是花高价买的，有多高？我怎么记得你小子连饭都快吃不起了？"

邵明明支支吾吾了半晌，终于说出了实情："那个，霆哥……我好像……忘记把钱包还你了……"

司霆崩溃怒吼："合着用的是老子的钱啊？！"

几天后，根据邵明明给出的信息，屡败屡战的司霆重新制定了作战计划——他以感谢令老爷子对他的关照为由，诚邀令老爷子、令飓的爸妈以及令飓和君致一起赏脸吃顿便饭。

说是便饭，司霆却是真的下了血本，他在 A 市最豪华的酒店订了一个大包间，带来的酒和菜品一样奢华。令飓见到这场面的第一反应是——他这是摆的鸿门宴？

君致比令飓还要严阵以待。

他从进包间后就一直绷着那张俊美秀气的脸，哪怕令飓一再宽慰他放下心结，面对这位曾经的皇太孙，他还是很难做到心平气和。

等到司霆敬了一圈酒，来到他面前，他的防备心理更是瞬间到达了顶点。

"虽然我一直对你不是太友好，"司霆看着他，意味深长地笑了笑，"但请你喝杯酒你应该还是会赏脸的吧？"

话音一落，他率先把一满杯酒往前递了递。君致看着他，没什么表情，但君致能清楚地感知到，令家三代人的视线都盯在他身上。

令飓曾经明确说过，不许君致再喝酒，他不敢忘。于是他动了动唇，正要拒绝时，忽听司霆笑意盎然，声音不高不低，刚好够每个人都能听到："怎么，你是不愿喝，还是不敢？"

偌大的包厢里静了一瞬间。

"不敢什么？"一直沉默的老爷子突然发问。

司霆嘴角一勾，眼睛盯着君致，意思是——要我说吗？

君致面无表情，看着司霆，向来澄澈清明的眼瞳里闪烁着锐利的森冷光芒。

"我……"令飓张了张嘴，想要帮君致解围。谁料她刚刚说出一个字，就被老爷子淡声截断："小司，有什么话，就直说。"

司霆似笑非笑地看着君致，语气轻快："倒也没什么不能说的，只不过，我听说……"故意吊人胃口似的，他含笑的目光缓缓地扫过全场，一字一顿地道，"君致好像异于常人。"

令飐的脸色变了变。

"哦？"这一回出声的是孙怡，她一直对司、令两家结亲持乐见其成的态度，原本就不太能接受自己的女儿毫无预兆地找了个无父无母、潜心考古的自闭症男友，并且他们俩至今都没有填她的调查问卷！这是什么态度！是不是不把她放在眼里？怒气作祟，她对女儿和君致十分不满，这时候不失时机地立刻提问，"怎么回事？异在哪里？"

司霆薄唇微启，一副"我憋了个大招儿，快让我公之于众不然我就急死了"的姿态。令飐冷不丁地猛然站起身，快步走到他面前，声势和眼神一样冰冷摄人："你有完没完？！"

众人诧异，都不明白令飐这话是什么意思。

看到令飐的反应，司霆顿了一下，他盯着她，桃花眼忍不住眯了眯，心说：这么看来你知道啊！

君致却是无声注视着令飐的一举一动，始终不动声色。他静静地看着令飐，仿佛是生是死都听她安排，任何旁人的评价、议论和看法都不值一提、无动于衷。

"令飐。"开口的还是孙怡，她只叫了一声女儿的名字，什么都没再多说，"你最好给我一个合理的解释"的言外之意却表达得明明白白。

所有人都看着令飐，她心想，今天我要是说不出个子丑寅卯来，怕是立刻就要喜迎一场男女混合双打了。在生存压力的威逼下，她的智商前所未有地在线，灵光一闪，计上心来。

"不是说好好聚好散吗？"一室寂静，令飐听到自己的声音，在一本正经地胡说八道，"司霆，你骗了我，我也耍了你，咱俩半斤八两，都不是什么好东西，这场感情游戏算是扯平。但是，你有必要拉君致下水再造谣中伤吗？他是无辜的。"

司霆眨了眨眼，其他的他都懂，只是不太明白那个"感情游戏""骗"和"耍"——他怎么不记得他和令飏有过这么精彩纷呈的斗争经历？

令飏面不改色，扯谎扯得信手拈来："冤有头，债有主，"她瞪着司霆，握了握拳，一点一点攥紧，摆出了一副迎战的姿态，"有什么仇什么怨，都冲我来，你再欺负君致，我要打人了。"

令家上下恍然大悟——哦，原来是令飏和司霆互相戏弄、游戏一场，结果她转头另觅他人，司霆却不甘心，所以这才对君致百般看不顺眼，甚至蓄意编排谣言，意欲破坏君致在令家人心目中的形象。这……这分明是三角恋的桥段啊！

第十四章

心无旁骛，
他是她的守护星

司霆险些被气死，别说他没和令飓玩过一场感情游戏，就算是真的玩了，他也不是拿得起放不下的主儿！行，就算他真的放不下，不甘心，想挽回，可也不会用这么简单粗暴的方式来对付她的新欢啊！他完全可以默默地、悄悄地、润物细无声地挤对君致，干吗要这么堂而皇之、大张旗鼓？

司霆觉得令飓这个谎撒得毫无水准并且破绽百出，可万万没料到令家人都吃这一套，并且三人纷纷中了招。

"令飓。"先开口的是令老爷子，他绷着一张肃然威严的面孔，态度自然是批判和教训，"看看你这是什么态度！谁教的你把感情当儿戏啊？简直是胡闹！"

令飓"羞愧"地低下了头。

孙怡也是十分气愤，她一张脸青白交加，用细嫩的手指戳着自家闺女的脑门儿，恨铁不成钢地道："你、你、你不嫌害臊？妈妈没教过你要认真、郑重地对待感情？行啊你，看你一直单身，我还当你是对爱情有着极高的标准和严格的要求，结果你竟然是个花心大萝卜？！"

"花心大萝卜"她爹看不下去，下场来护短："行了行了，孙老师，这是你亲生闺女，不是辩论场上你一直看不惯想要抽的那位辩手……"说到这里，他瞥了低头任人骂的令飓一眼，表面怒其不争，实则和稀泥地叹了口气，"算了，随她吧……儿孙自有儿孙福，年轻人的问题就让他们自己解决吧。"

令修木一番话说完，孙怡率先冷着脸离席，令老爷子把拐杖往地板上一拄，瞪了令飓一眼，也怒不可遏地走了，剩下令修木逐个儿看了看在场的三位年轻人。他不太放心地嘱咐："比赛第二，生命第一……"他着重看了看他的女儿，郑重交代，"有话好好说，爸爸不赞成随意动用武力。"

令飒无语，心道：你在想什么啊？！我的亲爹！

令修木申明完"游戏规则"，也一脸焦头烂额地走了。此时，包厢里只剩下他们三个，呈三足鼎立之势，相互沉默着。

最先憋不住的是司霆，他一脸暴躁憋屈地举手提问："令飒，你这么伤敌一千自损八百的战术有价值吗？"

怎么没价值？令飒在心底反驳：这不是成功地把三座大山移走了吗？只要他们不在场，随便你怎么说，我都不怕。

司霆盯着她看了半晌，突然毫无预兆地笑了："你知道我刚才要说什么？"

令飒摇头，都到这个时候了，她无意再跟他耍嘴皮子功夫，索性开诚布公道："我确实挺好奇的。"

"哦？"司霆一脸玩味地看了一旁自始至终没出声的君致一眼，不无讽刺，"你那么护着他，我还以为你对他了如指掌呢。"

令飒没理会他的寻衅，单刀直入："别卖关子。明人不说暗话，你今天既然已经这么大费周章了，如果还藏着掖着不肯说的话，我绝对不会再给你第二次耍人的机会。"

司霆看得出令飒不是在开玩笑，他敛了笑容，面无表情地瞥了君致一眼，冷冷地说："他有问题。"

令飒和君致都没出声，盯着司霆。场面异常安静。

司霆嘴角一挑，勾出一抹居高临下的笑容，一脸"老子无所不知"的神色，一字一顿，轻蔑宣布："月圆之夜，他一喝酒，就会变成一只浅粉色的狐狸。"

"啊？"令飒眨了眨眼，怀疑自己听错了，但司霆的表情是那么的笃定、自信、胸有成竹，以至于她一时间忍不住有些动摇，便怔怔地侧过脸看向君致。

从司霆敬酒开始，君致一直一言不发，直到此刻，接收到令飐询问的信号，他这才薄唇微启，矜持又漠然地反问了一句："你从何处得来的消息？"

司霆不屑轻哼，意思是无可奉告。他觑着令飐略显怔忡的神色，再看向君致时，忍不住心生得意："被我识破了吧？怎么样，要不要给你一分钟的时间来陈述分辩？"他抬腕看了眼时间，寒凉一笑，"如果你没什么可辩解的话，喝下这杯酒，我拍个照，出门右转马不停蹄回台里，还赶得上今晚新闻首播。"

令飐听完怒道："你疯了吗！这是多大仇多大怨？先不说你这条惊世骇俗的新闻台里让不让播，单是你这份追根究底、死盯着君致不放的执拗就很奇怪！"

"那当然了。"司霆一派斯文败类的模样，他抬手虚扶了一下镜框，衣冠楚楚地笑了笑，"夺妻之恨，不共戴天嘛。"

令飐语塞，谁是你的妻！啊呸！谁有心情跟你开玩笑？！

令飐不是没有见过君致喝酒，也曾亲眼见过他醉后的表现，但她还是有些惴惴——毕竟月圆之夜什么的，好像是有些玄乎，不都说什么狼、豹、吸血鬼在这种时候都会有了不得的惊人反应……

令飐越想越不安，忍不住多看了君致几眼，她一面极力按捺自己的情绪，可又实在控制不住想向他传递千万不要喝的信号。谁料她的每一丝表情都尽收司霆的眼底，他冷眼旁观，嘴角弧度一点点变大的同时，越发觉得自己真的是勇敢机智。

不同于那两人或紧张或得意，君致倒是神色自若，一副"任尔东西南北风，我自岿然不动"的气度。他先是深深地看了看令飐，清莹澄澈的眼神温和至极，有种吹散迷雾、安定人心的力量。她一怔，焦躁担忧的心情瞬间一扫而空，她还没来得及理出个头绪，便见他眉目清冷地转向司霆，凛然发问："我喝了这杯酒，你就会善罢甘休？"

司霆愣了愣，为他的语气。

但他对自己斥巨资购买来的内部绝密消息深信不疑，便绷着脸，点了头。

"一言为定。"

话音一落，君致便抬起手，把一杯酒一饮而尽。

令飑看着他，司霆也看着他，包厢里静得简直落针可闻。

别变！

别昏！

也别睡！

令飑内心的祈祷声简直能爆出天际，她睁大了眼，凝神静气，直直地看着，五秒，十秒，一分钟……君致如兰似竹般伫立在原地，安然无事。

司霆眯了眯桃花眼，唇微动，要说话，却被君致率先截断。

"一杯不够？"他仿佛自说自话，温文尔雅的语句却充满了危险逼人的警告，不容置疑，"我连饮十杯，换你别再纠缠令飑，否则休怪我不客气。"

司霆第一次见到他这样的表情，愣了愣，还没来得及做出反应，君致已然一杯一杯接一杯地畅饮起来。

一、二、三、四、五……君致好威武，他又整整喝了九杯度数不低的白酒，但仍面如冠玉，身形不动，一派谦谦君子矜持有礼的气势。

司霆瞪着他，又看了看桌子上一排喝空了的杯子，显然有些难以置信。

"淡粉色的……狐狸。"君致眉目似画，轻抚额头，哑然失笑，"你说的，莫非是……这一只？"

话音方落，他莹润的掌心，凭空多出了一个小小的东西。

司霆一眼看过去，简直要吐血，折成狐狸形状的一百块人民币？！

令飓"噗"的一声，笑喷了。

那一天，司霆信心满满而来，又丢人现眼而归，可以说是十分大快人心了。令飓目送着他从包厢里怒气冲冲、羞愤交加地离开，瞧他那架势怎么看都像是要去找卖虚假信息的无良商家算账。她正想顺藤摸瓜、按图索骥地去给商家送一面锦旗，肩膀上忽地一重，属于君致的气息和呼吸扑面而来，好闻又清新，暧昧又亲昵。令飓整个人顿时就僵硬如一截木头，傻站着不会动了。

"怎……怎么？"她听到自己傻乎乎的声音。

君致的声音在她耳畔回荡，近在咫尺："麻烦了……"

"什么？"他离得太近，呼吸势不可当地扑在她柔白的颈侧，让她感觉三分慌张，七分心痒，她的嗓音都有点儿异样了。

君致又是一声轻叹，他整个人枕在她肩上，却依然准确无误地握住了她的手，往后拉，珍而重之般地放在了一样东西上。

令飓茫然无知地摸了摸，又感受了一下，毛茸茸的？她还没彻底回过神，就听到君致无奈动听的声线："尾巴。"

"啊？！"令飓瞬间回魂儿了。

事实证明，神墨不仅是支神笔，而且是支十分、非常、相当、绝对牛的神笔，简直有点石成金的功效。

这不，墨大爷在纸上行云流水、龙飞凤舞地写："你是今天才认识我吗？我早说过我来自海外仙洲，身份清贵高雅、能力超凡脱俗、水平出神入化啊！"

这些话自然是写给君致看的，可惜他此时此刻看不了，因为他真的摇身一变成了一只小狐狸，并且是浅粉色的那种。小粉狐狸此刻正乖巧地卧在令飐温暖的怀抱里。

令飐抱着变成了狐狸的君致，目瞪口呆地全程围观了神墨的一举一动。她大开眼界，忍不住赞叹："你……你就是神墨吗？居然会自己写字？这也太神奇了吧？！"

神墨生来最爱听人夸奖，当即就炫耀欲爆棚了："是我，需要帮你签名吗？"

"可以吗！"令飐很显然是心动了。

他们一人一笔在这边聊得亲切热络，小粉狐狸却不乐意了。它在令飐的怀里扭动了一下身子，引起她的注意，黑亮滚圆的眼珠滴溜溜地凝视着她，那眼神别提多哀怨了。

令飐被他那样的眼神看着，哪里还顾得上什么签名，瞬间想起了最要紧的事，急忙问道："他……狐狸……他这什么时候才能恢复正常？"

神墨正要挥毫泼墨给令飐秀一秀签名特技，却被君致无情打断，不由得有些没好气，它先在纸上大大地写了个"喊"字，这才另起一行，继续写："最多一小时，保管还你完好无缺的他。"

看到这句，令飐才松了口气。她盯着眼前这支通体墨黑、尾部明显有一处残缺的笔，莫名觉得什么地方怪怪的。下一瞬，脑袋里忽然灵光一闪，她脱口问道："消息是你卖给司霆的？"

神墨的回复充满了深藏功与名的味道："哎呀，这些都是我应该做的，不用谢。"下附一个矜持的笑脸。

令飐没想到还真是！但她好奇的是它怎么做到的，听司霆话里的意思他花了不少钱才买到这条正常人怎么看都荒诞无稽的消息，想把这种东西成功推销给他，难度系数应该不低吧？

神墨的回答让令飐叹为观止，它行云流水地写："也不算太高。司霆自以为聪明，奈何身边有个蠢到人神共愤的同事，刚好这位同事曾经通过小广告找我们代写过毕业论文还得了个优，本身对我们的业务能力就有深厚的信任基础，再加上我在和他沟通中故意泄露过几次君致虚虚实实的'小秘密'，一步步建立了我料事如神、无所不知的神算子形象，所以才能轻而易举地把消息卖了出去。"

令飏简直要跪了，这么看，司霆之所以会用水杯和水枪袭击君致，都是出自神墨的大手笔啊！不过，她也有一点儿担心神墨的身份会引起邵明明的注意，就按捺不住担心地问："你和他……见过面儿？"

"开什么玩笑？"神墨三两笔就勾勒出了一个小人儿翻白眼的简笔画，"谁买卖毕业论文会亲自出面儿啊？这可是学术不端！我们都是靠信件往来的。"

令飏心想，您还知道学术不端呢，她发自肺腑地向墨大爷道歉："没办理过这项业务，不清楚流程，失敬了。"

令飏一边顺着小狐狸的毛，一边问出了另一个困扰她许久的问题："司霆说的高价，是有多高？"

神墨洋洋洒洒地写了一串数字，令飏顿时惊得下巴都要掉了，诧异地感叹："这么贵！"她实在无法理解邵明明对这条新闻的执着和热爱，他真是疯了吧？！

"谁让他一直盯着君致不放？"神墨写出的字句充满了咬牙切齿的意味，"我真是看不下去了！就算我们君致身穿奇装异服、行事古怪，也没做伤天害理或者损人利己的事啊！一句话，这两个人就是欠抽！看着君致性子软，人温柔，没什么脾气，就当老子是死的吗？呵呵，说出来不怕你截屏，他找我买消息连凭证都没有！想找售后服务都死无对证！哼！活该！我就是要让他们尝尝搬起石头砸自己脚，自作自受的滋味！"

神墨一口气骂了司霆和邵明明整整两页纸还零三行，令飒越看越觉得新奇不已，她心想，你还知道呵呵、截屏和售后服务呢！

思及此，她忍不住看了怀中乖乖抱着她手臂趴着的某狐狸一眼，轻轻地捏了捏它竖起来的耳朵，浑然不觉自己的语气分明与学生家长嫌自家宝贝不努力如出一辙："同样都是历尽沧桑的主儿，怎么人家学习新鲜事物的能力就那么强？你倒好，连我说句'对不起'你都不明白。"

小狐狸一双眼睛黑亮清澈，它目不转睛地看着令飒，她明明没用什么力气，它被触碰到的耳朵尖儿却悄然红了。

令飒担心君致，所以一直密切注意着小狐狸的一举一动，自然也把小家伙骤然红了耳朵这个细节看在眼里，她忍不住愣了愣——人形的时候就害羞，变成狐狸了还害羞？他……他是有多可爱啊！

令飒从小就喜欢动物，对小猫小狗更是爱到无法自拔，十岁之前的每一晚，她都是搂着自家小猫酣然入睡的。这种极度宠溺小动物的心理在面对变成狐狸的君致时，很自然地被触动激发，她遏制不住一腔汹涌澎湃又柔软到一塌糊涂的疼爱之情，"吧唧"一口，重重地亲在了小狐狸的脑门儿上！

然后，她就察觉到不对了……

没有毛茸茸，也不软绵绵，甚至有那么一点点硬？还光滑如玉——

令飒蓦地瞪大眼，脑海里瞬间闪现出君致那张精致绝伦的脸。

一室静寂，她的唇重重地吻着他的额头，那力道绝对称得上是强吻美男，并且还被受害者抓了个现形！真的是要多尴尬就有多尴尬！令飒慢吞吞地眨了一下眼，心想这是什么样的剧情安排，青蛙王子吗？可这变身的速度未免也太快了吧？我可是连他的嘴唇都还没来得及碰啊……

令飒一脸痛悔地看着君致的额头，在一片落针可闻的安静里，她眼睁睁地看着神墨的身躯疯狂扭动，"唰唰唰"地在纸上写："想亲就亲啊，怕什么？！他刚变回来神志不清，任你推倒蹂躏，死无对证啊！"

令飑不"听"它说话还不气，这一"听"真的是羞愤交加："你还有脸说，说好的一个小时呢？是咱们计时方式大不同还是什么别的问题，你口中的一个小时过得也太快了吧！"

神墨扭啊扭，写啊写："我拜托你往上翻几段看一看！我说的是最多一个小时，最多，明白吗？饭吃七分饱，话留三分好，这不是你们人类自己的俗语吗？！"

这支笔不仅会卖萌，还擅长吵架，并且熟知人类的各种常用词汇，真的是夭寿了！令飑感觉既羞赧又丢脸，还有一点儿急需破解当下尴尬局面却又无路可走的慌乱，便病急乱投医地随口哀叹："神哪！降道雷劈晕我吧！"

"你急什么？"神墨唯恐天下不乱，不甘寂寞地接茬儿，"还没亲呢！快快快，夺走他的初吻！打下你的烙印！让他从灵魂到肉身都完完全全、彻彻底底属于你一个人！"

这支笔写下的话羞耻度爆表，令飑一张脸腾地一下红透了，只差要滴血了。而久久地沉浸在被她亲吻了额头这一巨大震撼中的君致终于渐渐地回了神，他无声唱叹一声，顿时觉得附在他额上的那片唇颤得越发厉害。他既心疼她被神墨调侃到这般地步，又本能地不想她的唇离开，便似真似假、半推半就、顺理成章地低叹了一句："她脸皮薄……还是我来吧。"

他一只手抚着她的背，略微后退一步，他的额堪堪与她的唇短暂分离，须臾之间，他欺身向前，珍而重之又准确无误地轻吻住了她柔软的唇。

唇瓣相触的那一瞬，君致听到自己的魂魄深处传来一声悠长的叹息。那叹息韵味隽永，又振聋发聩——所有不甘、仇恨、执拗和自责，因这一刻，都可放下，但你誓死要守护她的那颗心，当恒久鲜活，至死方休，为她跳跃。

时隔千百年，君致终于找到了他命定要守护的女孩，他的唇与她的相贴，他不敢妄动，指尖却颤得厉害。他用尽平生所有气力，使自己平静下来，却依然抑制不住自己如擂鼓般的心跳。拥她入怀，他只觉从未有过的圆满。

时间悄然流逝，君致没动，令飓也没动，两人就傻乎乎地保持着那副安静拥吻的姿势，谁也没有进一步动作。

"就这样？！"无情给出差评的自然又是神墨，它奋笔疾书，愤愤不平，"知道的是明白你们两个都害羞，不知道的绝对会把你们当成两根木头好吗！"

扪心自问，令飓也觉得这么只贴着不亲实在是太奇怪了，四目相对，呼吸可闻，她注视着君致近在咫尺的眉目，心想：他可真好看啊。神墨说他的初吻还在？好巧她也……既然这么有缘，择日不如撞日，她牙一咬，心一横，豁出去了："算了，还是我来吧！"

于是那一天，技艺生涩的她把君致的唇咬破了。

但君致很开心。

他活了这么久，这一天最开心了。

社会新闻记者令飓充分发挥职业优势，用半个小时的时间基本捋清了神墨的功能。

它能写字，能画画，一切笔类具备的基本功能它都有，唯一的区别就是它比一般的笔要厉害那么一点点，这个一点点包括且不限于写出的字能追踪——所谓的王八贴就是；能预言——比如它故意向邵明明炫耀过的几次技能；以及写什么便会成真——最近的例子是它写了句君致饮酒后会变狐狸，他就真的变成了狐狸。远的例子吗？自然就是它写出的字，孕育出了君致。

这么看来神墨真的是威武霸气，令飏敬佩地朝它拱了拱手，却又有一事不明："不对啊……按照这个逻辑，你还写过保我不死呢，我怎么就死了？"

神墨连想都没想，气得恨不得把自己摔了："你还有脸问我？！还不是你一心寻死？机遇只会垂青有准备的人，这句鸡汤你没听过？开玩笑，你自己都不想活了，还指望我？赤脚大仙也救不了你好吗！"

初中政治老师确实讲过，事物的发展过程中，内因起决定作用。令飏想了想，似乎也对，她暂且接受了它的这个解释，倒是一旁一直缄默不语的君致冷不丁地开了口："你是怎么看出我准备变狐狸的？"

令飏愣了愣，神墨顿了一下，然后，气氛一下子就尴尬到爆了。

"啊……这个啊？哈哈……"神墨的回应怎么看都充满了苍白无力的生硬感，它扭了半天愣是没想出一个像样的借口。君致冷冷一笑，一字一顿："你就是存心捉弄我。"

叵测居心被当场识破，神墨顿觉不妙，撒丫子就要逃跑，被君致一把攥住了。一贯性情随和、温文尔雅的他，一张俊脸罕见地冷冷的。他眉目不动，淡声道："你还背着我做了什么？招了吧。"

神墨疯狂扭动，奈何脱身不得，它徒劳无功地挣扎了半晌，只好认栽："行行行，我说还不行吗？就是……那个……为了帮助你俘获岳母的芳心，我……自作主张……把你先前画的一幅作品卖了。"

令飏看到"岳母"两个字整个人都不好了。自打上次和司霆一起吃过饭，意外得知了自家闺女居然有拿感情当游戏的恶习，孙怡瞬间也不嫌弃君致自闭了，只觉得自家女儿能找到这么一个全心全意对她好的人真的是积了八辈子的德，催婚催得更紧了，简直有一点儿走火入魔。三更半夜还打电话问她调查问卷做完了没有，搞得她现在对和老妈有关的一切事情都十分敏感，甚至有些风声鹤唳，听到"岳母"两个字就开始头脑风暴：神墨为什么会这么称呼老妈？它是不是知道了什么？说起来，它本领那么大，不会已经知道老妈搞出来的那份丢人到爆的问卷内容了吧？那……君致呢？他不会也已经知道有人催着他俩赶紧结婚生孩子了吧？

令飑这边一个人越想越苦恼，君致倒是完全没有觉得"岳母"这个称呼有什么不妥，他秀眉微蹙，略显迷茫："卖画和讨好令飑的母亲有什么关联？"

"那关联可就紧密了呢！你不是心心念念要给令飑买河滨的房子吗？房款够了。"

令飑和君致都惊呆了。

"哪一幅画？"他们异口同声地发问。

然后神墨就说出了让它追悔不已的一句："就你男扮女装那幅啊。"

神墨是真的悔死了！千不该万不该，它不该把自己偷偷联系买家卖画这件事说出去，如果它不说出去，君致也就不会生气，他不生气，也就不会把它残忍地塞进一个毫无品位的破笔筒里了！

神墨的心情令飑不能理解，就像她同样不明白君致为什么那么抗拒自己男扮女装的画像被人高价买走，于是她开口问道："那幅画挺好看的啊！你是又害羞了吗？完全不用，别人看到也只会为你的美貌折服的！"

君致才不在意别人的看法，他耿耿于怀的是："那是画给你的。"

令飑愣住了，回过味儿来，她简直要捂住心口扑通倒地。她瞪着君致，心想：你有完没完？你别的什么都没学会，情话倒是一句接一句溜到飞起，你不务正业上瘾了是吧？！

这边厢令飔脸红心跳又害臊，那边的君致却是一门心思想把画找回来，奈何他翻遍了书房的每一个角落，都没能找到买家的任何信息，可见神墨的销售工作做得有多么滴水不漏，无迹可寻。君致找了半天一无所获，一张俊脸拉得老长，整个人就是一个大写的不开心。

"哎呀，你别这样嘛。"令飔很少见到他这副面无表情的严肃模样，由衷地觉得既新奇又好玩，再加上美人生起气来更有一种别具风味的漂亮，她伸出手指戳了戳他秀美无双的俊脸，按捺不住想逗他，"说起来我一直很好奇啊……你的画，怎么那么值钱？难道买家们都知道你长得比画还好看吗？"

自打那天咬破了君致的唇，令飔就越来越爱捉弄他了，她就像个顽皮的小孩，日日以调戏、招惹和把他逗到脸红为乐。他听了她的话，原本寒冰冷玉似的俊脸瞬间就变了，他飞快地看了她一眼，先前不满的神色一寸寸消融，渐渐又染上了嫣红，他红着一双耳朵尖儿，反问她："你不知道吗？"

令飔不解："什么？"

君致一字一顿地说道："和慕是出了名的丹青圣手，书法更是一绝。"

和慕，梦境里的皇太孙。

令飔忽然想到了君致和司霆如出一辙的字迹，她总算明白了君致为什么会是一个技能点满分的艺术家了——因为，和慕是。

她认真回忆了一番君致令人赞叹的各项谋生才艺，忍不住有些好奇，问道："和慕……是全能型选手吗？是不是就没有他做不了的事？"

正如在她心目中的君致，惊才绝艳，仿佛无所不能。

"不。"君致的回答却让她再一次刷新了认识，"他也有不擅长的领域。"

"嗯？"令飔很明显有些意外，忙问道，"是什么？"

"画鹤。"

令飑一怔，以为自己听错了。君致注视着她的眼睛，一字一顿地说道："他画不了白鹤。"

令飑听到这句话的那一瞬间，脑海里莫名浮现出一个念头，脱口而出："所以他不喜欢靖宁？！"

还真不怪她小人之心，出现这个想法几乎是本能反应，连令飑自己都说不清道不明。

君致没有评判和慕与靖宁之间的私人感情，只是客观公允地说了一句："大约，人对自己不曾拥有的东西总是格外介怀。"

令飑认真地想了想，还真是——和慕堂堂一国皇太孙，生来骄纵、备受尊崇，却偏偏娶了个自己不喜欢、也不喜欢自己，并且还好巧不巧精通自己短板领域的倔强女人，这种事搁谁谁能忍？

两个人一开始就不对盘，日日针锋相对，简直水火不容。自己的死对头偏偏最擅长自己做不了的事，这叫什么事？和慕要是能不跟靖宁对着来，那他就不是皇太孙。

仔细想想，性格决定命运，这话还真的是有道理。令飑唏嘘不已，忍不住感叹了一句："唉，幸亏我什么都不会，还不追求完美，刚好配什么都会又完美的你。"

君致看着她，隐约觉得这话像感慨，像称赞，又有那么一点点像调戏，他动了动唇，白皙的俊脸再一次如某人所愿地红了。

某人却还没逗够。

几乎是他脸上的红晕刚刚褪去，她就又像猫儿一样凑了过来，眉眼弯弯地对他笑着："说说你吧。"

她笑得极甜，却又极俏皮，君致先是一怔，转瞬便有一种不太好的预感，果不其然，下一秒就听到她问："你呢，你喜欢靖宁什么？"

君致的额角跳了跳，清晰明了地看到，令飖的眼底是掩都掩不住的打趣和促狭。他极不擅长与她面对面谈论这种话题，浑身上下都不怎么自在，但她既然问了，他唯有如实作答。

"我……感激她。"

令飖一愣，一时间没明白这个感激从何说起。君致如扇的长睫微敛，声调温和轻缓："神墨曾经告诉我，这世上喜欢休书的人并不多，能把休书视为珍宝、百般呵护的就更少了。"

令飖眨了眨眼，就为这个，他就满腔自责成了执念？这份感激可以算得上是涌泉相报了吧！

君致继续道："神墨统共经手过两份和离诏书，另一份被剑刺穿了。"

令飖怔了怔，这是……没有对比就没有伤害？

"她还带我看过锦绣山河。"

提及靖宁，君致满满的都是感恩，哪怕这些"恩"于许多人而言，并没有难以磨灭般深重。令飖不希望他一直苛求自己，就诚恳地劝了一句："梦境里不是讲了吗？她做这些，也有自己的考虑，所以……你也不用太过铭记。"

君致笑了笑，眼瞳清澈纯净，像极了一尘不染的白纸："她固然是无心之举，于我来说，却是生命初始弥足珍贵的善意。"

他含着笑看令飖，眉目俊秀温柔，一字一句："毕竟，如果没有她，这世上，就不会有君致。"

令飖看着君致，直愣愣地看着，想到他为了滴水之恩就横亘岁月、披荆斩棘而来，她忍不住动容，更多的是心疼——这是个什么人啊？说好听点儿是无邪，说难听了就是傻，他幸亏遇到的是她，不然指不定怎么被人骗色又骗心呢！

打了个岔的工夫，君致居然还没忘记那幅被神墨卖掉的画，他遍寻无果，依然不甘，沉思了一瞬，就当即决定："我再去画一幅。"

令飔愣了愣。君致抬起手，轻轻拍了拍她的脑袋，那动作自然又宠溺。然后他擦过她的肩，走了。

于是那一晚，令飔再一次收到了一幅出自君致之手的亲笔画，她打开之前其实并没抱太高的期待值，因为画的内容她早已知晓，可是展开画轴，只一眼，她整个人就呆住了。

画确实是君致亲笔画的，画中人也的确是她——没错，她。

不是那个穿红衣、血泊里的靖宁，而是她。

第一幅，是她双臂环抱在胸前，无所事事地坐在一个拉杆箱上，那是他们的初遇；

第二幅，是她娴熟敏捷地在泡面，君致落笔栩栩如生，仿佛闻得到袅袅的香气；

第三幅是她三更半夜买零食，他用元宝结账，险些被人打；

第四幅是她担心他被雨淋，给了伞仍不放心，又叫了辆车送他回家；

第五幅是她带着他去宁家寨，一路上花尽百般心思为他买吃的；

第六幅是她仰着脸，手里拿着一块巧克力，巧笑倩兮，笑吟吟地喂给他……

令飔一幅一幅看下去，越看越禁不住动容，他……原来不止记得"靖宁"的善意，也把和"令飔"相处的点点滴滴都记在心里？她的眼眶莫名有一点儿涩，然后就猝不及防地看到了那张少女怀抱小狐狸的画。画上小狐狸的耳朵尖儿红彤彤，小眼神委屈巴巴，分明是既为她的触碰感到害羞，又为自己的模样悲愤尴尬。她忍俊不禁，破涕为笑了。

君致的画总计有三十幅，每一幅都惟妙惟肖，生动鲜活，像极了一组妙趣横生的连环画。

可令飔清楚地知道，这些画没有神墨参与助力——墨大爷还在笔筒里关禁闭呢！它们全部是君致一笔一笔，亲自勾勒出来的。

令飔把这些画仔细认真地看了一遍又一遍，忍不住笑了，她真心实意地向君致致谢："这个礼物我很喜欢。"

君致的眼里有光，却仍有几分不确定，忐忑地问："真的？"

"嗯！"令飔重重地点头。

"可是，"君致的神色分明是有些迷惑，"令晖大哥说……"

令飔在这个情况下冷不丁听到令晖的名字，心中顿时警铃大作，她眯了眯眼，心想：这个十句话里有八句不靠谱的人向君致灌输了什么歪理邪说？

"他说想让一个人开心，就要给她花钱。"

令飔一愣，转瞬便后知后觉地明白了君致为什么会送自己那张内含二十一万的银行卡。她的嘴角抽了抽，还没来得及批判令晖这个论断过于绝对，就见君致变戏法似的又拿出了一张卡，递给她，一脸赧然地轻声说："我最近又画了一些……原本想晚一点儿再给你……里面的钱应该不太多。"

令飔简直是啼笑皆非——令晖这是给他灌输的什么价值观？行，就算想要取悦一个人真的必须要花钱，那凭什么她给他买一副手套、耳暖、围巾他就乐开了花，回过头他却非要送给她银行卡？他这也太严于律己，宽以待人了吧！

令飔不能接受君致这种严重不对等的价值观，更不能接受他为了赚钱给她而不断地接订单的行为。她不由分说地拽过他的手，用手仔细摸了摸，果不其然发现那只漂亮白皙的手上长出了薄茧。

"你啊……"令飔既好气，又心疼，她明明想凶巴巴地瞪他一眼的，却发现自己只有满满一胸腔的甜蜜和不忍，便嗔怪地说了句，"傻不傻。"

君致看着她的眼睛，原本有些不安的一颗心，渐渐地尘埃落定，他嘴角轻勾，也笑了。

打那天起，司霆有一阵子没出现，不仅再也没来骚扰他们，甚至连令飕去台里上班也没见到他，大家伙儿着实消停了好一阵子。

这段时间，君致开始正儿八经地找工作。

令飕的《谜底》栏目确定了两期主题，已经分别开始了报道摄制，忙得人仰马翻、不可开交，正是缺人的当口。她想着是不是该向君致开口，邀请他来一道工作。这一天，他毫无预兆地把一份聘请书递到了她面前。

令飕茫然地接过看了看，顿时就惊讶起来："客座讲师？"

君致成为A大历史学院人文历史专业最年轻的客座讲师。

令飕是知道君致的，他活了那么多年，自己本身就是一个瑰宝与古董，虽然"腹有诗书气自华"是有目共睹的，但她也知道他没去考过任何从业资格证，A大是怎么透过他俊秀的外表看出他博学多识的内在的？

君致迎着令飕探索的目光，浅浅一笑，解释道："我曾经给一位老先生画过一幅画。"

嗯？令飕愣了愣，没懂。

君致笑意深了些，继续道："又帮助他解开了一个困扰他多年的学术难题。"

这么巧？令飕仿佛懂了，猜测道："他是A大的校长？"

君致轻轻摇头，随口说了一个名字，令飕愣了一下，受惊了："是他啊？！"

君致说的这个人令飕认得，确切地说，她不仅认得，能有今日《谜底》栏目主编这个职位，也全靠他的无意提携。她想了想，还真是，这位副市长主管文教卫，可不就刚刚好领导着她和他即将从事的职业？

令飏没想到自己和君致竟然会遇到同一位有知遇之恩的长辈，心想这真是太巧了。她认真翻看了一遍他的入职聘请书，意外发现里面还附了一份课表，饶有趣味地展开看了眼。

就一眼，她又愣住了。

"你怎么还被安排有国画与书法艺术课？"

君致"嗯"了一声，眼神开始躲闪："我……那个……"

令飏狐疑地眯了眯眼，他立马招了："我是按课时……收费的。"

令飏一噎，然后便忍不住气结，合着他还是一门心思地要多赚钱啊？！

令晖对君致的荼毒实在太深了，令飏忍不住打电话找令晖算账："神棍！出来挨打！"

"神棍"令晖听完前因后果实名表示不服："你少得了便宜还卖乖啊，飏小姐！他爱赚钱不好吗？有事业心、上进心强不好吗？你摸着自己的良心说，他勤勤恳恳、兢兢业业、任劳任怨地工作，赚得盆满钵满，给你钱花，你不会夜以继日、夙兴夜寐、通宵达旦地偷着乐吗？"

令飏被他那堆乱七八糟的成语气得胃疼，她脱口而出："我不会的！再说了，他已经给我赚得不少了！事业心差一点儿我也心满意足了！"

令晖不屑一笑："你这就是典型的小富即安思想，登不上大雅之堂。怎么，又给我秀他送你那二十一万啊？对不住，哥哥早就品尝过这口狗粮，免疫了呢。"

令飏深吸了一口气，忍了忍，实在忍不住，她缩小通话界面，把手机银行查询页面截屏，一言不发地给令晖发过去了。

电话那头传来令晖手机的消息提示音，和他颇为傲娇的一句："哎哟，让我看看，是不是高圆圆又催我下楼去见她一面了。唉，要不说英俊就是苦恼，子怡最近也是黏人得很……"

令飕翻了个白眼，心想：你装可以，但能麻烦找个未婚的下手吗？她还没来得及吐槽，令晖突然没了声音。

过了一秒，两秒，五秒……

令飕听到他在电话那头弱弱地问："一百七十万……他……他从哪儿搞来这么多钱啊？"

令飕叹了口气，道："画画。"她刚想向自家"能登大雅之堂"的堂哥请教到底是哪些人闲着没事斥资买一个并非画家的年轻帅哥的画，就听令晖立刻就追问了一句："他还缺模特吗？身材高大、柔韧性佳、素质高、业务棒，任何姿势都能摆，尤其在裸模领域造诣深厚的那种！嘿，一家人不说两家话，工资可以面议的！"

令飕从听到"裸模"两个字时就已经情难自已了，她对着电话那头凉凉地笑了笑，一言不发地按了按手指，噼啪作响。

"嘟嘟——"令晖求生意识极强地秒速掐断了电话。

求助令晖显然比向石头问路还不靠谱，令飕只得绝了这个天真幼稚的想法。事已至此，她决定还是要跟君致认真深刻地好好聊一聊，没想到打完电话去客厅，发现他已经不声不响地出门了。

令飕愣了愣，低头看手机，果然有他的消息留言：我要迟到了，放学见。

哦……对，课表上确实显示今天下午有课。

令飕一下午都在琢磨该怎么跟君致促膝长谈，他可倒好，放学回来满载而归，不仅带回了一大杯抹茶奶盖，两大包零食，还捧回了三大束鲜艳欲滴的花。

令飕看到这些东西的那一刻简直蒙了，她心想：这是什么热情如火、开放友好的校园文化？正觉新奇又好玩，君致拿出手机，递给她。

令飐茫然地接过，不用解锁就点开了，她一眼看到他手机上那一大堆未通过的微信好友添加请求且头像一律为年轻漂亮的女孩，恍然间就顿悟了。

这……这分明是搭讪嘛！

令飐清楚地感觉到自己吃醋了，她看了看那堆好友请求，抹茶奶盖、零食还有花，又看了看君致，语气不佳："给我看这个干吗？"

扪心自问，她笃定君致绝对不是向她炫耀自己的吸引力，更不是存心惹她生气，但她还是没能料到他是出于这样的想法。

"你……可以帮我换一下头像吗？"君致说。

令飐愣了愣，他现在的头像是天地间一片苍茫寂寥的雪，挺好看，挺有意境的啊。她低头摆弄手机，随口问了句："换成什么？"与此同时翻了翻他的相册，好家伙，还是空无一物呢。

"你。"

君致声线微凉，在她头顶上方，笃定地答。

令飐愕然抬头，猝不及防与君致清澈如水的眼神相撞，她捕捉到了他望向她时眼里明亮的光，那光芒纯粹皎洁，却又坚毅如磐石。她心底最柔软的地方如同暮鼓晨钟被狠狠一撞般，泛起涟漪四散开来，发出悠远隽永、绵延不绝的回声，在她的心湖里久久激荡。

令飐看着君致，君致也看着令飐，四目相对，她鬼使神差地问出一句："你知道把你的微信头像换成我，意味着什么吗？"

君致用湖水般清澈的眼睛看着她，点头："知道。"

嗯？这回答大大出乎了令飐的意料，他这个还没神墨那支笔懂得多的人……居然知道？

"意味着，"君致用实际行动证明了他的知识储备量确实得到了拓展，"这个人，对我无比重要。"

令飐看着他，百思不得其解：这个人是怎么做到的？既天真无邪懵懂，又极具撩人技能，重点是这两样截然不同的气质在他身上糅合得恰如其分，刚刚好。这人究竟是来报恩的，还是来夺心索命的啊！

令飐捂住又开始怦怦乱跳的胸口，她一开始是羞，紧接着又有点儿怒，俗称恼羞成怒："换就换，你当我怕？"然后她二话不说开始翻阅自己的相册，特意找出最年轻貌美、青春靓丽的那张，不客气地设置成君致的微信头像。

君致接过手机，认真地看了看，他嘴角上翘，十分满意，露出愉悦的轻笑。

令飐看着他得偿所愿的神色，想了想，又低头鼓捣了一阵自己的手机，末了笑眯眯地对君致说："我们出去吃饭吧，我想吃烤肉，要吃好多好多！"

一顿饭的工夫，令飐终于成功地说服了君致，他表示愿意接受"想对一个人好并不是必须要给她花钱"这个理念。她心满意足，也不让他申请修改课表了，毕竟已经排好了，等到下学期再调整吧，不要太忙就是了。

令飐不知道真正说服君致的其实是她的一个举动——她把自己的微信头像，换成了微低头、轻尝巧克力的君致，还破天荒发了一条公开可见的朋友圈："这个人，对我无比重要。"

君致看到令晖在评论里问："哟，飐小姐，终于抱得美人归啦？"

令飐回："抱到小狐狸啦！"

令晖："没跟你开玩笑！听小婶说你们都和家族领导班子一起吃过饭了，怎么没见你公布喜讯？"

令飐秒回："吃饭？哦，你说孙子（划掉）请的那次啊……那是鸿门宴，不是见家长。"

令晖真的是皇帝不急太监急的典范："那你们到底什么时候喜结连理？我口袋里的份子钱都要四世同堂了！"

令飏回了句："快了，我正攒聘礼呢。"

然后任凭令晖再怎么问，她都没再回复了。

君致自然也不知道令飏所说的聘礼是指什么，但看着那张头像和那句话，他的心，已经甜到发胀了。

A市第一场雪到来的那天，台长终于接受了令飏的建议，彻底放弃了对神秘美男的调查报道。

邵明明有些不甘心，但他也觉得怎么找切入点都没有爆点，这样的新闻做出来也不会有多大价值，再不甘也只得认了。

倒是司霆，一直没有再出现，仿佛人间蒸发了。令飏一开始还担心他是不是在背后憋着什么坏招，后来《谜底》要做的节目越来越多，每一天都忙得不可开交，她也就渐渐地把这个人抛到了脑后。

所以他突然在圣诞节那天出现，还携着个精致漂亮的女伴，真的是大大出乎了令飏的意料。

"哟，别来无恙啊。"许久未见的司霆邪魅如昔，亲热地揽着女伴的肩膀，怎么看都一副纨绔浪荡子的模样。他眯眼瞧着并肩而立的君致和令飏，一眼就看出两人的情侣装扮，他先是一愣，然后便笑了。

"找了个男朋友？"令飏听到他玩世不恭地问。

这问题突兀又古怪，令飏和君致双双愣在了原地。

司霆接下来的表现越发加重了两人的疑惑，无论是他说的每一句话，还是他的神情，都共同指向一个疑点——他好像……根本不认识君致。

怎么会这样？令飏和君致面面相觑。

事实证明，除了君致，司霆清楚地记得与令飏相关的每一件事——

包括且不限于去宁家寨抢新闻，两家长辈安排相亲，她载他去坐摩天轮以及两人共同任职于《谜底》短暂地共事过一阵……

但是，与君致相关的一切，甚至包括来路不明、笔迹鉴定和月圆之夜，他一概不记得了。

故人相见，又是久别重逢，再怎么说地主之谊还是要尽的，所以令飐纵有一肚子的困惑，还是礼貌地请司霆及他的女伴吃了顿饭。末了，君致先行起身去结账，司霆的女伴去洗手间补妆还没回来，司霆看着令飐，无限倜傥风流地笑了笑："包办婚姻害人不浅，如果没有被强行安排相亲那茬儿，没准儿我还真的会追你呢。"

令飐探寻地静静地看着他，眼前这张邪肆英俊的面孔逐渐与梦境中那位叫和慕的皇太孙一点点重合，她骤然间意识到了什么，忍不住浑身一松，微微一笑。

"嗯？怎么？"司霆注意到她的笑容，不由得发问。

令飐摇了摇头，余光注意到君致已经结完了账，正一步步朝她走过来。她对司霆真心实意地说了句："还会回台里上班吗？韩台长念叨过你好几次。"

司霆闻声爽朗大笑："要让他失望了，我已经说服了爷爷，会继续去东京深造。"眼睛一瞥，女伴袅袅婷婷地出现在视野里，令飐第一次从这个斯文败类相的男人眼里看到柔软的味道，他嘴角一勾，"舒菁会陪我一起。"

令飐点头，笑容前所未有的放松，她真诚地向这个困扰了自己大半年的男人送出祝福："一路顺风。"

回家的路上，令飐问出了内心的疑惑："他失忆了？到底是怎么回事？"

君致坐在副驾驶座上，想了想，不答反问："你最近见过神墨吗？"

令飑一怔，这才突然间意识到，她这一阵子忙得焦头烂额，连和君致都是各自忙完了工作才能见一面，还真没特别注意过墨大爷的行踪。

而君致的忙碌程度不亚于令飑，先前为了赚钱，他恨不得把一天的课时全部排满，下了课天色早已黑透了，他还坚持要去市台附近等令飑下班，两个人一同共进晚餐再回到家，多半时候已经是深夜，他也许久没顾上去聆听神墨的训导了。

"它不会是……"两个人对视一眼，同时意识到了什么。令飑的面色骤然变得严肃起来，一脚把油门踩到了底，加速向家里疾驰。

进了 902 房的门，两人直奔书房，开始翻箱倒柜。

不在。

没有。

不是。

神墨是支笔，爱去和能去的地方都有限，令飑和君致一道，把家里它经常待、曾去过和可能去的地方都找了一遍，愣是没找到它。她顿时明白——自己的猜测成真了。

神墨走了。

犹如它的出现一般，这支拥有神力加持的笔不告而别。

君致凭借与它多年相依为命的一点儿灵犀，从一个角落里找到了一张不起眼的字条，上面只有八个字——万物有灵，终须一别。

令飑和君致默不作声地盯着那张字条静坐了许久，窗外星河满天，皎月低悬。她想了想，还是想向他求证："司霆的记忆缺失……是拜神墨所赐吗？"

君致盯着那行字，沉思良久，无声地点了点头。

令飑顿时觉得有些难过，她哽咽了一下，问道："它……是因为这个才走的吗？"

她担心它是因为干涉人事而受到了惩罚。

君致却笃定地摇了摇头。他抬手，指着那张字条，一字一顿地道："迟早都要分别，或许它的使命就是让我们都重获新生吧。"

君致的这句话点醒了令飔，也印证了她和司霆一同吃饭时的想法——梦中的靖宁不得善终，和慕耿耿于怀，君致更是将罪责全部揽在自己身上，愧疚纠葛乃至化成了执念，三个人可以说是没一个有好结果。作为和他们均有关联的神墨，心境如何暂不可考，但它为什么会跨越千年陪着君致来到她和司霆身边？想来，只有循循善诱、引导他们获得自我救赎这一个解释吧。

令飔看着司霆时就隐隐有这样的感觉——梦里因为靖宁惨死，所以和慕的不甘才会被触发，而他本身，在那之前，其实并不怎么待见这个正妃。消逝的事物，因为不可逆转，所以时常会被不由自主地加以美化，故而现实中，两人依旧不对盘，但令飔没死，司霆便也不觉得不甘，他在与她几番斗争无果后，并没有意难平，而是风流如旧，一转头便找到了舒菁。

没有循环往复的命运，只有亘古不变的真心，从某种程度来说，梦里的和慕，应该是把自己对靖宁的全部感情倾注到了那份诏书中，所以现实中的司霆才能和由执念化成的君致截然对立、互不相让，因为——他们原本就泾渭分明。

所以一个能够坦然放下，一个执着千年而不肯休……令飔想了想，人的情感真的是复杂又神奇，这个恐怕才是神墨所说的"万物有灵"吧。

"不定时炸弹"司霆被拆除，令飔的一颗心总算回到了肚子里，三天后，匠心打造的《谜底》首期节目在网络、电视频道同步播出，收获点击、好评双开门红。令飔和她的团队持续几个月的加班生活结出了骄人的丰硕成果。

令飔习惯未雨绸缪，第二期和备选节目早已精心制作完毕，只等下周同一时间播出。台长看到收视率后大悦，特赏了她一周的假期，她终于得闲拖着早已放了寒假的君致满 A 市吃喝玩乐，陪着他体验了不少人生中的第一次。

假期最后一天，令飔带君致去了河滨那个小区，轻车熟路地打开一间门，映入眼帘的是一套面积不算太大的精装复式。

君致看看房子，又看看令飔，听到她问："喜欢吗？"

他真心实意地点头。下一瞬，一把钥匙放在他的掌心。

她歪着头，狡黠一笑："聘礼。"

君致眨了眨眼，一时间竟有些傻了。令飔站在比他高一级的扶手楼梯上，眉眼弯弯，笑靥如花："我哥把给外甥的红包都准备好了，你不介意和我一起帮他圆了把它们送出去的这个凤愿吧？"

君致终于明白，这就是几个月前，她已然开始攒的聘礼。

令飔倒也坦诚，扳着手指头给他汇报："既然是聘礼，当然不能用你的钱。我手头积蓄不多，好在最近发了几次奖金，又东拼西凑了十万，算是付了个首付。

"月供不多，我承担得起，前七年都由我来还。"

君致对钱之类的没什么概念，倒是听到七年这里怔了怔，显然是有些好奇。

令飔一本正经地为他解惑："不都说七年之痒嘛，你把全部身家都交给我了，我怎么着也得表示一下我的诚意。我都想好了啊，提前给你拟一份协议，我签上字，再按手印——我要是对不起你，五雷轰顶，天打雷劈，房子和钱，统统归你。"

她说得认真，怎么看都不像是开玩笑的样子，君致立刻就急了："不，不用！"

他不介意，不介意和她一起帮令晖圆梦，不介意把一切呈到她的手里。

他看着令飔，坚定地摇头，语气和眼神一样执拗："不用。"

令飔看着他，越看心越软，越看越喜欢，她撇了撇嘴，欺身上前，用自己的额头轻轻蹭了蹭他的，柔声呢喃："你怎么这么好啊……"

令飔其实并不是对自己没信心，而是心疼君致对她的竭诚以待——她何德何能，独享他一颗澄澈纯粹的心？唯有尽自己最大努力，回馈他的一腔真挚。

君致没有想到，令飔的聘礼不只有这套房子，竟还有一封信。

来自宁家寨。

宁天柱的字歪歪扭扭、如同孩童般稚气，但好在他这次写的是汉字，倒也能够辨认。

信里，他讲述了令飔的出面澄清对他产生了极大的帮助，千万网友对他伸出援手，不仅宁老爷子的病情得到了控制，宁家寨穷困贫瘠的状况也得以被更多热心人士看到。他们有的捐钱捐物，有的出资建校，还有一些契合当地自然资源的产业项目，也通过当地政府的对接落户村内，宁家寨的村民不必再远赴异地他乡谋生，衰败死寂的村落也逐渐恢复了生气……

信封里，宁天柱附了一张照片，是支教教师用手机拍照后冲印出来的。

画面里，宁天柱和他的妻子淳朴憨厚，与不少村民一起，在接受老师专门为他们开设的手工艺品编织技能培训。

还有人在学习写汉字。

君致看着照片，令飔看着他，须臾后，果不其然，他的一双黑眸睁睁大了。

他看了看照片，又看了看令飔，显然是不敢相信。

令飔点头，明明想笑的，眼眶却有一点儿湿。她走下台阶，轻轻地拥抱了一下君致，是安慰，也是与他分享这一刻的喜悦："是的……神墨。"

照片中，宁天柱的手里，握着一支通体墨黑、尾部残缺的笔。

原来，梦境中予取予夺的天子，现如今，有了完全不同昔日的遭遇。

而神墨，兜兜转转，最终选择回到他的手里。

万物有灵？

是的。

但令飔更加相信——从来没有什么宿命，每一份人生，都是崭新的征程。

夕阳西下，一室静寂，令飔唏嘘不已，君致也沉默了片刻，两人正准备转身离开，忽然，有一张薄薄的纸片无风而起，又轻盈如梦一般缓缓飘落。

令飔怔了怔——哪儿来的纸？先前她仔细翻看过信封，没见过这东西啊。

君致也眼神懵懂，却下意识把纸接在了手里。

如有灵性，那纸刚碰到他的手指，便幻化出了一幅画。令飔目瞪口呆，眼睁睁看着那幅画自行延展，纯白无瑕的纸张上凭空描摹出了一片浩瀚辽阔的星河。

"这……是什么？"令飔完全看呆了。

君致凝视着那片璀璨的星空，眼神变幻不定，他的薄唇翕动了一下，整个人既震惊，又茫然，像是恍惚间忆起了什么，却又不敢确定。

"喂？喂？听得到吗？"那幅画毫无预兆地开口说话了！

令飔吓了一跳，君致条件反射般上前半步，不由分说地将她护在了身后。紧接着，那幅画就十分熟稔地自行往下说了。

"哈哈哈，你们一定吓到了吧？说实话，我也吓到了呢！哎，君致，听出来我是谁了吗？"

君致眉头微蹙，只觉得那嗓音有种似曾相识的熟悉，却又像是隔着一层绰约朦胧的薄纱，一时竟怎么都分辨不清。

"嗨，早跟你说了，完成一世的守护任务后，就要及时回归来处，不可留恋盘桓，你看吧，不听话的后果就是初始记忆错乱了啊。"

令飐听得云里雾里，又有一点儿害怕，不由得攥紧了君致的手臂。他立即握住了她的手掌，与她十指相扣，漂亮的眉却蹙得更紧了。

"还记得之前令飐对你来历的推断吗？"那声音继续道，"说你是被我写出来的——"

听到这里，令飐一瞬间瞪大了眼："神墨？！"还没来得及确认，那声音已经自顾自地往下说："她猜错了。"

令飐和君致齐齐怔住了。

"我确实神通广大无所不能超级厉害啦，但是你，可不是被我创造出来的哦。"

确实是神墨遣词造句的语气，声线却是令飐完全陌生的，她怔怔然看着那幅画，只觉得那片星河明明庞大到近乎震撼，却又有种说不清道不明、令人莫名想要亲近的柔和。君致却是眼睛一眨不眨地盯着那画，俨然陷入了沉思。

神墨的最后一句话卖了个关子，它不无傲娇地说："你究竟是什么，就不劳我多嘴了哈！哎，想我可真是够意思啊，都是为了陪你找那小姑娘，我也才没回去，搞得现在才把记忆找回来……"

絮絮叨叨地，声音消失了。

只留下了那幅画。

君致盯着那幅画，令飐盯着君致，两个人一时间都没说话。

过了一会儿，令飐实在忍不住，她有一点点迷茫，又有一点点吃醋，还有一点点觉得自己是不是不该这么不识大体的自责，便摸了摸鼻尖儿，有些不好意思地喃喃问道："小姑娘……是谁啊？"

如果说君致对那片星河有疑虑，听到令飐的提问，却是秒速回答了。

"你。"

——虽然他的记忆云遮雾罩，对这一点，却有种与生俱来般的笃定。

令飐仰着头，眼睛一眨不眨地看着君致，片刻，她踮起脚，轻而又轻地吻了吻他的嘴角，似呢喃，又似起誓般说："不管你是什么，都是我的。"

君致心下触动，薄唇微颤，忍不住吻了一下她的头发："你……不怕我吗？"不怕他来历不明、身份莫测？

令飐扬眉一笑："不怕。"

辽阔星河里，有一道声音温雅笃定，却又斩钉截铁。

"不怕。"

两道声线隔着光阴，隔着星河，又隔着迢遥渺远的岁月，竟奇异地完美重叠，如出一辙。忽然间，君致眼睫微颤，无数破碎混乱的记忆恍若流光，刹那间齐齐涌进了他的脑海。

璀璨的星河。

耀眼的光带。

孤寂漫长的独自守望。

他曾在天穹之上静静凝望一个小女孩的成长，又曾随着神墨一同来到人间，来到那个十六岁初嫁少女的身旁……

紧接着她被休弃，他成了她心心念念想要得到的一纸休书，陪着她跨越山河，然后她家破人亡。他本该从何处来，就回何处去，却无论如何也不能忘记她临死的惨状，不甘地久久在人世间盘桓……

神墨说得对，不及时回去，可能会造成记忆错乱。

所以他忘了自己究竟是什么，只记得，一定要找到她，要守护好她，让她不再受到伤害。

令飒曾经问过他，来找她的一路上，像盒子里一样黑吗？

是啊，很黑。

直到某一天，他依稀听到一抹铭记在骨血里的熟稔声线，在同不知道什么人激烈争执，末了，她在心底带着哭腔，小声发誓——"我才不要包办婚姻！走着瞧，我一定找得到那个对的人！"

她许下誓约，他有求必应，于是，幻化为人。

是啊。

他不是纸。

不是圣旨。

也不是托神墨的福这才变成了人。

他，是她的守护星。

心无旁骛，只为她而生。

这年春节，令飒带君致回了老宅过年。

大家贴春联、放鞭炮，年味儿浓得扑面而来。

最欢迎君致的有三个人，分别是令晖、小婶和令点点。毕竟是第一次携男朋友上门，令飒一开始还担心他会受到慢待，没想到托他们三个的福，他全程忙活得不可开交，一会儿被令晖强行拽去讨论诗词歌赋，一会儿被小婶闹着用男神音读一段打印出来的广播剧台词，一会儿又被令点点撒娇缠着去放烟花……

令飐站在走廊上，目光一直追逐着君致的身影——令家上下都不是省油的灯，她担心他受欺负。

"哼。"这满满的怨气来自刚包完饺子从厨房走出来的孙怡，她瞥了自家女儿一眼，一脸的没好气，"他都多大的人了，还能被点点欺负？"

真是女大不中留啊，孙怡看着令飐柔软得快要溢出水来的眼神就来气，又"哼"了一声，扭身进屋继续准备年夜饭去了。

令飐平白无故遭了顿嘲讽，倒也不恼。她乐呵呵地摸了摸鼻子，一抬头，就见老爸令修木从正门那里溜溜达达地走过来，他先是笑哈哈地跟君致和点点一起玩了会儿烟花，然后朝她走近，鬼鬼祟祟地递给她一样东西。

"快，收起来！爷爷看到要骂人的。"

令飐赶在那东西被老爸塞进她羽绒服口袋前仓促地看了一眼，是两个红包，她愣了愣，从她二十五岁起，家里的大人们就不再给她红包了，今年这是怎么了？

"还能是怎么，"令修木压低声音解释，"给小致的啊！"

令飐一怔，然后忍不住笑了起来："这么说我是沾了他的光？啊，真好！"她由衷感慨，"没想到今年能和点点一样拿压岁红包——"

"想什么呢你！"令修木无情地粉碎了她的欣喜心情，"另一个是你妈给他的。"

令飐一时语塞，不是，说好的自由平等公正法治呢？凭什么他一人拿两个，我颗粒无收啊？！

令修木呵呵一笑，那笑容愉悦满足，甚至还有些骄傲："就凭小致把工资卡都上交给你了，还不忘给我和你妈准备那么贵的新年礼物！哎，你是不知道，你妈想那条项链很久了……别看你妈面儿上还一副对他不怎么满意的样子，其实内心喜欢得不得了。她说了，小致心好，既真心实意对你，又惦记着我们二老，他赚个钱不容易，心意我们领啦，过年嘛，当然要给宝贝女婿发个红包嘛。"

老爸滔滔不绝地说着，可见心情真的是好极了。令飔看了看一脸惬意幸福的老爸，又看了看不远处正被点点缠着堆雪人的君致，她从没听他提起给爸妈准备了礼物，这个人啊……真的是温柔到骨子里。

先前对"自闭症"君致略有微词的除了老妈孙怡，还有爷爷令延年。令飔一开始还惴惴不安，怕老爷子再给他脸色看，谁想她被令晖拖去闲聊了五分钟，再回客厅，就看到爷爷与君致在棋盘上激烈博弈、厮杀正酣。

老爷子是军人出身，生性要强，最是不喜欢别人虚与委蛇地让着他，但放眼令家上下，既没人敢赢他，也没人真能赢他，所以屡战屡胜，独孤求败，十分寂寞。

君致的到来，终于圆了老爷子"痛快淋漓战一场、一败涂地又何妨"的夙愿，令飔发誓，她绝对没有看错——一局战罢，老爷子不仅笑着拍了拍君致的肩膀，还抓了一大把糖硬塞进他手里。她可是从十岁起就没享受过这种待遇了！

不看不知道，一看吓一跳，令家上下对君致表现出了非凡的喜欢。二叔给他倒酒，二婶给他夹菜，三叔还面上批评实则怕他喝高了地故意拦着……令飔认真思索了一下，是自己从来没有带过男孩子回家所以家人如久旱逢甘霖般太激动了吗？她转念就否决了自己的这个想法——不，不是的。

是因为君致，他本身就是一个温暖柔和，值得任何人喜欢的人。

令家的年夜饭热闹无比。令飔和君致挨着坐着，电视里在播一个很老的广告，君致却是第一次看，他目不转睛地看完，侧过脸，问她："我是你的什么？"

令飔只顾吃东西，没注意电视里在播什么，她原本想脱口而出，你是我男朋友啊，可话到嘴边，突然起了耍坏的心思，便眉眼弯弯地看着他，故意说："你是我的小星星呀。"

说完自己觉得好玩，乐不可支地笑了好一会儿。然后她歪了歪头，忍着笑反问："那我呢？我是你的什么？"

君致生性害羞，鲜少把"女朋友""宝贝"之类的词挂在嘴边，令飏心想：我看你怎么说，你要是这一次也能面不改色地把情话说出口，我就给令晖包一个八千八百八十八块钱的红包！

她盯着君致，笃定自己这个红包一定是不用包了的。可君致的眼瞳又黑又亮，他凝视着面前明艳动人的女孩，嘴角一弯，给出了自己的回答。

"你是，我的一切。"

你是我存在的全部意义。

是长途跋涉的终结。

是明媚耀眼的新生。

是温暖的朝阳。

你是，我的一切。

"叮咚"一声，令晖手机响起，接到了堂妹令飏转来的八千八百八十八块的大红包，附一句明快得不得了的语音祝福："大师！新年快乐！"

令晖丈二和尚摸不着头脑，他茫然四顾，纳闷回复："你疯啦？"

令飏没疯，她只是觉得令晖终于算对了一次——

她红运将至，必有喜事。

是啊，和最好的他相遇。